アラミタマ奇譚

梶尾真治

祥伝社文庫

目次

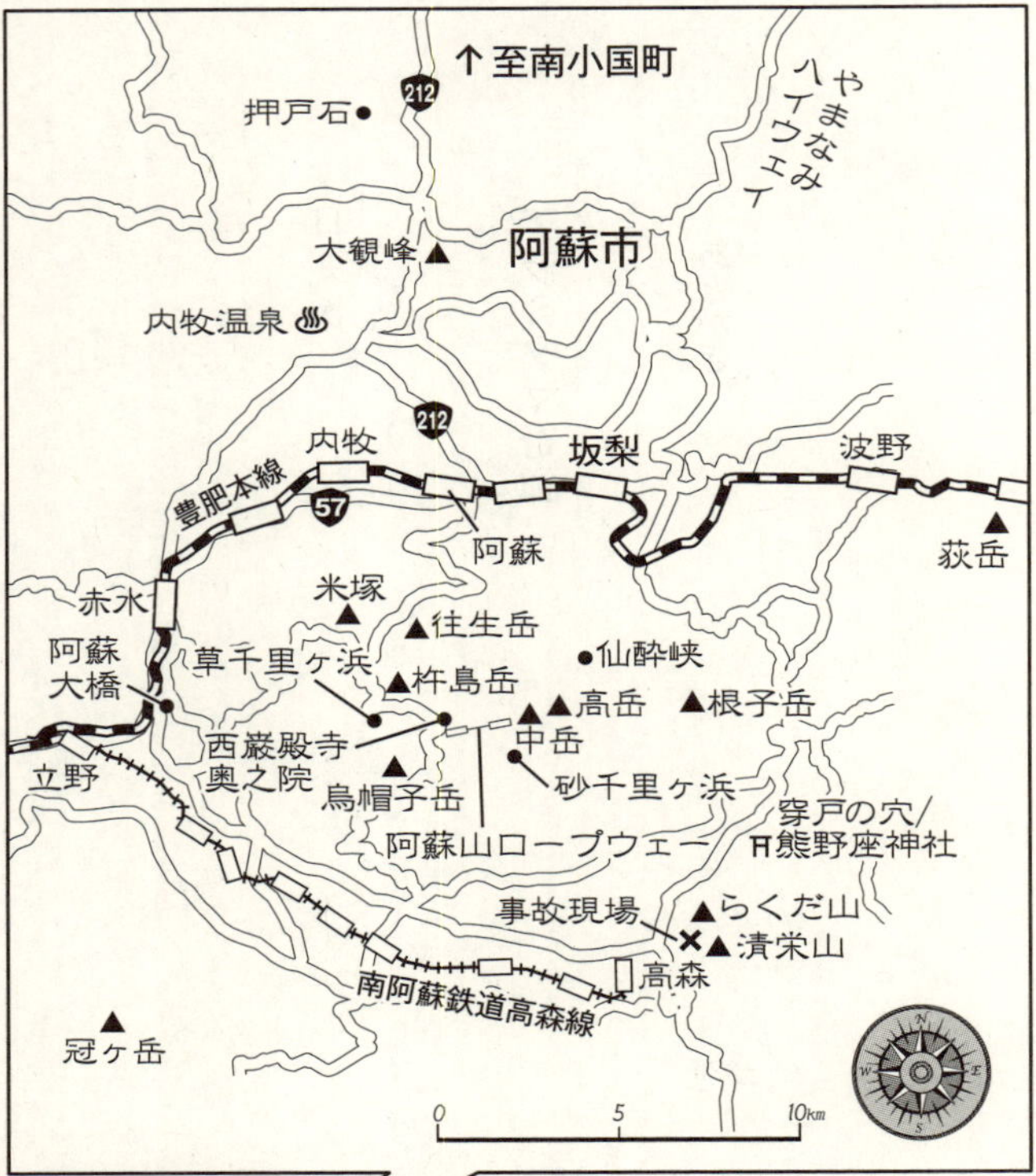

至南小国町
212
押戸石
やまなみハイウェイ
大観峰
阿蘇市
内牧温泉
212
内牧
坂梨
波野
豊肥本線
57
阿蘇
荻岳
米塚
赤水
往生岳
阿蘇大橋
草千里ヶ浜
仙酔峡
杵島岳
高岳
根子岳
西巌殿寺奥之院
中岳
立野
烏帽子岳
砂千里ヶ浜
穿戸の穴/
熊野座神社
阿蘇山ロープウェー
事故現場
らくだ山
清栄山
高森
南阿蘇鉄道高森線
冠ヶ岳
0
5
10km
N
E
S
W

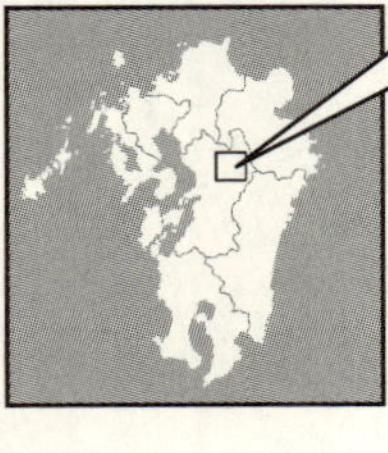

阿蘇周辺地図

アラミタマ奇譚

1

視力がゆっくりと戻っていくのがわかる。目の前の風景が焦点を結んでいく。

その時点では自分が何者なのかもわからない。ただ、ぼんやりとたゆたっているような感覚があるだけだった。

声が聞こえる。千穂《ちほ》の声だ。

「私を捜《さが》して……」

捜して？　彼女は何を言っているのだろう。同時に、悲しげに訴えるような千穂の表情が浮かぶ。夢の中？

遠くで何かのざわめきのようなものがした。虫の群れが、周りで飛び続けているような音だ。

――ここは、どこだろう。

まず、そんな疑問が生まれた。白い天井が見える。

わからない。顔を少し傾けると、壁も白い。かすかな連続音が聞こえた。

自分の身体《からだ》からコードが伸びている。その先端にある医療装置から発せられている音だとわかる。

ここは病室？

なぜこんな場所にいるのか、咄嗟《とっさ》にわからなかった。

ドアが開く音がする。

白衣を着た男女が見下ろしてきた。

「大山《おおやま》さん。気がつかれましたか？」

声をかけられて、知彦《ともひこ》は自分が呼ばれているとわかった。

――そうだ。私の名前は大山知彦だ。

白衣を着た中年の男は医師なのだろう。知彦の瞳孔《どうこう》を覗《のぞ》き込んでいた。看護師が知彦の脈をとる。

その瞬間、大事なことを思い出して叫んでいた。

「千穂は？　千穂はどこですか？」

知彦が身体を起こしかけると、看護師が知彦を制した。「まだ、安静にしていてください」

医師は看護師に何やら指示をする。それから、二人は部屋を出ていった。

同時に知彦の中で、途絶える直前の記憶が蘇《よみがえ》ってきた。

知彦は飛行機に乗っていた。

知彦が通路側で、婚約者の苫辺《とまべ》千穂が左隣《どなり》の窓側席。翼で視界が遮《さえぎ》られると千穂がこぼしていたことを思い出した。

飛行機といっても大きめのバスに乗っている感覚だった。乗客が百名足らずで満席になってしまう機体だったからだ。座席は六割ほど埋まっていただろうか。

千穂の実家は熊本の阿蘇《あそ》にある。千穂の両親や家族に挨拶《あいさつ》に行くのが、今回の目的だった。知彦自身も生まれは熊本だったが、幼い頃の記憶しかない。現在、生まれ故郷に身寄りはない。だから、熊本の地を踏むことには期待もあった。

朝一番の便で、目的地の阿蘇くまもと空港まで二時間弱のフライト予定だった。

知彦は飛行機が苦手だ。高所恐怖症で、こんな鉄の塊《かたまり》が空を飛ぶことはありえないと、心の底で考えている。慣れない飛行機に乗るにあたって知彦が一番恐れたのが、悪天候での飛行だった。気流によって機体が揺れる恐怖に耐える自信は正直なかった。その上、羽田《はねだ》空港で二人が乗る飛行機を見たことが、不安に輪をかけたのだ。こんな貧弱なサイズの機体で、九州まで飛べるのだろうか、と。

離陸上昇してから、機長のアナウンスで、知彦はその日の天候がいつになく穏《おだ》やかなものだと知らされた。ところによって小さな揺れはあるかもしれないが、快適な空の旅を楽しむことができるはずだと約束してくれたのだ。おかげで千穂と冗談が言い合えるほど、心には余裕ができていた。

そこまでは、はっきりと記憶があった。

慣れない機中でやっと緊張がほぐれたとき、その反動で眠気が襲ってきた。千穂が知彦の左手を握ってくれていた。少しでも安心させようとの思いからだろう。

「大丈夫だから」と、離陸時から彼女は汗ばんだ知彦の掌《てのひら》を包み込んでくれていたのだ。

横目で窓側の千穂を見た。知彦の肩に頭をもたせかけて寝息を立てていた。機内には

エンジン音が響き続けている。揺れらしい揺れもほとんどない。

意識がとろとろと溶けていくことに、知彦は身を任せた。

そして、意識が戻ったときには、一人病室のベッドの上に横たわっていたのだった。

必死に、失った記憶を取り戻そうとする。

衝撃があった。

その瞬間の光景がよぎったのだ。

知彦の目の前が、真っ白い光に包まれていた。

自分は本当に白い光を見たのか？　激しく頭を打ったときに光が走るのを見ることがあるというが、それではないのか？

あのとき、千穂の手を握っていただろうか？

思い出せなかった。

ただ、全身にすさまじい風圧を受けた気がした。

幻覚だったのか？　それとも現実だったのか？

確信はない。知彦の意識はそこで途切れているのだ。

ひょっとして……と知彦は思った。自分と千穂が乗っていた飛行機は事故に遭《あ》ったのではないか？

墜落したのか？　空中爆発か何かで、飛行中に投げ出されたのか？

両手には、はっきりと感覚があることがわかった。全身どこにも痛みは感じない。両手で拳《こぶし》を作り、握りしめる。足の先を動かす。知彦は少しほっとした。身体は何ともないようだ。

もし、飛行機事故に遭ったのなら、生存率は極端に低い。助かったとしても大けがを負っているはずだ。ということは、飛行機事故ではないのか……。

それにしても、千穂や他の乗客たちはどこにいるのか。

知彦は上半身を起こした。窓の外を見ると、あたりは暗い。午前九時頃には、阿蘇くまもと空港に到着する予定だった。ということは、半日の間、気を失っていたということか？　医師や看護師が戻ってくる気配はない。

大丈夫だ。しっかりと立てる。自分にそう言い聞かせて、知彦はベッドを下りた。水色の患者衣を着せられている。

部屋の隅《すみ》のロッカーを開いた。中には、知彦のスーツやワイシャツがハンガーに掛けられていた。革靴《かわぐつ》もある。

初めて千穂の実家を訪ねるのに、カジュアルな服装ではまずいと考えて、スーツにしたのだった。それだけは思い出せた。

これ以上、ベッドに横になっている必要はない、と知彦は思った。自分のことよりも千穂の安否《あんぴ》が気になっていた。

知彦は、そのとき気がついた。

自分の名前と千穂のことはわかる。そして、羽田空港から飛行機で阿蘇くまもと空港を目指したことは覚えている。しかし、他のことが何も思い出せない。

幼い頃、熊本にいたことは覚えている。しかし、その後どんな人生を送ったのか、記憶が完全に欠落しているのだ。

ひょっとしたら事故による後遺症なのではないか。

どうすべきなのかを考えるより先に、身体が勝手に動いていた。

腕が伸びた。シャツを着、ズボンを穿《は》く。スーツの左のポケットに重みを感じてまさぐる。

出てきたのは携帯電話だった。知彦のものなのだろう。ただ、中央から、ぱっかりと二つに割れていた。激しい衝撃を受けたからにちがいない。使いものにならないことはひと目でわかった。知彦はためらうことなく携帯電話を捨てた。

服を着替え終えたときだった。若い看護師が病室に入ってきた。知彦の恰好《かっこう》に驚いた様子だった。

「まだ、起きちゃ駄目です」

「苦辺千穂という女性を知りませんか？　一緒だったんですが」

「こちらに運ばれたのは、大山さんだけです」

「わかりました」

看護師の横をすり抜けて病室を出た。「待ってください。誰か、誰か来てください」と看護師が背後で叫ぶのが聞こえた。

階段を駆け下りると、そこは病院の待合室だった。それほど規模の大きな病院ではないようだ。

入院患者らしい数人とその家族たちが、待合室のテレビを眺めていた。皆が画面を喰い入るように見つめている。

山の斜面に散乱した機体の残骸《ざんがい》の周辺を捜索している人々が映《うつ》っていた。ANLと航空会社のマークが描かれている尾翼がアップになった。

病院の中だからか、音量はほとんどゼロになっている。ただ知彦には、その映像が何を意味しているのかがわかった。知彦と千穂が乗っていた飛行機の墜落現場だ。

他にもテロップでわかったことがある。

羽田発熊本行きANL632便は、阿蘇くまもと空港に着陸する寸前に消息を絶ったらしいこと。

阿蘇くまもと空港は阿蘇外輪山の西部に位置するが、その後、機体の一部と思われる金属片が、高森《たかもり》という地区の少し北、阿蘇外輪山東部斜面の広範囲で発見されたこと。

乗客乗員六十三名のうち、一名だけが救助され、阿蘇東中央病院に搬送されたこと。

救助されたのは、オオヤマトモヒコという男性であること。

そこで初めて知彦は、今いるここが阿蘇東中央病院で、自分が唯一の生存者であることを知った。

他の乗客乗員の遺体が、どこへ運ばれたのかはわからない。運命は何と非情なのか。気を失ってはいたものの、自分はかすり傷一つ負っていない。

画面下部をカタカナの名前が流れていく。それは知彦と同じ便に乗っていた人々の名前だろう。

「不思議なことだなあ」

画面を見上げていた老人がそう言うのを、知彦は聞いた。付き添っていた老婆が「ほんとですねぇ」と相槌《あいづち》を打った。「救助された一人以外は、皆が行方《ゆくえ》不明だなんて。そんなことあるんでしょうか。遺体が皆、山の中に散らばってしまったんでしょうか？」

「うーん。ほら、災害で倒壊した建物の中にいた犠牲者の人たちが、最後まで所在がわからず仕舞いになったことがあっただろう。あれも不思議だったんだがなあ。見つからなかった人たちは、どこかで隠れて元気でいるのではないかと、思うよなあ」

知彦は耳を疑った。自分以外の誰一人として消息がわかっていないなんて。機体が空中分解して、乗客たちは想像できないほど遠くに飛ばされたのだろうか。

トマベチホという名前が流れるのを、知彦ははっきりと見た。

何の根拠もなかったが、そのとき知彦は、千穂も自分と同じように元気でいるにちがいないと確信していた。強烈な違和感とともに。

そう、何かが変だ。

何かがおかしい。

事故の記憶が、自分にはまったくないということ。そして、自分以外、操縦士もキャビン・アテンダントも含めて、すべての乗客乗員が行方不明だということ。

「さっき、一人助かった人がいたということでしたねぇ」

「ああ。ここに運び込まれたと言うとったのう。だから、外が大騒ぎになっている」

話題にしている本人が目の前にいるとは、老夫婦も思ってはいないだろう。

所持品は何もなかった。財布類はショルダー・バッグに入れていた気がする。受付カウンターには時間外のためか誰もいない。明かりも落とされている。

階段からさっきの看護師が駆け下りてきた。医師と他の看護師を連れている。

「あ、あそこに」

「大山さん。どこへ行くんですか？」

知彦は、瞬時に判断していた。ここにいても状況は変わらない。千穂の安否を一刻も早く知りたい。

治療費を精算してから出ていきたいが、今は一文《もん》なしだ。落ち着いたら、また戻ってくればいい。胸の内でそう呟《つぶや》いて、玄関脇の通用口を音を立てないように気をつけて急いで出た。

外は暗いが、たくさんの人がいる気配ははっきりと伝わってきた。病院の敷地の外には何台も車が駐《と》まっていて、テレビカメラを抱えている人、マイクを握っている人、そして他に記者らしい姿がある。

病院の敷地内に入ることを許されず、仕方なく路上で待機しているようだ。すべてマスコミ関係者なのだろう。シルエットでしかわからないが、皆が手持ちぶさたに見える。

彼らは唯一の生存者である知彦を取材しようと待ちかまえているのだろう。

通用口は明かりが落としてあるので、彼らの目から知彦の存在を認めることはできないはずだ。すぐに右手の植え込みの中へ隠れ、外塀《そとべい》の脇まで小走りに進んだ。

そのとき、大きな音を立てて通用口が開き、医師と数名の看護師が表に出てくるのが見えた。医師たちが、知彦を追って慌《あわ》てて外に出てきたのだ。尋常でない様子は、すぐに取材陣も察したらしい。これ幸いと病院の敷地内に入ってくる。

「どうしたんですか？　大山さんの容態に変化があったんですか？」

そんなことを口々に叫びながら医師たちを取り囲んだ。「何でもありません。邪魔しないでください」と医師が言う。

その隙《すき》に、知彦はテレビカメラの横をすり抜けて、表に出た。知彦のことなど、気がつく者は誰もいない。

立ち止まって振り返ると、病院の入口で人々が揉《も》み合っているように見えた。その周辺は光源が何もない。ただ、闇《やみ》の中に人々が、テレビカメラ用の照明で浮かび上がっていた。その光景があまりに現実感のないことに知彦は驚いていた。

これは、本当に起こっていることなのだろうか？　実は夢を見ているだけなのではないか？

再びそうした疑問が芽ばえてきた。羽田空港を離陸して千穂と並んで座っていたことも、現実だったのかと訊《き》かれれば、確信はない。いや、それ以前の人生さえはっきりしないのだから、それも仕方がない。

しばらく、病院から遠ざかろうとひたすら走った。そこで初めて、国道沿いの病院に自分は収容されていたと知った。横道に入ってからは、走るにつれて車輛の通行量が少なくなってきた。国道からはどんどん離れているのだろう。

通行量が少なくなってきただけではない。国道沿いには少なくとも等間隔《とうかんかく》で街灯があったが、この道に入ってからは、道路そのものが闇の中にあるような気がした。

遠くで蛙《かえる》の鳴き声が響く。

道を通る者は知彦の他に誰もいない。

知彦は足を止めた。

自分がやっていることがわからなくなってきたのだ。

意識が戻ったばかりだというのに、勝手に病院を飛び出してきてしまった。

これで、よかったのか？

あのときは、自分の手で一刻も早く千穂を救い出さなければならないと考えた。それは今も同じだ。あのまま病室にいても、進展はないと思えたのだ。なす術《すべ》もなくニュースからもたらされる情報を聞くだけというのは嫌だった。

それに、身体に不調はない。病院にとどまる理由はなかった。

だから今、知彦はこうしているのだ。

しかし、これで本当によかったのか？

衝動的に飛び出してきたため、千穂を捜すにもどうしたらいいのか、見知らぬ土地で雲を摑《つか》むような思いでいる。ましてや夜の田舎《いなか》道だ。歩きながらポケットを探ってみたものの、役に立ちそうなものは何一つない。小銭さえも出てこなかった。

知彦は思わず大きな溜息《ためいき》を一つ吐《つ》いていた。

病院にとどまっているべきだったのかもしれない。そして、ゆっくりと自分の身の振り方を決めればよかったのだ。少なくとも、大山知彦という人物がどんな人間なのか思い出せたはずだ。そうすれば、誰かに連絡をとる方法もあったのではないか。何より、飛行機事故の原因や状況を、もっと詳しく知ることができたのではないか。行動を決めるのは、それからでも遅くなかったのではないのか。

そんな考えが渦巻く。

自分はもっと熟考してから行動するタイプだったのではないか？　石橋を叩《たた》いて渡るというが、石橋を叩き割るほど叩いて、しかも渡らないことさえあった気がする。

そんな自分が、病院から脱走するという、こんな無鉄砲な行動をなぜとったのか？

本当に自分の意志だったのだろうか？

そんなことを自問しながら、再び歩き始めた。

事故機は阿蘇山の外輪山内の東部斜面に散乱していると報道されていた。また、逃げ出した病院の名称から、ここも阿蘇外輪山の中なのだろう。世界一の規模の火山と言われる阿蘇山だが、その一般的なイメージは、阿蘇五岳《ごがく》の中岳《なかだけ》を中心とした火口付近のものだ。しかし、実際は、外輪山内、つまり阿蘇山中の国道や県道沿いには、いくつもの町が存在する。東北部には阿蘇市も存在するのだ。

いずれはどこかの町に辿《たど》り着くだろうと、知彦はぼんやり考えた。

そこまでは何も考えずに、ひたすら歩こう。知彦はもう一度溜息を吐いて歩き始めた。

そう思ってから、どれほど歩いただろうか。

ずいぶんと道幅も狭くなった気がした。今、歩いている道は、乗用車一台がやっと通れるほどの道幅しかない。この横道は行き止まりなのだろうか？

やはり、病院へ戻ったほうがいいのだろうか？

蛙の鳴き声も大きくなっていた。ひょっとして周囲は田んぼなのか？

いつの間にか足許《あしもと》は砂利《じゃり》道になっている。人里離れた場所に迷い込んだのかもしれないという不安がよぎる。

知彦は、そのとき感じていた。

何かがこちらにやって来る……。

2

何かが見えたわけではない。街灯一つない暗がりの中で、知彦は気配を感じたのだ。触れたわけではない。声を聞いたわけでも、息遣いを感じたわけでもない。だが、正体のわからない〝何か〟が近づいてきて、知彦のそばにぴたりとついているような気がしたのだ。

振り返ってみる。

何もいない。何も見えない。聞こえるのは、蛙の鳴き声と、じゃりじゃりという自分の足音だけだ。

しかし、確実に、気配だけは即《つ》かず離れずついてくることがわかる。

物《もの》の怪《け》？

そんな非現実的な連想が、知彦の心に浮かんだ。

いつの日だったか、子供の頃に本で読んだ記憶がうっすら蘇る。夜道を歩いていると透明な妖怪がぴったりと尾《つ》けてくるというものだった。別に悪さをするのではなく、先に行ってほしいと頼むと、その妖怪は追い越して先に行ってくれると書かれていた。

妖怪の姿が、どのように挿絵《さしえ》で描かれていたのか、その妖怪の名前が何だったのか、肝心《かんじん》なことは思い出せない。

いずれにせよ、気のせいだろう。

夜の帳《とばり》の中を単調に歩き続けてきたせいで、自分の恐怖心や不安感が妖怪を生み出してしまった。そんなところだろう。

一つ大きく、えへん！　と咳払《せきばら》いしてみた。すると、気配が消えたように思えた。

しかし、次の瞬間には、その気配は元に戻っていた。

怖くなった知彦は小走りで駆け出していた。気配から離れることに成功したと思った。

だが、それも一瞬のこと。走る速度を緩《ゆる》めると、気配はすぐに追いついてきた。知彦に直接触れることはないのだが、先程にも増して気配は濃厚になっているように感じた。首筋に触れる空気そのものが、ねっとりと粘りを持っているようなのだ。

これは、いったい何なのだ？　さすがに冷や汗が出始める。

そんな不安を払いのけるように千穂の笑顔が浮かんだ。そうだ、今、自分は千穂の行方を捜しているところなのだ。あやかしの気配など、関係ない。

そのときだった。

知彦の背後から光が伸びてきた。知彦の影が前方に伸びる。

慌てて振り返った。車のライトに照らされていたのだ。

いつの間に、この車は背後に迫っていたのか。

同時に、これまで知彦にまとわりついていた正体不明の気配が雲散霧消《うんさんむしょう》した。やはり気のせいだったのか。それとも、車の出現で逃げたのか。知彦はほっとする自分を感じていた。

ライトの明かりで、知彦は右側の斜面が杉林になっていることを知った。左側は山間《やまあい》の水田だった。その先には闇が続いている。

ばしゃと、水音がした。

音のしたあたりを見る。蛙が跳ねたのだろうと思ったが、知彦は田んぼの土手で透明な何かがぐにゃりと動いたのが見えたような気がした。

はっきり見えたわけではない。しかも一瞬のことだ。すぐに田んぼがひろがるだけの光景に戻った。錯覚かと手の甲《こう》で瞼《まぶた》をこすってみたが、今はもう何も見えなかった。

再び正体不明の気配がまとわりついてくることはなかった。完全に消えたようだ。

車は普通車だった。舗装されていない田舎道を大きくバウンドしながらゆっくりと近づいてくる。そのたびに光源が大きく上下する。

知彦は道の端に立ちつくし、車が近づくのを待った。この車の運転手に頼るべきではないか、と考えたのだ。知彦は右手を上げた。乗せてもらえたら、とりあえず、町まで連れていってもらえないか頼んでみよう。

黒っぽい車が、知彦の立つ数十センチ手前で停《と》まった。

ドアが開き、運転手が降りてくる。

通行の邪魔になると文句を言われるのだろうか、と知彦は身構えた。

その影は、痩《や》せていて頭一つ分、知彦よりも背が高かった。

「大山……知彦さんですか？」

若い声だった。もちろん知彦に、心当たりはない。なによりも、明かり一つない田舎道に突然現われて、自分の名前を呼んでくるとは予想もしていなかった。

だが、知彦は、素直に答えていた。

「ええ、そうですが」

「やはりそうでしたか。どうぞ、車に」

そう言われると、逆に乗っていいのか知彦は迷ったが、無駄に時間を潰《つぶ》すより、ここは男の誘いに従ったほうがいいと判断した。

助手席に座ってシートベルトを締《し》めたとき、運転席の男の横顔が見えた。知彦は少しほっとした。目尻《めじり》に笑い皺《じわ》があったからだ。

この若さで笑い皺のある人に悪人はいないような気がする。全体的に穏やかで温かい雰囲気を放っているし、信用していいのかもしれない。

「道を戻ります。この先は行き止まりですから」

男はそのまま後方を振り返って、低速で車をバックさせ始めた。知彦は、男が偶然この場所にやって来たわけではないと知った。

運転は巧《たく》みなようだ。暗く細い未舗装の農道を、一定の速度でバックしていく。

数分で一般道へ出た。街灯や自動販売機の明かりが見える。

「気分はいかがですか？」

知彦の状況を知ってか知らずか、男はそう訊《たず》ねてきた。それまでは運転に集中していたのか、一言も話しかけてこなかったのだ。

「大丈夫です、なんともありません」知彦はそう答えながら、あと先考えずに病院を飛び出したことはやはり軽率だったかもしれないと少し後悔した。

「ああ、それはよかった」と男は頷《うなず》いた。地元の人間ではないのだろうか？　アクセントにもイントネーションにも熊本訛《なまり》がないように思えた。

「申し遅れました。ぼくは苫辺明利《あきとし》と言います」

「ひょっとして」すぐに千穂のことを思い出して言った。「千穂さんのご家族ですか？」

「はい。弟です」

それで知彦は合点《がてん》がいった。さっき初めて彼の顔を見たとき、なぜか信頼できると感じた理由がわかった。

千穂がいつも与えてくれた安心感を、彼も同様に発しているのだ。

「あ、初めまして」慌てて挨拶する自分が間抜けに思えた。

それから知彦は、千穂の弟に何から訊いたらいいのか考え込んでしまった。知りたいことがありすぎるのだ。

そんなことが知彦の頭の中で渦巻いていると、弟のほうが口を開いた。

「ぼくが来たとき、義兄《にい》さんの背中あたりに何かがへばりついていたのはわかりましたか？」

義兄さんと呼ばれたことに知彦は戸惑《とまど》った。千穂は弟にも、自分のことを話してくれていたということか。

それにしても今、苦辺明利が言ったことに驚いた。

「さっきのあれですか？　なんだか気配だけは感じていたのですが、ひょっとしたら気のせいかもしれないと思っていたんです。車が近づいたら消えたようにも……。明利さんには見えたんですか？」

「いや、何も見えませんでした。ただ、義兄さんの姿をライトの中に見つけたとき、なんだか背中が重たそうに見えたんです。それが、急に楽になったようでした。あのとき、へばりついていたものが離れたんじゃないでしょうか」

知彦は明利に大きく頷いた。

「そう。確かにいたし、あの瞬間消えてしまった。いったい何なのですか？　ここではよくあることなのですか？」

「ここいらは、〝物の怪がいるところ〟だとよく聞きます。だから、見える人には見える。感じる人は感じる。もちろん、何も感じず何も見えない人が大半なのですが」

「それは、霊視とかいうやつですか？　明利さんにはそんな能力が備わっているのですか？」

「ぼくには、そんな力はありません。観察するだけです。観察して想像するだけです。

見えたり感じたりする力があったら、たぶん、ここには来ていないと思います」

落ち着いた話し方だった。ふと知彦は思った。千穂の弟と言っていたが、なぜこれほど感情の乱れがないのだろう。千穂は無事だったということか。

「千穂は……千穂さんのことは、何かわかったのですか？　私たちが乗っていた飛行機は、事故に遭ったんですよね。千穂さんは見つかったんですか？」

「いえ」

即座に否定されたが、明利の口調は、やはり冷静だった。

「ぼくは阿蘇くまもと空港に出迎えに行っていました。だから、事故の発生は空港のアナウンスで知りました」

空港では、当初、到着遅れと知らされ、続いてＡＮＬ６３２便に〝何らかの障害が発生した可能性〟が伝えられたという。カウンターに慌てて問い合わせたが、応対してくれた航空会社の職員からは、連絡がとれない状態が続いているとしか答えてもらえなかったという。

「空港内のテレビを見て、全容を知ったんです。姉さんの乗っていた飛行機が清栄山《せいえいざん》斜面……阿蘇山東外輪に激突したというニュース速報が流れました」

テレビの報道によると、日中のことなので多数の目撃者があったという。目撃者の話によれば、不自然に低空飛行したまま事故機は飛び続け、そのまま斜面に激突したのだそうだ。

阿蘇外輪山は、あたかもドーナツのように阿蘇五岳を囲んでおり、その内部にはいくつもの市や町があり、人が密集している場所もある。そのいずれをも避けて、人気《ひとけ》のない東外輪の山林に飛行機が墜落したのは、不幸中の幸いだったと言えるだろう。そうでなければ、もっと多くの人々を巻き添えにしていたにちがいない。

「姉さんだけじゃないんですよ」

ＡＮＬ６３２便の乗客の行方は、知彦以外誰もわかっていないということは、病院を抜け出すときにテレビで言っていたことだ。明利は続けた。

「乗客だけでなく、パイロットもキャビン・アテンダントも掻《か》き消されたようにその姿がない。見つかったのは、義兄さんだけなんです。それもほとんど無傷で。テレビで見ただけなのですが、墜落現場は数百メートルにわたって斜面の樹々がなぎ倒されて、機体の残骸が広範囲に散乱しているんです。義兄さんも、そこで発見されたと言ってました。ヘリコプターで救出されている映像も流れましたよ。でも、あれほどの惨状を見せられると、怪我をしていないというのが信じられません」

やはり、異常な状況が発生したんだな、と知彦は思う。不自然な低空飛行を続け、斜面に激突するというのは、何を意味するのだろうと思った。

操縦士の身体に突発的な変調が起こったのか？　計器のトラブルで機体が制御不能に陥《おちい》ったのか？　あるいは機内で、何らかの事件が発生したのか？

「いったい何があったんですか？」

明利は、そう訊ねてきた。乗っていた知彦なら事故の真相を知っているはずだと考えたのだろう。

「いや、実は、私は機内で眠りこけていたのです。恥ずかしい話ですが、事故前後の記憶がまったくない。千穂さんの隣の席で眠気を催《もよお》していた。そこまでしか覚えていないのです。次に衝突した瞬間のような記憶があって、後は病院のベッドで意識を取り戻したのです」

「そうですか……」

明利は失望した声を漏《も》らした。しばらく二人は、無言のまま車中で過ごすことになった。

やがて明利が口を開いた。

「どこで姉さんと知り合ったんですか？」

「え？」

「姉さんは男性に対してはかなりシビアでした。東京に出る前、こちらでもけっこうもてていて、いろんな男性から告白を受けていた。なのに、誰にも興味を示さなかったんです。それが一転、今度は彼と一緒に阿蘇に帰る、しかも結婚するつもりだと聞かされて、本当にびっくりしたんですよ。だから、姉さんが気に入った男性というのは、いったいどんな人だろうかって……」

そう言われて、改めて千穂の面影が頭の中をよぎった。

確かに千穂は素晴らしい女性だと思う。いつまでも彼女と話していたいと思う。顔立ちも美しいが、何よりも彼女のそばにいるだけで知彦は心安らぐことができたのだ。

そんな彼女は今、知彦の横にいない。

明利は、姉の婚約相手がどんな男性なのか興味を持って接してくる。ただ、彼の目に自分がどう映るのかということは、今の知彦にとってはどうでもよかった。知彦は千穂の安否だけが知りたかった。

遺体が発見されたわけではない。彼女の隣の席にいた知彦が無事だったのだ。彼女も元気でいる可能性はある。かすかでも生存の希望が残っているという思いが、知彦を行動に駆りたてる力となっていた。

もし、知彦が千穂の死という絶望的事実を突きつけられていたら、塩を振りかけられたナメクジ以上に生きる意欲を喪《な》くしていたかもしれない。

そんなことをぼんやりと考えたときだった。反応のない知彦に、明利は同じ質問を繰り返した。

「姉さんと、どこで知り合ったんですか？」

「千穂さんと……？」

「ええ」

知彦は、まだ記憶がすべて回復したわけではなかった。僅《わず》かに思い出せるのは機内での会話や、東京での彼女の笑顔だけだった。

「熊本に着いたら、予定は私にすべて任せてもらっていいですよね」と言われていた。そんな彼女の申し出が嬉《うれ》しかった。

そんな断片的な光景しか思い浮かばない。

——どこで、自分は千穂と知り合ったのだろう。初めて千穂に会ったとき、自分は何を話したのか？

千穂との出会いが思い出せなくてもどかしい。知彦は、必死に記憶を呼び戻そうとした。ぼんやりと闇の底から浮かび上がってくるような気がする。

千穂が自分には過ぎた存在であるという思いがずっとあったが、その理由が朧《おぼろ》げながらわかった。明利の質問が引き金になったのだ。

すべてではないが知彦は思い出していた。千穂と出会う以前のことは相変わらずぼんやりとしている。だが、これだけはわかる。

そう。知彦は千穂に出会うまで、世をはかなんでいたのだ。はかなむというより、恨《うら》んでいたといったほうが近い。

二人の出会いには、いくつもの偶然が輻輳《ふくそう》していた。

中堅大学を卒業したものの、アルバイトをやって日々を過ごしていた。実は卒業と同時に広告代理店に就職が決まっていた。社員は数名の小さな会社だが、逆にそのくらいのほうが自分の能力が発揮できると、同時に内定を貰っていた大手電機メーカーを蹴《け》って決めたのだ。だが、その広告代理店は知彦の卒業直前に倒産した。

就職浪人となった知彦は、新たな就職先を求めて奔走《ほんそう》したが、時代は逆風が吹いていた。どれほど駆け回っても、特別なスキルを持っているわけではない、やる気だけの知彦を、正社員として受け入れてくれる企業を見つけることはできなかった。

知彦には友人らしい友人もいなかった。だから、いつも一人。都会の片隅で、日々を生きる糧《かて》を得るために最低限の収入を得る努力を続けているだけだった。生活に何の楽しみも張りもない。死んでしまったほうが、どれほど楽だろうか。そんな思いさえ、自暴自棄の果てに持ち始めていた。

そんなある日の深夜、コンビニのアルバイトを終えて店を出たときだった。店の前で、中年男と若い女性が揉み合っていた。女性は「やめてください」と叫び、男は女性のバッグを握っていた。そのとき、知彦の身体が本能的に反応したのだ。気がつけば、全身で男に体当たりしていた。男はバッグから手を離し、知彦とともに歩道に転がった。そして慌てて立ち上がると、走り去っていった。

誰かが知彦の腕をとり、立ち上がらせてくれた。

その女性が苫辺千穂だったのだ。

知彦は月明かりの下で見る彼女が現実の存在とは思えず、見とれてしまった。

それが知彦と千穂の出会いだった。近所だという千穂の住まいまで、知彦は送っていった。千穂は、なんとかお礼をさせてほしいと知彦にせがんだ。それが、二人の交際の始まりだった。

それからの日々は知彦にとって夢のようだった。

今、振り返れば、知彦は、千穂との出会いにはいくつもの偶然が存在したのだとわかる。

自分の就職先が倒産したことも、アルバイト先にあのコンビニを選んだことも、あの時間に仕事を終えたのも、どれも必要なことだった。そのどれかが狂っていたら、千穂と出会うことはなかった。そう考えると知彦は、すべての偶然に感謝しなければならないと思う。

「もうすぐ着きます」と明利が言った。

「え?」

「わが家ですよ。皆、待ちかねているはずですから」

3

明利が運転する車は、緩やかな坂を下り、街灯の多い国道らしい道をしばらく走ってから、再び脇道へと入った。

どうしてもひっかかっていた疑問を知彦は口にした。

「私のあとを病院から尾けていたわけじゃないのでしょう?」

「ええ」

あっさりと明利は答える。

「あの人気のない真っ暗な場所に私がいると、どうしてわかったんですか？」

あの道は、車もほとんど通らない農道のようだった。つまり、明利は確信を持って知彦の所在を捜し当てたのだ。阿蘇山のカルデラ内部といっても、これだけ広大な中で人を捜し出すというのは、砂浜で一本の針を捜し出すのに等しいはずだ。

「あそこにおられると言われたんですよ」

「誰が言ったんですか？　私があそこにいるって」

「父です」

「お父さん？」

「そうです」

知彦は釈然としなかった。千穂の父親は民間霊媒師《シャーマン》なのだろうか？　沖縄や奄美《あまみ》などにいると聞いたことがある、ユタのような存在を思い浮かべた。

「お父さんは、どうして私があそこにいるとわかったのでしょう？」

「さあ。ぼくは『なぜ』と考えたことはありません。父がそう言ったら、そうなのだろうと」

この不可思議な遭遇に、明利は何の疑問も抱いていないようだ。

実家は平凡な農家だ、と千穂に聞かされた覚えがある。だから知彦は、のどかな雰囲気の家庭を思い描いていた。しかし、こんな話を聞かされてしまうと、そのイメージが壊れていく。

一方で、明利のこの落ち着き方も腑《ふ》に落ちない。行方不明という段階とはいえ、姉が乗っていた飛行機が事故に遭ったのだ。普通はもっと取り乱しているものではないだろうか。

機内の状況を知彦に訊ねてきたくらいだから、何が起きているのか知らないのは、明利も同じはずだ。それなのに、妙に達観しているように思えるのだ。

「ご家族の皆さんも、千穂さんのことを心配なさってるんでしょうね」

さすがに弟とちがって、千穂の両親は取り乱しているのではないか。これから連れていかれる苫辺家は愁嘆場《しゅうたんば》と化しているにちがいないと、知彦は考えた。

「心配していないといえば嘘《うそ》になりますが、うちは父がああですから」

明利が答えると、そこで会話は途切れた。ほどなく車は脇道を逸《そ》れ、長塀に囲まれた屋敷へと吸い込まれていった。苫辺家に到着したようだった。

家の敷地は広そうだが、農業を営《いとな》んでいるという佇《たたず》まいではなかった。

「着きました。ここがうちです。どうぞ」と言って、明利が運転席を離れた。

知彦は明利に言われるままに車を降りた。シートが掛けられたサイドカー付きの大型バイクが一台駐められた駐車スペースだけがライトに照らされているが、その向こうの暗がりは庭になっていることがわかる。知彦は明利に続いて門をくぐり、庭沿いの玉砂利の道を歩いた。一〇メートルほど先に古い民家が見える。

「ただいま帰りました。大山さんをお連れしました」

明利は玄関の三和土《たたき》で直立して叫んだ。返事を待つ間、知彦は苫辺家の家の造りに圧倒されていた。

まず天井が高いこと。見上げるほどだ。そして、柱や梁《はり》の半端《はんぱ》でない太さ。黒光りしていて、この家屋は何十年、いや何百年前に建てられたものだろうと考えてしまう。

遠くから、きゅっ、きゅっ、と何かが擦《こす》れるような音が近づいてきた。出迎えの人らしい。

姿を見せたのは五十代くらいの女性だった。中肉中背で上品な物腰、どこかしら千穂と共通点があるような気がしてならなかった。

千穂の母親だろうか？

その予想に間違いはなかった。

「母さん、この方が大山さん」と明利は知彦を紹介した。

「大山知彦と申します。こんな形でお邪魔することになってしまって。千穂さんから故郷のことは……」

よく聞かされていましたと続けようとして、実は何も聞かされていなかったことに思い至った。口ごもる知彦に、

「初めまして。よく、阿蘇くんだりまでお越しいただきました。知彦さんのことは千穂から聞いていていますよ。いやあ、千穂の言っていた通りの立派な方で。ご無事で何よりで

した」

飛行機事故で娘が行方不明になっている母親とは思えない、おっとりした口調だった。千穂のことが心配ではないのか。そう問い質《ただ》したかったが、知彦はその言葉を呑《の》み込んで、

「その後、情報は入っていないのでしょうか?」

そう言うと、やっと母親らしく表情を不安で曇らせたように見えた。

「ええ。何も連絡はありませんねぇ。心配しても、今、私たちにできることはありませんし。こんなところでは何ですから、さ、さ、お上がりください。知彦さんには久しぶりの阿蘇でしょうし、他人の家で勝手が悪いとは思いますが、遠慮なく過ごしてくださ
い。さあ、どうぞどうぞ」

「失礼いたします」

知彦は靴を脱ぎ、千穂の母親の案内に従う。再び、きゅっ、きゅっという足音が廊下に響く。

明かりは点《つ》いているのだが、天井が高く、しかも光源が少ないので屋敷の中全体が薄暗く見えた。テレビやラジオの音も聞こえない。家の外から蛙の鳴く声だけが響いている。

見知らぬ場所だからだろうか、時代を飛び越えて、ずいぶん昔の家へやって来たような気になった。

足音もしないのに、背後に気配を感じたので、ぞくっとして振り返ると、明利もついてきていた。知彦と視線が合うと、にっと笑い、親しげに手をひらひらさせる。明利は存外お茶目な性格なのかもしれない。

「父を紹介してから、お部屋にご案内しますよ」

「あ、ああ。それはすみません」

そういえば、明利が言っていた父親はどこにいるのだろうか。母親は黙々と廊下を進んでいく。

いくつの部屋があるのだろうか。千穂は幼い日をこの屋敷で過ごしていたのだ。子供ごころに怖くはなかったのだろうか？　いかにも何かが闇の中に潜《ひそ》んでいそうではないか。こんな住まいでよく我慢していたものだと思った。上京してから家に帰らなかったのもわかるような気がした。

一方で、このような古い屋敷には、世間とはちがった世界があるのかもしれないと思えてくる。でなければ、娘が事故に遭ったにしては平穏すぎるのだ。

角部屋の前で母親は立ち止まった。その部屋には明かりが点いていた。父親の部屋のようだ。知彦は少し緊張した。

「大山知彦さんがお着きになりましたよ」と、母親が声をかけた。

父親は眠っていたのか、それとも病で臥《ふ》せってでもいるのか、呻《うめ》くような声が低く響いた。

左肩をとんとんと突《つつ》かれて、知彦はびくりとする。振り向くと、明利の顔がすぐそばにあった。

「念のためですが、父に会ったら、少し驚かれるかもしれません。ちょっと覚悟しておいたほうがいいでしょう」

明利は、そう囁くように言った。知彦は、わかったというように首を縦に振る。頷いたものの、実際には、心構えができたというよりも不安が増していた。

覚悟して会わねばならない〝父親〟とは、いったいどのような人物なのだろうか。

「どうぞ」と母親に促《うなが》された。

知彦は「失礼します」と言って部屋に入った。まず知彦が感じたのは、何かが発酵《はっこう》して尿と混じり合ったような饐《す》えた臭いだった。

光量は廊下よりも申し訳程度、強いだけだった。

床《とこ》の間《ま》がある座敷だった。そこには、知彦には判読できない無数の文字が毛筆で書かれた掛け軸が吊《つ》るされ、その前にぽつんとひとつ大きな香炉があった。

その手前に俯《うつむ》いた姿勢で男が座っている。千穂の父親だろう。

明利がなぜ覚悟しておいたほうがいいと言ったのか、まだわからない。

この部屋は父親の寝室なのだろうか？　布団《ふとん》が敷かれている。だが、布団に入っていた様子はなかった。

何かを考えているのか、父親は俯いたままだ。その顔がゆっくり上がる。

その顔を見て、知彦は生唾《なまつば》を呑んでしまった。

千穂の父親だと言うから、母親と同じ五十歳前後かと思っていた。

だが、目の前に座っている小柄な男は、想像を二まわりも三まわりも超えている。骨に皮がへばりついたような風貌《ふうぼう》だ。老人斑《はん》も見てとることができる。ひょっとして、百歳を超えているのではないだろうか。

「本人も玄関まで迎えに出ていきたいと申しておりましたが、この通りなものですから。すみません」

母親がそう言うまでは、知彦は目の前にいるのが千穂の祖父なのかと思いかけていた。

「やあ、あなたが知彦さんかぁ」

老人は声をかけてきた。その目が大きく見開かれる。

眼光は鋭い。

しかも、老人特有の瞳の濁《にご》りはなかった。しっかりと知彦を凝視《ぎょうし》している。

「はい、初めまして。大山知彦と申します」

老人は大きく頷いて、掌を上にして、自分の前の畳を指した。知彦に、座れと言っている。

知彦は指示された通り、老人の前に座った。改めて、老人の身体の小ささを感じる。

正座した知彦に、「くつろいで、足を崩しなさい」と勧めた。

「はい、ありがとうございます」と知彦は答えた。明利が知彦の横で胡座《あぐら》をかいたが、さすがに知彦には遠慮がある。

「千穂の父、苫辺尊利《たかとし》と言います」

そう言って老人は、知彦に深々と頭を下げた。やはり、千穂の父親だった。明利が言った意味が、知彦にはやっとわかったような気がした。千穂は父親がいくつのときに生まれた子なのだろうか。少なくとも七十代より早いことはないように思える。知彦は頭を下げたものの、返す言葉もなかった。父親の尊利は知彦の心中を察したように、「私が父親だと聞いて驚かれましたか？」と訊ねてきた。

「い、いえ」と知彦は言ったが、驚きを隠すことはできなかった。

尊利は笑い声を漏らしたが、心からおかしいという笑いとは異《こと》なる虚《うつ》ろなものだった。

「外観は何歳に見えるのやら、自分にもわかりません。しかし、これが私に与えられた役割を果たすための代償かもしれんと思うのですよ。自分の老いさらばえた頰《ほお》に両手で触れたときに、我ながら呆《あき》れ果てはするのですがな。三十代になってから、急に人よりも老化が早くなってしまった。どうも、特殊な体質に生まれついてしまったらしい」

その喋《しゃべ》りは自嘲《じちょう》気味に聞こえる。尊利は続けた。

「大変な目に遭われましたね。お身体の具合はいかがですか？」

「ありがとうございます。まだ事情というか状況が呑み込めなくて、現実のこととは思えません。ただ、千穂さんのことだけが心配です」

そう伝えると、まさにその通りだというように尊利は何度も頷いた。だが、娘が事故で行方不明になっているという悲しみは窺《うかが》えない。家族なら我を失うほど嘆き悲しんでいるのが当然なのに、母親の態度といい、理解できない。いや、そう感じられないのは自分のほうがおかしいのだろうか。

「明利さんに迎えに来てもらって助かりました。混乱していて、あと先も考えないままに病院を抜け出し、途方に暮れていたところでした」

「ああ、そのようですな」

知彦は、そのとき心にひっかかっていたことを訊ねた。

「明利さんに伺いましたが、私があの場所にいることがわかっていたそうですね。なぜ、私があそこにいるとわかったのですか？　不思議でならないのです」

初対面でこんな質問をするのは失礼かもしれないと思ったが、知彦は訊かずにはいられなかった。

尊利は大きな溜息を一つ吐いて両肩を落とした。そんなことはどうでもいいだろうと言っているように見えた。

「ある時期から、〝わかる〟ようになったのですよ。〝見える〟こともある。〝知る〟こともある。私の父もそうだったらしいのですがね。自分にも、そんな力が伝わっていることを感じるようになったのは、父が亡くなって間もなくでしたなあ。自分で望んでもこの力を使えるわけではないので、あまり役には立たないのですが、時折知覚に〝降りてくる〟んです。それで〝わかる〟。それまでは、世の中の人々と何も変わることはなかったのですが、その力が自分の中にあると感じてからですよ。体質面でも明らかに変化が現われるようになったのは」

尊利はそう言いつつ、震える自分の右手を凝視する。

体質面の変化とは、急速な肉体の老化のことを指すのだろうか、と知彦は思った。

「こう見えても、家内の由布子《ゆうこ》より二つ歳上なだけですよ」

尊利の横に座った千穂の母親が続けて言った。

「〝わかる〟ようになってからですよね、お父さんの身体が変わったのは」

老化は、尊利が言うように能力の代償なのだろうか。

「じゃあ、私があそこにいることも、〝わかった〟のですね？」

「ええ。だが、私が、どこに誰がいて何をしているか知りたいと望んでも〝わかる〟というものではない。必要なことは、勝手に〝見える〟〝聞こえる〟のです。あのときも、知彦さんだと〝わかった〟し、その様子も突然に〝見えた〟。突然に〝降りてくる〟。それが、そのとき、必要なことだったのでしょう」

尊利は不思議な力を持っているようだが、自在に扱える能力というわけではないようだ。その様子から見ても、知彦には、千穂の父親は業《ごう》を背負わされているように見えた。

「知彦さんのことは、娘からの手紙で初めて知らされた。しかし、どんな容姿の方かはまったくわからなかった。でも、〝見えた〟ときには、これが知彦さんなのだと直感的に〝わかった〟のです。やはり、知彦さんは、千穂が言っていた通り大事な方なのでしょう。いずれは、もっと詳しく〝見えた〟り〝わかった〟りする予感はありますが、今のところは、これが精一杯です。明日、集落の人たちが訪ねてくることになってますから、知彦さんのことが〝わかる〟ようになるのは、それからのことでしょう。これから、どうされるおつもりですか？」

そう問われて、知彦は自分の心を見つめる。

どうしても知りたいのは、千穂の行方だ。自分だけ助かったということが、不思議でならない。きっと千穂もどこかで元気にしている。そして自分の助けを待っているのだ。

そう思えてならない。

千穂に会いたい。

だからこの阿蘇を離れるわけにはいかない。

そんな気持ちが心の底で渦巻いている。

「しばらく……こちらに、阿蘇にとどまろうと考えています。千穂さんを自分の手でなんとか捜し出したいのです。その思いしか、今の私にはありません。大変ご迷惑をかけるかもしれませんが、こちらに置かせていただけるとありがたいのですが。それほど長く逗留《とうりゅう》するつもりはありません。千穂さんのことを確認したい。それだけです」

腕組みしていた尊利が深く頷く。

「何も心配されることはありません。知彦さんの気が済むまで、いつまでおってもらってもええですよ。人となりは信頼しております。千穂のことが見つかるかどうかは別にして、遠慮する必要はない。どの部屋で過ごされてもかまわないですから」

そう言ってから、尊利はつけくわえた。

「何か、予感のようなものがあります。千穂のことを、私はあまり案じてはいないのです。そして同時に知彦さんについても〝見え〟そうな気がしています。そう遠い時期ではなく。だから何も遠慮されることはない。今日は、とにかくゆっくりとお休みなさい」

「ありがとうございます」

苫辺家の人々は、皆、知彦のことを受け入れてくれたようだ。そして不思議なことに、彼らと話していると、知彦には本当に千穂が元気でいてくれると思えてくるのだ。

用意してくれていた部屋へ母の由布子が案内してくれた。八畳の広い部屋に、すでに布団が敷かれていた。

知彦はすぐに深い眠りに落ちた。意識が戻ったばかりの身体で勝手に病院を抜け出してきたが、本当はまだ安静にしていなければならなかったのだろう。夢の中でも彼は、千穂の姿を捜した。しかし見つからず、深い深い奈落へと沈んでいくだけだった。

4

朝、目を覚ます寸前に、夢の中に一瞬だけ千穂が現われた。彼女はいつも通りの笑顔を知彦に向けて話しかけてきた。声は聞こえなかったが、知彦には何を言っているのかわかった。

「私を捜して」

そこで目が覚めた。

高く暗く見馴れない天井を見上げていた。

遠くで雄鶏《おんどり》の鳴き声がする。雨戸の隙間から、外の光が部屋に射《さ》し込んでいるのが見える。

朝だとわかった。

夢に一瞬登場した千穂の面影が脳裏《のうり》にこびりついて離れない。

夢の中のこととはいえ千穂を見たことで、眠気は完全に去っていた。

ここはどこだろう、と一瞬考える。そして千穂の実家であったことを思い出す。自分の故郷でもある阿蘇に来ていたはずだ。この地で過ごしたという日々はまったく思い出せない。記憶さえすべて戻れば、千穂を捜すのにも役に立つように思うのだが。

知彦は必死で記憶をたぐる努力をしてみた。しかし、千穂と出会う前の記憶は大半がぼやけている。

諦《あきら》めて起き上がった。千穂の笑顔だけがまた蘇ってきた。どこだ、どこにいるんだ、千穂。

廊下に出て、雨戸を開いた。

光が飛び込んできた。屋敷内の樹々が見える。その向こうには、阿蘇の山々がひろがっているのが見えた。

「おはようございます」と声がかかった。

雨戸が開いたので、知彦が起きたとわかったらしい。明利が立っていた。挨拶を返すと、明利は親しげな笑みを浮かべた。

「阿蘇で迎える朝はいかがですか？」

「お世話になりっぱなしですみません」

すると明利は、連山を指差して言った。

「あれは、阿蘇の五岳です。ここから一望できるんですよ。根子岳《ねこだけ》に高岳《たかだけ》、中岳、杵島岳《きしまだけ》、烏帽子岳《えぼしだけ》、です。何かの姿に見えませんか？」

そう訊ねられたが、知彦にはわからなかった。

「根子岳を顔として見ると、お釈迦《しゃか》さまが仰向《あおむ》けに寝ているように見えませんか？　ぼくたちは阿蘇の涅槃《ねはん》像と呼んでいるんですよ。高岳が胸のあたり、中岳が下腹部、そして杵島岳と烏帽子岳が膝《ひざ》ですよ」

そう指摘されると、確かに人が横たわっているように見えた。しかも、一度イメージが心に焼きつけられると、阿蘇五岳は涅槃像にしか見えなくなった。

「毎朝、このあたりの人たちは、五岳に手を合わせるんです」

明利にそう聞かされると、なるほどと思う。

顔を洗い、玄関近くの茶の間のテーブルで、知彦は明利と朝食を摂《と》った。さっき母親の由布子が持ってきてくれた生タマゴと味噌汁だったが、圧倒されたのは、食卓の上の小鉢に並んだ漬物《つけもの》の数だった。二十種類以上の漬物が並んでいた。いろいろな色彩のさまざまな食材に驚いた。大根や高菜《たかな》、ピーマン、大豆、人参《にんじん》、キャベツ、白菜、ゴボウあたりまではわかるが、それ以外は、何の漬物かもわからない。たとえばこの螺旋《らせん》状の漬物は……。

「これは……」と言葉を失った知彦に、明利は「それはチョロギです。適当につまんでください」

「ひょっとして私のために、こんなにたくさんのお漬物を用意してくださったんですか？」

するとご飯を持ってきた由布子が、「いいえ。うちはいつもこんな風なんですよ」と言う。塩分の摂りすぎになるかなと知彦は気になったが、「いただきます」と横で手を合わせた明利は、平気な顔で次々と漬物を頬張《ほおば》っていた。試しに知彦も高菜を口に入れた。あまり塩気を感じない。新漬で、減塩してあるのか唐辛子《とうがらし》は強めに利《き》くように使われているが、いくらでもいける感じがした。葉そのものがピリリとするものは山葵《わさび》を炊《た》いたものだという。座禅豆《ざぜんまめ》だと聞かされた大豆の煮物も薄く甘い醬油《しょうゆ》味で、いくらでもご飯が入る。佃煮《つくだに》は秋のキノコを保存して作ったものだと聞かされた。山菜が保存食になっているのだ。その味は知彦が初めて経験するものだった。

阿蘇でこそ食せる山の幸なのだと実感した。それに、何よりも米がうまい。

味噌汁の具はワラビだった。ワラビを箸《はし》でつまみ、感慨深く見ていると、明利が「今年はそろそろシーズンが終わりますから」と言った。口に含むとねっとりとした嚙《か》みごたえと旨味《うまみ》が伝わってくる。

生タマゴを割ると、赤味を帯びた黄身がほぼ半球状に盛り上がっていた。これほど見事に盛り上がるのは鶏《にわとり》の種類がちがうのだろうか。

「どうかしましたか？」と明利に訊ねられる。

「いや。黄身が、すごいですね」

そう知彦が言うと、明利は笑った。

「普通のタマゴです。割ったときに黄身が盛り上がっているのは産みたてだからです。母が、朝一で庭に落ちているのを拾ってきたタマゴばかりです。やはり、タマゴご飯でしょう」

明利の言葉に間違いはなかった。確かに、これまでに知彦が食べたどんなタマゴご飯よりもおいしかった。明利は熊本市内のホテルに泊まったとき、朝食に出た生タマゴが食べられなかったそうだ。こんなタマゴを毎日食べているのならもっともな話だった。

　これほど贅沢《ぜいたく》な朝食を摂ったのは初めてではないか？　出されたお茶を飲みながら、そう思った。同時に、これからどう行動すべきなのかについて考えた。

「何をするか決まったら教えてください。ぼくも同行しますから」と明利が言ってくれたのはありがたかった。明利は姉を捜すために、最初からその気でいたようだ。

「知彦さん」

　姿が見えなかった由布子が居間に戻ってきて声をかけた。お膳に食器類が載っていることで、奥座敷の尊利に朝食の世話をしていたのだなとわかった。

「はい」

　知彦は答えた。

「主人が言っていました。少しだが、〝見えた〟ことがあると。知彦さんに伝えなきゃならないそうです」

「何のことでしょうか」

「わかりません。そう言っただけですから。後で、部屋に来るように伝えてほしいと言っていました」

　知彦は腰を浮かしかけた。尊利の力で新しく〝見えた〟ことがあれば、その指示に従ったほうが間違いはないという気がしたからだ。知彦が夜道で迷っている位置まで正確に〝見えた〟ほどなのだ。

「じゃあ、今から、ご主人のお部屋に伺っていいでしょうか？」

「ええ」と由布子は言いかけて、何かを思い出したようだ。

知彦はそれを察した。

「そういえば、今朝は皆さんが訪ねてみえることになったって言ってたわよね」と由布子。

明利が頷く。「同じ内牧《うちのまき》の井《い》さんとこと、坂梨《さかなし》の山口《やまぐち》さんとこは訪ねてくるって、ぼくは聞いた」

「そう。他に、手野《ての》の河津《かわづ》さんと満願寺《まんがんじ》の穴井《あない》さんもだね。あと何人か聞いた気もするけど。父さんが、皆、朝の九時に来るように指定したようよ。もし、知彦さんとの話が時間がかかるようなら、その人たちが帰ってからがいいんじゃないかねぇ」

そんなに大勢の人々が訪ねてくるのは珍しいことだということが、由布子の話しぶりからも伝わってくる。

骨董品《こっとう》のような柱時計を見ると、八時半を回ったところだった。

表の方で車の音が聞こえた。それも数台続けざまにやって来たようだ。ざわざわと人の気配もある。

「おはよーござーまーす」

玄関の方で、野太い声が響いた。最初の来客らしい。「はーい」と由布子が迎えに出ていく。

「坂梨の山口です。昨日、明利さんにお電話で約束させてもろうとりましたが、尊利さんに会いに来ましたが。尊利さんにゃ、暇《ひま》ぐらしをするばってん、よかでっしょかあ」

これが阿蘇のネイティブな話し方なのかと知彦は思う。

「あれー。河津さんも来とっと？　何ごつね」

「山口さんこそ、何ごつね」

来客同士が、玄関先で顔を合わせたようだった。だが、待ち合わせたわけではなく、たがいにこの場で顔を合わせたのが意外だということが、その会話でわかった。

由布子が来客を奥の座敷へ案内する。その隙に、知彦は明利に誘われるままに表へと出た。何台もの軽トラックや乗用車が苦辺家の長塀沿いに駐められていく。車から降りてきた何人かと、明利は挨拶を交《か》わす。

知彦は、また阿蘇の五岳を見上げる。やはり一度心に焼きついた涅槃像は消えないままだ。下腹部あたりから煙が立ち昇っているのが見えた。

阿蘇山が活火山であることは知彦も知っていた。噴煙の上がっているあたりが火口なのだろうか。

「あれが……？」と知彦が指差すと、明利が笑って頷いた。

「そうです。現在活動している噴火口です。中岳ですね。この活火山でご神火《しんか》が燃えていることから、熊本を〝火の国〟と呼んだりするんですよ」

知彦はなるほどと思う。

「姉さんのことが一段落したら、義兄さんをお連れしますよ。火口の見学もできます。火山活動が活発になったり有毒ガスが発生していなければですけれど」

「有毒ガスですか？」

「ええ。その日ごとに火山の活動状況は変化するんです。リアルタイムで火口の二酸化硫黄《いおう》の濃度は観測されていますから、有毒ガスの濃度と風向きによっては入山が禁止されるんです」

その話を聞いて、知彦は、阿蘇山が確かに生きているのだということを実感した。明利は地元の人間だけに、阿蘇についての知識は豊富なのだろう。阿蘇五岳を眺めている様子から、知彦がこの土地に興味を持ったと考えたのかもしれない。

「阿蘇は世界有数の火山だと言われたりしますよね。それは活動している中岳のことを指しているわけじゃないんです。数十万年前は、標高四〇〇〇メートルを超えるピラミッド形の山だったそうです。それが何回かの噴火で陥没《かんぼつ》した。そのときの巨大火山の痕《こん》跡《せき》が外輪山として残っているんです。だから、外輪山内を一つの火山と見なせば、世界有数の火山という規模になるんですよ」

知彦は四方を見回した。前方には阿蘇五岳からなる涅槃像が横たわっているのだが、左右、そして振り返った屋敷の遥《はる》か後方を、外輪山が取り囲んでいることがわかる。

「どうしました？」と明利が訊ねる。

「いや、本来の阿蘇山のスケールを想像していたところです。あの外輪山が底だと考えて円錐《えんすい》形をイメージすると、凄い高さになることが実感できます。お話の通り、世界でも最大級の活火山だったのでしょうね」

知彦が答えると、明利は頷いて言った。

「そうですね。でも、円錐形ではなく、四角錐だったと思われているんです」

「天然のピラミッド形だったんですか？」

「そう主張している人がいます。エジプトのギザのピラミッドの百倍のスケールだったと。緯度を見ると、スフィンクスはちょうど真東を向いているそうですが、その延長線上に阿蘇があるんです」

「それは偶然でしょう？」

「偶然かもしれないし、そうじゃないかもしれない。そんな話もあると考えていたらよいのではないでしょうか」

予想以上に、苫辺家を訪れる人々は多かった。庭先で二人が雑談している間にも、三々五々《さんさんごご》、玄関に入っていく姿が見えた。すでに、二十人近くが集まってきたのではないだろうか。

「いつもこんな風に地域の人たちが、苫辺家に集まるんですか？」

「いや。祭祀《さいし》が近づいたときくらいです」

「祭祀？　阿蘇の祭りですか？」

「う……ん。ちょっと、ちがいますね。火振《ひふ》り神事やらおんだ祭りとか、阿蘇神社の年中の神事とかは有名なのですが、ここの行事は、表に出ることがないんですよ。そんな祭りに代々携《たずさ》わる家が、阿蘇のカルデラ内集落のそれぞれに、一戸ずつ存在してるんです。それをとりまとめるのが苫辺家、つまりうちなんですよ。祭りそのものの性格が特殊だから、阿蘇の住人でさえ知っている者はあまりいません。ぼくの言えることはそのくらいです。すべては父が知っていますが、家族にも何も教えないから。そのうちぼくには伝えるつもりらしいけれど、まだその時機じゃないんだろうなと思います」

「じゃあ、集まっているのは祭祀関係の人なんですか」

「そういうことです。でも……ぼくが聞いたのは、同じ内牧の井さんと坂梨の山口さんだけれど、電話を父に替わるときに驚いたんですよ。二人とも共通していることがある。井さんの奥さん、そして山口さんの長男が、義兄さんが乗っていた飛行機と同じ便に乗っていたんだそうです」

知彦は耳を疑った。それは偶然なのだろうか？

「他に集まってきている人たちも、同じ便に乗っていて事故に遭った人のご家族なんでしょうか？」

「他の人たちのことは、聞いていません」

単なる偶然とは思えなかった。尊利のいる奥座敷の方から人々のざわめきが聞こえてくる。

「最初は、乗客名簿に姉さんの名があったので、心配して見舞いの電話をくれたんだろうと思っていたんですよ。でも……そうじゃなかったみたいで」

そのとき、人々のざわめきが急に静まった。

何やら話し合いが始まったことが気配でわかった。証拠があるわけではないのだが、知彦は、集まっている人々は皆、自分が乗っていた飛行機の乗客の家族ではないのかと考えていた。

もし、そうだとすると、何を話し合うというのか。

自分が知らされていない事実があるのだろうか？

そんな思いが溢れ始めていた。

奥座敷では、千穂の話題も出ているのではないか。

そう考えると、知彦は居ても立ってもいられなくなった。

「明利さん」

「何ですか？」

「何を話しているのか聞きたいのですが」

「えっ」

明利は眉《まゆ》をひそめた。

「家族でさえ、祭りの打ち合わせには同席できないんですよ。一子相伝《いっしそうでん》だということだし。それに寄り合いの後で、新たに〝見えた〟ことを話してくれるということだったでしょう。それでは駄目ですか？」

「直感なんです。あそこで、千穂さんに関しての情報がやりとりされている気がする。後でとなると、他所《よそ》から来た私には、本当のことを教えてくれないんじゃないか。そう思えてならないのです。今、すべてを聞いておきたいんです」

明利は返事をしなかった。

「お願いです。私が勝手に話を聞こうとしたということにしてくれたらいいじゃないですか。明利さんには迷惑はかけません」

知彦の真剣さに根負けしたのか、明利は仕方ないというように肩をすくめる。

気づかれないように気配を消して、二人は庭伝いに奥座敷の方へと歩いていった。ゆったりとした内縁《うちえん》があり、その向こうが奥座敷だったはずだ。座敷の中の様子はわからない。障子《しょうじ》はしっかりと閉じられていた。

くぐもったような男の声がかすかに響いてくるが、何と言っているのか発言の内容までは聞き取ることができない。何事かの話し合いが行われているのは確かだ。

複数の人々が交互に発言しているということはわかる。一番くぐもっている声が尊利だと思った。昨夜、知彦が話したときも、こんな喋り方だったような気がする。

しかし、知彦の中では新たな疑問が生まれていた。

明利が言っていた〝祭祀〟とはいったいどのようなものなのだろう？

阿蘇のカルデラ内全域の集落が携わっていて、人知れずに続けられている祭りとは？

幼い頃、この阿蘇で過ごしたことはあるが、ものごころがつく前には阿蘇の地を離れてしまった。

だから、知彦には、祭りの内容は想像もつかない。

ただ、その祭りの全容を、明利でさえ把握していないというのはどういうことなのだろう。

世の中に秘祭というものが存在することは、耳にしたことがある。地域の共同体から外れた者には、絶対にその存在が明かされないという秘儀を伴《ともな》った祭りだ。閉鎖された社会の中だけでひそやかに行われるのには、何らかの理由があるのだろう。

それは、性に関する祭りであったり、権力者を呪《のろ》う祭りであったり、あるいは共同体の繁栄を願うために生《い》け贄《にえ》を捧《ささ》げるような祭りであったりと、それぞれに祭りの目的は異なる。

苫辺家が取り仕切るという祭りは、どの秘祭に当たるのだろうか？

知彦には思い当たることがあった。

まさか知彦や千穂が乗っていた飛行機が墜落したこと自体が、何かに生け贄を捧げるということだったのではないだろうか。

そう考えると、下腹部を、重いものが圧迫してくるような感覚に襲われた。不安からなのか、肩もガタガタと震え出してしまった。

そんな馬鹿な、と知彦は必死で自分に言い聞かせた。しかし、いったん浮かんだありえるはずのない想像が、なぜか消えない。もし、そうだったとしたら、誰が飛行機を墜落させたというのか？

乗客の誰かか？

自らも死ぬ覚悟で？

その詳細が、今、座敷で語られているのではないか？

信じられないことが続くなか、渦巻く疑念に押し潰されそうになりながら、知彦は必死で耳を傾けた。しかし、相変わらず声は聞こえるものの、話の内容を聞き取ることはできない。

声が途絶えた。

どうしたのだろう、と知彦が訝《いぶか》しんだときだった。

座敷の障子が突然開いた。

「誰じゃあ」

浅黒いがっちりした男が知彦を睨《にら》んでいた。知彦は生唾を呑み込む。

男の向こうから、無数の視線が知彦に刺さってきた。尊利のしゃがれ声が言う。

「おやあ。これは、知彦さんでしたかあ」

5

浅黒いがっちりした男が障子に手をかけたまま訝しそうに、知彦と尊利を交互に見較《みくら》べた。正体のわからない男に尊利がなぜ親しげに声をかけるのか、見極めようとしているのか。

「さ、知彦さん、こちらに上がりなさい。明利も聞いておくか。もう、そろそろおまえも末席に加わっておいてもええだろう」

それから、知彦を手で示しながら尊利は、部屋に集まっている人々を見回して言った。

「皆さん、心配はいらない。ほれ、今、話していた、千穂が連れてこようとしていた大山知彦さんだ」

すると人々は「おおっ、彼が？」、「病院から失踪したとテレビで大騒ぎしとったが、本当に身体も大丈夫そうじゃのう」と驚きの声を漏らす。

「さあ、さあっ」と尊利が手招きすると、知彦は一瞬迷ったものの靴を脱いで内縁から座敷に上がった。明利も知彦の後を追うように靴を脱いだ。知彦は、部屋の隅に腰を下ろそうとしたが、尊利は、「そこじゃあ、顔が見えん。もっと皆に顔が見えるような場所に座らんと。知彦さん、こっちこっち」と自分の近くの場所を示した。仕方なく尊利の横に腰を下ろす。

知彦は、周囲から痛いほど視線を浴びていると感じた。

「大山知彦と言います。よろしくお願いします」と挨拶して、深々と頭を下げた。

顔を上げた知彦は、それから部屋の様子を見渡した。一人ずつじろじろと凝視するわけにもいかないから、さりげなく視線をさ迷わせながら人々を観察した。

集まっている人たちは、年齢も服装も、そして風体《ふうてい》もばらばらだった。明らかにサラリーマンと思われる四十代もいれば、陽《ひ》に灼《や》けた農家のおじいさんといった人もいる。最初に部屋から顔を見せた浅黒いがっちりした男は職業もよくわからない。

共通しているのは、全員が男だということだ。ただ、自分に向けられている視線は、さまざまだと思えた。

知彦を興味深く見つめるもの、敵か味方か見極めようとしているもの、はっきりと訝しんでいるもの。

それまで、この部屋で行われていた話し合いの流れは、知彦の出現で完全に中断されてしまったようだ。

「あなただけが、発見されたそうですね。我々も、不思議なことすぎてねえ、何が起こっとるのか、話しとったのですよ。他の乗客がどこに行ったのか、知りませんか？」

サラリーマン風の四十代の男が少し神経質そうに訊ねてきた。飛行機事故の状況を彼らも知りたいらしい。

「すみません、事故発生のときの記憶がないんです。気がついたときは、病院のベッドの上でした」

そう正直に知彦は答えた。

「飛行機の中では苫辺千穂さんと一緒でした。彼女の隣に座って、私は眠りこけていたのではないかと思います」

知彦の言葉に、身を乗り出していた人々の落胆した溜息が聞こえた。

尊利が、サラリーマン風の男を指して言った。

「この人は、知彦さんが乗っていた飛行機の、パイロットのお兄さんですよ」

「阿蘇のご出身だったのですか？」

そうだ、というように首を振る。それだけではない。他からも声が上がった。

「スチュワーデスやっとったのは、うちの次女だが。あっ、今はちがう言い方だな。キャビン何とかって」

知彦は、その事実に驚かされた。ということは、行方不明の乗客たちだけでなく、パイロットを含めた乗員たちまで、阿蘇出身だったということなのか？

「何人かには声をかけましたが、ほとんどは今朝たまたま集まってきたのです。それから、おたがいの家族のことを知りました。うちに集まってきたのは、正体のわからない異変をそれぞれが感じたからなのかもしれません」

そう尊利はつけくわえた。

「じゃ、皆さんのご家族は、偶然あの飛行機に乗り合わせていたというのですか？」

男たちがそれぞれに頷く。知彦は飛行機に乗った他の乗客の様子を思い出そうとした。

ぼんやりとした記憶しかない。隣に座っていた千穂の笑顔はすぐに思い浮かぶ。しかし、他の人々は……。六割近く席が埋まっていたという記憶はあるが、一人一人の様子はまったく覚えていない。前もって、このような事態が予測されているならともかく、たかだか二時間しかいない機内の様子をこと細《こま》かに心に刻もうとは思わないだろう。知彦の記憶にある機内の人々は、ぼんやりと膜がかかった向こう側にいる存在でしかない。

「ええ、皆の話を聞いていて、それぞれの家族が共通して飛行機事故に遭っていることがわかったのですよ。家族が事故に遭う以前から、皆さんそれぞれに異変を感じておられた。だから、その異変は飛行機事故となんらかの関係があるのではないか、と話し合っていたところなんですよ」

そう尊利は言った。尊利の言葉を聞きながら知彦は、何か心にひっかかるものがあった。いったい何だろう。何か割りきれないことがある。

次の瞬間気がついた。

愛《いと》しい千穂を事故で亡くしたかもしれないと思うと、知彦は悲しみで胸が張り裂けそうになる。いや一縷《いちる》の望みを捨ててはいないが、絶望的な状況であることは間違いない。じっと千穂のことを考えているだけで涙が溢れそうだ。

ところが、ここに集まっている人々は、肉親の突然の事故で悲しみのどん底にいるはずなのに、それがまったく伝わってこないのだ。

気のせいだろうか？　それともすでに嘆き悲しみ、このように感情が乾《かわ》いてしまったのだろうか。

いや……、と知彦は思う。

座敷にいる人たちは家族を事故で亡くしているにもかかわらず、どこか他人事《ひとごと》のように思っている感じがするのだ。

千穂のことに話が触れたときの尊利もそうだ。姉のことを語る明利もそうだし、千穂の母親の由布子もそうだ。

由布子などは母親として、もっと半狂乱になっていても不思議ではないはずだ。なのに、案じていると口にはするが妙に淡々としている。

「異変ですか？　どんな異変を感じているというんですか？」

知彦はそう訊ねた。尊利は「説明しにくいのう。それぞれちがうから」と独り言《ひとりごと》のように漏らす。すると集まった人々も頷き合った。尊利は続けた。

「ここにいる人々は、それぞれの地域の〝基《き》〟を守っとる。〝基〟というのは、米軍基地とかの基という文字で表わされるもので、皆、代々守っとるんだ。阿蘇山は少うし変わった山でな。人の身体に経絡《けいらく》があるように、火の山の力が阿蘇の火口のずうっと地下深いところを中心に縦横《じゅうおう》に走っておる。そしていくつかの場所で、阿蘇の気が地上に溢れようとしている。それを守っとるのが、ここに集まっとる人たちだ。人の身体でいえば、阿蘇の大地の〝ツボ〟のことを、我々は昔から〝基〟と呼んでおる。もう何十年もなにごともなかった。夏至《げし》と冬至《とうじ》にうちに集まり、〝基〟の平穏を祝《いお》うて祭りをして、鎮守役《ちんじゅ》をたがいにねぎらっとった。昔から苫辺が鎮守役の世話を務めていましたからなあ。そう説明して、おわかりいただけますか？」

〝基〟？　鎮守役？

突然耳にしたことのない言葉を聞き、知彦は戸惑ってしまう。それが、今回のこととどう関係しているというのだ。とても千穂の消息とは結びつかない。

「正直、あまり理解できたとは言えません。他所から来たから、なおさらイメージを摑めずにいるのかもしれません」

正直にそう答えた。だが、ぼんやりとわかることはある。〝基〟というものが阿蘇の方々にあって、この部屋に集まっている人たちは、皆、自分の集落の〝基〟を守り、世話をしているということなのだろう。

「いや、その考え方で、だいたいは合っていますよ」

そう尊利が言う。言葉にはしなかったのになぜと、知彦は驚いた。少し間を置いてから尊利は話し始めた。

「わかるのですか？」と知彦が問うと、尊利は無表情で頷いた。

「その〝基〟が、それぞれおかしいと、皆感じ始めとった。一つ一つは些細だが、どうにも気になって仕方ないと、それぞれが案じて集まってきたのです。これはもう偶然とは言えない。阿蘇全体に、大きな異変が発生する兆《きざ》しなのではないのかと、そんな話になっていたところです」

「〝基〟というものが、どんなものか、まだよくわからないのですが……」

集まっている男たちは、何を言っているんだ、というように顔を見合わせた。〝基〟は〝基〟に決まっている、そう言いたげな表情だ。

「〝基〟に同じものは一つもありません。鎮守役だった親からそれぞれここを守れと言われた場所が〝基〟なのですよ。谷やら窪《くぼ》地《ち》やら、それはさまざまです。鎮守役だけが感じることのできる気配を放ちながら存在するのです。それ以上に具体的には説明のしようがない。そうとしか言いようのない特殊な場所を〝基〟と呼んでるのですが」

どれくらい知彦が理解しているのかを測《はか》りながら話しているのだろう。そうでなければ、代々〝基〟を守護する特殊な血筋の人々の信頼を得ることはできないだろう。

つまり、阿蘇の外輪山内の方々には〝基〟と呼ばれる特殊な場所がいくつもあるようなのだが、同じ地形、同じ形状ではないらしい。

知彦が納得のいく表情をしていないのを見かねたのか、誰かが声をかけた。

「苫辺さんの娘さんにゆかりのある方。あなたがただ一人行方不明にならずに発見されたというのは、何か意味があるんじゃないかと思えて仕方がない。〝基〟のことを、もうひとつよく知りたいのなら一石二鳥《いっせきにちょう》の案がある。誰かに〝基〟へ連れていってもらって、見せてもらえばいい。異変を一番はっきり感じられるところが、わかりやすうていいのではないか？　ひょっとしたら、異変も鎮《しず》まるんじゃないかと思えるんだが。そんなで、苦辺さんの娘さんが連れてこようとしたんではないですか？」

すると、それに答えたのは、先程の四十代サラリーマン風の男だった。

「私が受け持っている〝基〟にご案内しましょうか」

それから、それでいいかというように、座にいる人々を見回した。

尊利が組んでいた腕をはずし、「北里《きたざと》さん、お願いできますか」と訊ねる。

サラリーマン風の男は、南小国《みなみおぐに》町で役場に勤めている北里良兵《りょうへい》だということを知った。

その場の話し合いでは、謎は何も解けなかったのだろう。鎮守に努め、これ以上大きな異変が〝基〟に起きそうになったら、再度対策を考えなければならないという結論になった。今日のところはいったんここでお開きにするしかないということで、寄り合いは解散となった。

「父さん、ぼくも義兄さんの付き添いで行ってくるよ。帰りはぼくの車に乗せなくちゃならないし」

明利がそう言った。尊利は、すぐにそれを許可した。寄り合いに参加させたときから、明利の存在を認めたということなのだろう。

小さな異変が起こったとき、鎮守役の人々がどのように対処しているのかはわからなかった。それぞれの〝基〟が異なるのであれば、対処法もそれぞれにちがうのだろうなと推測するだけだ。

南小国の北里は鎮守のやり方を見せてくれるのだろうか。いずれにしても、北里良兵の弟にあたるパイロットのことを調べることで、千穂の安否を知ることができるのではないかというかすかな期待はあった。

鎮守役の人々は、それぞれ〝基〟の異変を訴えていたという。とすれば、〝基〟の鎮守役の家族が飛行機事故に遭遇していることと、やはり何か関連があるように思える。

しかし、千穂は、東京では阿蘇の話をまったくしなかったはずだ。今回の両親への挨拶についても、すべてを任せてもらっていいですよねという千穂の言葉に従っていた。〝基〟の異変が千穂とどう関係するかわからない。いや、そもそも〝基〟の異変と関係ないのかもしれない。だが、千穂の行方がわからない以上、真実に近づける可能性がほんのわずかでもあるならば、それに懸けるしかないと知彦は思っていた。

奥座敷から三々五々、集まった人々は去っていく。

「南小国の〝きよらカァサ〟で待っております。すぐに来られますか？」

「私の車で、すぐに向かいます」と明利が答えると、北里は「じゃあ」と告げて席を立った。

明利にうながされて知彦も立ち上がる。

「じゃあ、私も明利さんに連れていってもらいます」

尊利は大きく頷いた。そして言った。

「飛行機のことを聞けば聞くほど、あれは事故ではなかったのではないか。そう思えるようになってきましたよ。何か意味があったのではないか、と」

またしても尊利は、謎めいたことを言う。

「意味があった？　どういうことですか」

「いや。直感で判断して申しわけない。あれだけ鎮守の役を務める家の人々が飛行機事故で消失したというのは、何か儀式のようだと思われませんか」

儀式という発想は、知彦にはまったくなかったので、かなりの驚きだった。

「儀式？　何の儀式ですか」

「今は、そこまではわかりません。ただ、知彦さんが一人残されたことには意味があるのではないかと思えるのです。いくつかの可能性は感じますが、ひょっとして、娘と行動を共にするには資質が足りなかったのか？　あるいはここに残り、やるべきことがあるということなのか？　そんなことを思い浮かべたのです。それが、意味があったのではないか、ということですよ」

知彦は、尊利の言葉に少々ひっかかりを感じていた。千穂と行動するのに資質が足りなかったと言われて、正直いい気はしない。父親から、娘の配偶者として不適格だと言われているに等しい気がしたからだ。

「行きましょう、義兄さん。北里さんはもう出ましたよ。あまり待たせないほうがいい」

明利に言われて、知彦は我に返った。尊利に一礼すると、明利の後を追った。

知彦が乗り込むと、すぐに明利は車を発進させた。ハンドルを握る明利も少し興奮しているようだった。

「ぼくは祭祀のようなものを想像していたのですが、なんだか全然ちがっていたみたいですね。地区ごとに〝基〟があるなんて話は聞いていませんでした。年二回、わが家でやる集まりは、反省会みたいなものだったんですね」

明利は、今の寄り合いの印象を、そう話した。明利自身の想像とも大きく異なっていたことと、その〝基〟の秘密を自分も知ることになったという事実が、気分を高揚《こうよう》させているようだ。

「ここは内牧地区のはずれになるのですが、ここから南小国までは、三〇分くらいかかると思います。しばらく阿蘇のドライブを楽しんでください」

前日も夜道で明利にピックアップしてもらってから、三〇分以上も車に乗せられていたように思った。今日もここからまた三〇分も車で移動するというのを聞いて、阿蘇山という火山の規模を改めて思い知らされる気がした。

「わかりました。よろしくお願いします」と知彦は明利の運転に身を委《ゆだ》ねた。明利はエアコンのスイッチを入れることなく、車窓を半ば開いた。ひんやりと心地よい風が車内に入ってきた。

「国道五七号線から、国道二一二号線に入ります」と明利は宣言する。国道だというのに、そのとき車内に入ってきた風は、草の匂いを伴っているような気がする。走る車の右側を見上げれば高岳、中岳などの阿蘇五岳が見えるはずだと明利は言ったが、丈《たけ》の高い樹々に遮られて車内から確認することはかなわない。

ＪＲ阿蘇駅前を通過して内牧温泉入口という交叉点を左折して、宣言通り国道二一二号線を北上した。

しばらく走って温泉郷を抜けると、もう田園地帯が続くだけだった。正面には緑の壁がそびえているように見えた。その緑の壁が北外輪山であることを明利に教えられる。これから向かう南小国町は、その北外輪山を越えた位置にあるのだという。

「〝基〟は、このあたりにはないんですか？」

知彦は、そう訊ねた。

「今村《いまむら》さんという方がこの辺に住んでいるから、このあたりにも、その方が鎮守役をやっている〝基〟はあるんじゃないですか。でも、ぼくもさっき初めて聞かされたことだから、確かかどうかはわかりません」

緑の壁の手前から、道は右カーブ左カーブを繰り返すようになった。このカーブを繰り返しながら、緑の壁の頂《いただき》に辿り着くことになるのだろう。運転が好きなのか、明利は、そんな道がまったく苦にならないようだった。

助手席に乗っていても、明利のドライブテクニックはリズミカルな心地よい揺れを与えてくれた。次第に瞼が重たくなってくる。

「私を捜して」

その瞬間、はっきりと千穂の声を聞いて、知彦は目を見開いた。一瞬、眠りに落ちていたのか、と知彦は思う。今朝も目を覚ます直前に千穂と出会う夢を見たのだ。ただ朝の夢では、そう言っているように思えただけだったが、今度ははっきり声として耳に届いた。眼前に現われた千穂は、知彦を見つめていた。夢で声を聞いた瞬間に、知彦の脳が彼女の像をイメージしたのだろうか。

「どうしました？」

明利が知彦に訊いた。知彦は正直に、一瞬眠りに落ちてしまったことを白状した。

「やはりそうですか？　姉さんの夢だったんですね」と、ずばりと言い当てた。知彦は、千穂の名を無意識に呼んでいたらしい。

知彦は訊ねずにはいられなかった疑問を口にした。

「皆さん、千穂さんが行方不明のままなのに、えらく落ち着いておられるのはなぜですか？　さっき集まっていた人たちも、家族がいなくなっているのに。何か理由があるのですか」

ハンドルを握っていた明利の表情を窺うと、少し困ったように眉をひそめた。

「落ち着いているように見えましたか？」と答えた。「ぼくだけじゃなく、両親も、ということですか？」

「……そうです。千穂さんは生きている、といった確信のようなものがあるのではないかとさえ思えるのですが」

「いや、遺体を見せられるまでは両親とも実感がない、ということではないでしょうか。ぼくだって、ずいぶん長いこと姉さんとは会っていないのです。姉さんのことは両親からの話で、元気にしているんだなあと思っていたくらいですよ。ぼくも東京へ行く機会はなかったし、姉さんが帰省することもありませんでした」

そう言ったが、知彦を納得させる答えではなかった。やはり、何かひっかかってしまう。割りきれない想いを抱えながら知彦は、自分も千穂が無事でいてくれると信じることができたらどれほど気が楽だろうと思う。今でも千穂の面影がよぎるたび、じっとしてはいられない気持ちに苛《さいな》まれる。車から飛び出したいという衝動に駆られるのだ。

6

「義兄さん、あそこが大観峰《だいかんぼう》です。大きく観《み》る峰と書いて大観峰」

明利が、そう告げた。車は、阿蘇の北外輪山を走っていることはわかるのだが、有名な場所なのだろうか。

「大観峰とは何ですか？」

道路の左右に起伏のある草原が視界いっぱいにひろがっているだけなのだ。緑の大地の上には抜けるような青空がある。そのどこが大観峰なのだろうか？　明利が右手で指差した。

「外輪山では一番高度がある場所なんです。カルデラ内の阿蘇谷や五岳が一目で見渡せる眺望で、絶景のカメラスポットです。昔は、遠見ケ鼻《とおみがはな》って呼ばれていたそうです。阿蘇谷の方に突き出た感じですから」

観光目的らしいバイク乗りの一団が、大観峰の標識の向こうへと消えていく。ツーリングの名所でもあるらしい。

それから数分して明利が運転する車は右折した。視界に入る風景は相変わらず四方が草原だ。草原では時折、明るい茶色をした牛たちの姿が見えた。都会育ちの知彦の目には、放牧されている牛の姿は珍しく映る。その様子に気づいたのか、明利が教えてくれた。

「あの牛が、このあたりの名物なんです。霜降《しもふ》りの脂身《あぶらみ》ではないのですが、〝肥後《ひご》のあか牛〟と呼ばれていて旨味があります。夏山冬里《なつやまふゆさと》といって、夏に向けてこの時季から放牧されているんです」

そう教えてもらっても味までは、知彦にはピンとこない。

「そういえば、あか牛の身体に靴ズミで所有者の名を書いたりするんですよ。で、ある飼い主が自分の牛の身体に『ぼくおいしいよ』と書いていたのを、修学旅行で通りかかったバスの中から小学生の女の子が目撃して泣き出したんだそうです」

そう言うと、明利は肩をすくめてみせた。それを聞くと、知彦はとんだブラックユーモアだなと苦笑した。思い詰めた様子の自分のために、明利はあえてこんな話をしてくれているのだろう。

それからしばらく道なりに進み、トンネルを抜けると、目の前に突然ピラミッド形の建物が現われた。

「あれが〝きよらカァサ〟です」

国道沿いにあるその建物が目的の場所だった。変わったネーミングだと知彦は思っていたが、正体は南小国町の物産館だった。その駐車場で手を振っている男の姿が見えた。先程別れた北里だった。北里は、明利の車に駆け寄ってきて告げた。

「私の車の後をついてきていただけますか？」

「わかりました。だいたい、どちらの方向だと考えればよいのでしょう」

明利が訊ねると、北里は〝基〟の正確な位置はあまり言いたくないというように口ごもったが、「ついてくればわかると思います。見失ったら、押戸石《おしといし》の方向を目指してもらえますか」

「わかりました」

北里は頷き、駐車してあったジムニーに乗り、スタートさせた。明利もその後を追って道路へと出る。

「押戸石って何ですか？」

知彦は素直に疑問を口にした。

「丘の上に、巨石群があるんですよ。けっこう有名なんですよ。最近、パワースポット・ブームとよく言われるでしょう。押戸石は九州のパワースポットを語ろうとすると、必ず紹介されるようになりましたね」

そう教えてくれた。

「そこが、北里さんが鎮守役をやっている〝墓〟なんでしょうか？」

「いや、わかりません。ぼくも〝墓〟なんて、今日初めて耳にしたくらいですから」

「ああ、そうでしたね。すみません」

やはり草原の風景が続く。道の脇に車が駐めてあり、その向こうの草原には幾人かの人の姿が見えた。

「あの人たちは何でしょう。ここでは牛の姿は見えないけれど」

「ああ、あれはドライブ中の人たちが、ワラビを採《と》っているんですね。たぶん熊本市内あたりから遊びに来ているんでしょう」

言われてみると、皆が手に持ったビニール袋をぱんぱんに膨《ふく》らませている。採ったワラビでいっぱいなのだろう。

目に入ってくるものすべてが、知彦にはのどかな光景に見える。こんな場所で、いったいどのような〝異変〟が起こっているというのだろう。

目の前を走っていたジムニーの方向指示器が点滅し、左へと曲がる。明利も、その後を追う。

すぐに坂道だった。そこからはやっと車一台が走れるほどの道幅だった。それほどの勾配《こうばい》ではない。草原の風景は消え、道の両脇は雑木で視界を遮られる状態になった。しばらくは坂道がくねくねと続いた。

パワースポットは、この細い道の先にあるというのだろうか？　対向車が出現したら、すれちがうこともできないだろう。しかし、幸いなことに、他の車に出会うことはなかった。

時折、分かれ道にさしかかると、お世辞にも丁寧とは言えない文字で「押戸石」と書かれた看板があり、矢印で誘導していた。

「これでも最近は、押戸石まで行きやすくなったのです。ぼくの子供の頃は、さっきの広い農免《のうめん》道路もなかったから、延々とこの下のマゼノ渓谷沿いを歩いていくしかなかった」

「子供の頃にここまで来たんですか？」

「ええ。今のようにパワースポットを訪ねて、というのではありません。遠足です。マゼノ渓谷の紅葉は見事だし、押戸石からの眺めのよさは、他では味わえませんからね」

続けて明利は、その頃押戸石は自分の背丈よりも高いススキで覆われた丘の上にあったことを思い出して語ってくれた。しかし、最近は足を運ぶこともなかったという。押戸石がパワースポットとして有名になっていることを知り、逆に意外に思ったほどだ、とつけくわえた。

雑木林に挟まれた道を飛び出すと、再び草原の一本道になった。道は舗装されていないので、明利の運転する車は大きくバウンドを繰り返しながら進む。喋ったら舌を噛みそうな凸凹《でこぼこ》道だった。

北里の運転している車がジムニーだというのもわかる気がした。普通車では車体の底を擦《こす》る可能性もあるのだ。いや、実際、明利の車もバウンドしたとき一度、ガリガリという嫌な金属音を発した。

やっと北里の運転するジムニーが停止した。そこは、道が終わる場所だった。ただだだっ広い平地で、丈の低い草が生えているだけだった。ジムニーを降りた北里が、二人が乗った車を待っていた。

ジムニーの横に明利は駐車させる。

「少し歩きます」と北里は言った。彼は手に細長いバッグのようなものを持っていた。それが何のための荷物かはわからない。

知彦は明利とならんで北里の後をついていく。知彦は下り斜面を見下ろす。なだらかな草原が果てしなく続いている。

「遠いのですか?」

明利も少し不安になったのか、北里に、そう声をかけた。北里は、一度ぴたりと足を止めて振り返ると、「こちらから行けば、押戸石の向こう側になります」と答えた。

足許には、もう葉になりかけている無数のワラビが生えている。あと数日早ければ、このあたりの草原もワラビ採りにはうってつけだっただろうと知彦は思う。

しばらく斜面を登っていると、岩が坂の上から覗いている。一〇分も登っただろうか。

「あれが……押戸石ですか?」と知彦は明利に訊いた。

「そう。あれも……押戸石ですね」

「えっ」

「正確には押戸ノ石石群と言うんですよ」

あと数歩登ると、知彦にも明利が言ったことの意味がわかった。

一個の巨石ではないのだ。いくつもの巨石が点在しているのがわかる。

そこが丘の一番高い場所になるのか、平坦で広大な広場のようになっている。

一番手前に押戸石を解説した看板があるのだが、その向こうのピラミッド形の岩には注連縄《しめなわ》が巻かれている。その岩が突出して大きい。大人の背丈の倍以上はあるだろう。

この巨岩が突出して大きいから、この地域ではご神体のように崇《あが》められているのだろうか、と想像した。

「昔の伝説ではですね、鬼たちがこの丘に夜な夜な集まって、この石をお手玉にして遊んでいたというんですよ」

明利は子供の頃、そんな話を聞かされていたらしい。

知彦の頬を阿蘇の風が撫《な》でた。押戸石から目を離し、あたりを見回した。

それまで気がつかなかったことが意外だった。この押戸石の丘からは、全方位三六〇度を見回しても視界を遮るものが何もない。阿蘇山中岳、高岳は元より、その背後に聳《そび》える山まで見渡せるのだ。九州の山々の名前はいくつか耳にしたことがある。九重山《くじゅうさん》、祖母山《そぼさん》。外輪山の彼方《かなた》に見渡す山は、そんな山々ではないのだろうか。

「見事な景色ですね」と知彦は思わず漏らした。「何て雄大なんだ」

明利が、「義兄さん、パワーを感じますか?」と訊ねた。押戸石がパワースポットと呼ばれることを踏まえての問いかけだが、そう訊かれるまで、知彦はここがパワースポットであることさえ忘れていた。

「いやあ、私は何も感じません。気持ちいい場所かどうかと言えば気持ちいい。それは、あまりこのような自然の中に身を置いた経験がなかったからじゃないでしょうか」

「その岩にはシュメール文字が刻まれていて、コンパスを近づけるとコンパスの針は狂ってしまうらしいですよ」

悪戯《いたずら》っぽい口調でそう言った。

そんな古代文字が刻まれているなんて、まったく気がつかなかった。

「え、どこにシュメール文字が刻まれているんですか？」

改めて巨大な岩に顔を近づけたが、知彦には文字の一つも発見できなかった。

「いやあ、ぼくもそう聞かされただけで、どこに刻まれているのかまったくわからなかった。コンパスが狂うというのは、磁石を取り込んだまま火成岩《かせいがん》が急速に冷えると磁極が部分によってちがってしまうから、別に不思議な現象でもないと思いますが」

明利は、笑いながらそう返した。

前を見ると列石群の向こう側へ北里の姿は消えていく。慌ててその後を追いかける。

列石群の向こう側にひろがる下り斜面を、北里が滑るように下っていた。

知彦と明利は顔を見合わせる。

〝基〟はもう近いのだろう。だが、どの場所も知彦の目には同じような斜面にしか見えない。

北里が斜面の途中で立ち止まった。半ば両脚を開き、足許を見下ろしていた。

明利が「北里さん！」と呼んだ。

北里は顔を地面に向け、視線を釘づけにしたまま、左手を上げて知彦たちを制した。

「注意して。駆け寄らないようにしてください。そこからはゆっくりでお願いします」

そう言うと、手に持っていた細長いバッグを地面に下ろした。

知彦は、北里が注意を向けている地面を見た。

しかし、周りの草原と何も変わった様子はない。どうして北里がそのポイントを他の場所とちがうと見分けることができるのか、不思議でならなかった。

明利が声をかける。

「そこが、〝基〟なんですか？」

北里は全身を強張《こわば》らせた様子で、首だけ動かして、「そうだ」という身振りをした。

知彦と明利は、北里の言葉に従い、慎重に下っていく。遠くでヒバリの鳴き声がのどかに響いているのが、逆に気持ちを張りつめさせた。

二人は、北里の背後から歩を進めた。二人が近づいてきたことを感じ取ったのか、そこから前に進まないように、と北里は両手をひろげた。

知彦と明利は立ち止まる。

北里がゆっくりと振り返った。苫辺家の奥座敷で見たときとは別人のように人相が変わっていた。

顔色は蒼白になり、目は三白眼《さんぱくがん》になって引き攣《つ》ったような表情を浮かべていた。

北里の足許を見た。

丈の低い草があたりを覆っているだけだ。何の変哲もない。どこが〝基〟なのかもわからない。

ひょっとしたら、北里は〝基〟が実在するという自己暗示の中にあるのではないか。

明利が思ったことを口にした。

「何もないじゃありませんか。周囲の斜面と何も変わりませんよ」

しゃがれ声で北里が答えた。

「鎮守役なら〝基〟は見える。〝基〟の変化も聞こえる。苫辺さんに縁ある方なら、見えるはずです。聞こえるはずです。明利さんも、千穂さんに連れてこられた方も」

明利と知彦は顔を見合わせた。

「まだ、見ようとしてないので見えないだけです。〝基〟を感じるのです。存在していることを感じ取れれば、自然と見えてきます。この異変が拡《ひろ》がっていき、もっとひどい状態になったら……。そのときは、鎮守役でない一般の人たちにも見えるようになる。そうなってしまったときは、いくら鎮守役といえども、もう手がつけられません。わかりませんか？　おわかりになるでしょう」

北里は蚊《か》の鳴くような小声で話した。

明利は黙った。知彦が明利の様子を窺うと、眉をひそめて何かを見ようとしていた。

〝基〟というものを見極めようとしているのか。

目を細めた明利が、弾《はじ》かれたように身体を引いた。

「す、凄い」と明利は指差した。「これが〝基〟ですか。ぼくにも見えました」

しかし、知彦の目には、丈の低い草が風にそよぐ斜面がひろがっているだけだった。

明利が、「〝基〟は見える！　そう信じて目をこらすんです。視《み》る位置を変えて試してください。義兄さんなら、必ず見えます」と大きな声を出した。

二人して、自分を欺《だま》そうとしているのかと思ったほどだ。知彦は明利に言われた通り、〝基〟があるものと信じて凝視する。

明利が言うほど簡単なものではない。視界が少しぼんやりしただけだった。

だが、次の瞬間、劇的な変化が起こった。

これまで野草の斜面だと思っていた場所が、実はそうではないことを知った。

ぼんやりしていたものの焦点が、その瞬間合ったのだ。

「わっ」知彦は、突然の変化にのけぞりそうになった。

「義兄さんも見えたんですね」

「見えました。これが……〝基〟ですか……」

たった今まで何も見えなかった地面に、直径五〇センチほどの円形の何かがあった。

一度見え始めると、視界から消えることはない。なぜ、これほどのものが見えなかったのだろうか。そのほうが不思議なくらいだ。

色さえもちがう。

〝基〟の周りは草の緑なのだが、〝基〟は水の透明さを保った朱《しゅ》とも紅《くれない》ともいえない色をしていた。そう、そこは地面ではない。血の色をした水面《みなも》なのだ。

「これが異変なのですね」

「そうです」と北里は答える。

「〝基〟に異変が起こる前は、どのような状態だったのですか？」

「なんの変哲もない斜面です。周期的に、この場所の〝基〟が地上に現われ、このような血の色に変わることがあるので、早朝と役場から帰宅した後、毎日二回は鎮守役として見回ります。そして、〝基〟を鎮めるんです。私が鎮守役になってから今までで、こんな状態にまで異変が拡大したことはなかった」

「この下はどうなっているんですか？」

特殊な成分が含まれた水でも湧《わ》き出しているのだろうか？　知彦は、そんなことを考えた。何を言っているんだというように、北里は振り返った。

「この下は土ですが。上から見ると深く透《す》き通った赤い水のようですが、下は土ですよ」

「鎮守って、何をするんですか？」

「他の〝基〟のことは知りません。だが、北里家《うち》じゃあ、昔から〝基〟を抑《おさ》えるのはこれです」

そう言って、地面に置いた、例の細長いバッグのファスナーを開いた。中から三本の杖《つえ》を取り出した。修験者《しゅげんじゃ》が持つ、先端に輪をつけた錫杖《しゃくじょう》のようなものだった。

「これを使います」

「この道具で鎮めることができるのですか？」

「今がいっぱいいっぱいなところでしょうか……。これほど大きゅうなることはなかった」

いったい、この〝基〟とは何なのか。異常な現象であることはわかるが、〝その意味するところはまったくわからない。

「実は、今朝も鎮めに来たんです。それが半日で、もうこんな状態にまで戻ってしまう。ほうっておけば、どこまで拡大するかわからない。そのとき、この三鈷柄《さんこづか》三振りだけで鎮めることができるのかどうか、自信はありません」

三鈷柄と呼んだ杖状のものを両手に持ったまま北里がそう言ったとき、〝基〟を覗き込んでいた明利が叫んだ。

「見てください。何かがいます。この……深いところに……動いているのがわかる」

明利は顔を上げ手招きした。

7

知彦は、恐る恐る〝基〟に近づいた。今は、どのような角度からでも〝基〟を見失うことはない。緑の斜面のそこだけ、表面が赤くざわざわと波打っているのだ。

明利は、その異常な空間を目を皿のようにして覗き込んでいた。

明利が手を伸ばしてその〝基〟に触れようとする。

「馬鹿なことするんじゃない！」

その瞬間、北里が荒々しい声で叫び、明利に体当たりしてきた。明利は体勢を崩し、そのまま斜面を数メートル転がり落ちて止まった。

「何をするんです」
心外そうに叫んだ明利の声が鋭くなる。
「触るもんじゃない。誰も触ってはいけないのです。昔から、そう決まっとるから」
北里が大きく首を横に振ってみせた。なぜ、〝基〟に触ってはいけないのか。北里は
その理由を知っているのか。ただ、北里が〝基〟の鎮守役を引き継ぐときに、そう言い
伝えられてきただけではないのか。
斜面を登ってきて、再び〝基〟を覗き込んでいた明利は、一歩退いた。代わりに知彦
が〝基〟を覗き込む。
〝基〟の表面にはさざなみが生じていた。その赤い水面に顔を近づけた。
〝基〟の中は当然のことながら暗い。表面だけは赤く染まった水面のように見えるが、
その奥の奥は明度が不足しているのだ。
明利は、その〝基〟の深いところで何かが動いていると言っていた。それが何かを知
彦は見分けようと、〝基〟の表面に顔を近づけて深い場所をにらんだ。だが、何も見え
ない。暗いだけだ。
「あまり顔を近づけすぎない方がいいですが。〝基〟の拡がりが急に速くなることがな
いとは言えませんから」
北里が、そう念を押すように注意してくれたときだった。
形はわからないが、突然現われた黒い物体が〝基〟から飛び出さんばかりに知彦に接

近してくるのが目に入った。

「うわっ」と叫んで知彦は後ろへとのけぞった。同時に、直径が五〇センチほどだった〝基〟が、ひとまわり大きくなった。

さらにもう一つ変化が起こった。

〝基〟の表面が盛り上がったのだ。

知彦は凄《すさ》まじい力で後ろへ引かれ、そのまま地面に尻をついてしまった。

知彦を引っ張ったのは北里だった。代わりに、彼が知彦の前に躍《おど》り出ていた。

〝基〟からは真っ赤な棒状の突起が伸びている。それは突起としか認識できない。形もよくわからない。

〝基〟の内部から知彦に向かって急に接近してきたものは、あの突起なのだろうか。

北里は、右手に握った三鈷柄の一本を振り上げると、耳をつんざくような叫びと共に、力一杯に緑の地面に振り下ろした。

その瞬間、劇的な変化があった。見事なまでに、〝基〟が縮小したのだ。

〝基〟そのものが生あるもののようだ。赤い突起状のものも支えをなくしたように瞬時に沈み込む。

北里は手を休めなかった。左手に残った二本のうちの一本を右手に握り替える。今度も気合と共に地面に刺し込んだ。

再び、〝基〟が小さくなった。〝基〟の表面の朱が濃くなる。深紅《しんく》と呼べばいいのか。

そう言ってよいほど色の濃度が増した。すでに〝基〟のサイズは、大人の拳大《こぶしだい》にまで縮《ちぢ》んでいる。表面のさざなみがおさまり、濃紅色をしたゼリーの表面のようだ。

そして、北里は最後の一本を両手で握り、両膝を地面についた。そのまま三鈷柄を振り上げると、精魂迸《ほとばし》るような咆吼《ほうこう》と共に振り下ろした。これまでの二本とは比べものにならない迫力だった。

〝基〟の横の地面に深々と突き立てられたとき、知彦は、地響きがするのを感じ取った。足許からはっきりと震動が伝わってきた。

〝基〟が消失していた。緑の大地のどこにも見当たらない。

北里は、しばらくは三鈷柄を握りしめたまま、微動《びどう》だにしなかった。三鈷柄を通して自分の気を大地の中へ注入し続けているように見えた。

しばらくして北里は三鈷柄から手を離し、ゆっくりと立ち上がった。自分の緊張を解きほぐすかのように、両肩を上下させ、首をぐるぐると回しながら。

「終わったんですか」と明利が、おずおずと訊ねた。

「なんとか……なったようです。でもこれ以上〝基〟が大きくなれば、鎮めることができるかどうか、自信がないです」

「でも、完全に消えたようですけど。もう、何も見えませんよ」

しかし、北里は大きく首を振って言った。

「〝基〟はありますよ、同じ場所に。昔からずっと、あるんです。離れてもすぐわかる。

ほら、〝基〟の上。周りとはちがうことがわかるでしょう」

北里は突き刺していた三鈷柄の一本を引き抜き、それで〝基〟があったあたりの上、地上三〇センチくらいの空間を指した。

知彦は視線を向ける。何も見えない。しかし、数十秒間じっと見続けていると、北里が言っていることがわかってきた。

血のような濃紅色を放っていた〝基〟の上に、漏斗《ろうと》状に何かがある。いや、何もない。代わりに、その空間に透明だが微妙な歪《ひず》みが生じている。そして、その真下が〝基〟なのだろう。地面に拡がる〝基〟でなくても、空間の歪曲《わいきょく》ぶりでそこが〝基〟だとわかる。

「見えました」

明利にもわかったようだ。北里は頷くと、残りの二本の三鈷柄を地面から一気に引き抜いた。体力を消耗《しょうもう》したのだろう、息は荒く、肩を上下させている。

明利が気を遣って「少し休まれたらどうですか？」と勧めると、北里は素直にそれに従って、草原の斜面に腰を下ろす。

知彦もその隣に座った。

「おわかりいただけましたか？」と北里が言った。

「はい。すべての〝基〟が、このようになっているんですか？」

知彦が訊ねる。

「私は父から、ここの鎮め方を教わって守ってきたので、他所の〝基〟のことは知りません。ただ、この〝基〟が鎮めきれんようなことになる前に、苫辺さんとこに相談に行こうと思っとりました。年二回の祭祀を執り行っておられますから。今朝、これはまずいと思って伺ったわけですが、方々の〝基〟の鎮守役があんなに集まっとって、こちらが驚きました。

〝基〟を守っとるもんとは、夏至と冬至に集まったときに酒を酌《く》み交わしながらおたがいのことを話すんですが、それぞれが守る〝基〟のありようは、微妙にちごうとるようです。大岩と大岩の間に〝基〟があると話しとった者もおったし、滝の裏側の岩陰にあるという者もいた。谷底の空中にあるという者もあるし、聞いていると〝基〟の姿は、ちっとも定まっておらんように思えますなあ。その場所によって異なるんじゃないですかなあ」

「そのすべての〝基〟がおかしくなっているということなんですね。ここの〝基〟の異常ははっきりとわかりました。この状態が進むと……どういうことになるのですか？」

知彦がそう訊くと、北里は唇を尖らせてしばらく考えた。それから困惑したような顔で言った。

「わからないです。さっきも言いましたが、私がこの〝基〟を任されてから、ときどき小さな変化は見たことがあるんですが、これほど大きな異変は見たことがないですが。これ以上進んだらどうなるのか、予測もつかないです。もっとも……そこまで進んだら、そのときは、もうわれわれ鎮守役の手に負えない事態なんだと思います」

少しずつ北里の息遣いも落ち着いてきているようだ。話しながら、北里は三鈷柄を細長いバッグに収めた。

「今までは三鈷柄一本だけで十分にやれてきたんですよ。代々、北里家に三本も伝わってるのが不思議でならんかった。無駄なもんだと思っていた。ところが、ちゃんと意味があったんです。三鈷柄三本が〝基〟を鎮めるために必要でした。よくしたものだなと思いますよ。もっと昔に、同じようなことがあったのかもしれません。親父の代よりも祖父の代よりも……そう、ずっと前の代に。そのときからの知恵で、三本伝わってきたのではないかと思うのですよ」

〝基〟の正体が何かということまでは、鎮守役を務める家では伝えられてはいないらしい。伝わっているのは〝基〟の観察と、鎮守の技法だけなのか。

「苦辺の娘さんが連れてきた方だから、ひょっとしたら、という話が出ておりましたが……」と言いかけて、口を閉じた。

北里も、〝基〟の異変を鎮める力を知彦が備えていると期待していたのかもしれない。しかし知彦は、〝基〟の存在そのものを知ったばかりなのだ。

そのとき、この北里良兵の弟が事故機のパイロットであったことを知彦は思い出した。ここでその話題を出していいものかどうか迷ったが、思いきって訊いてみることにした。

「北里さんの弟さんは、あの飛行機のパイロットだったそうですね？」

「申し訳ありません」

北里は、まずそう言って頭を下げた。自分の弟の操縦のせいで、知彦と千穂を事故に遭遇させたという負い目を抱いていたらしい。

「いえ、北里さんが謝られることはありません。朝も言った通り、私は事故の瞬間の記憶がないのです。だからかもしれませんが、一緒に乗っていた千穂さんが、どこかで元気にしているような気がしてならないのです。北里さんも、実は弟さんは無事だと思っているのではないでしょうか……。そんな気がするのですが、ちがいますか？」

北里は心底意外そうな表情を浮かべて、知彦を見つめていた。

「健次《けんじ》のことをですか。確かに、皆さんが乗っていた飛行機を操縦していたようですが、事故の後そう聞かされても、私としては、あまりピンとこないのです」

もっと何かを、北里は言いたそうだ。知彦はパイロットの名が北里健次という名前だったことを知る。

知彦は辛抱《しんぼう》強く、北里がまた口を開くのを待った。

「子供の頃から、私と健次とはあまり仲がいいほうではなかったですからなあ。性格もちがっていたし、健次は私を馬鹿にしてるようなところがあってですなあ。前から、阿蘇を出て外でいい仕事を探す、が口癖だったんですよ。で、熊大を卒業してから健次は宮崎の航空大学校に入りました。この頃から、もう健次は、まったく阿蘇へは帰ってこないようになっていました。ときどき、お袋に電話連絡をしてくるくらいでした。

大学の頃、急にパイロットになりたいと思い始めたらしく、熊大の工学部を卒業するとそのまま宮崎へ向かったのですよ。父との関係もあまりよくなって、それであえて帰省することもなかったのでしょうねえ。だから、健次のことは、うちではほとんど話題には出ないし、お袋も話題にすることはありません。父はもういないのですが、お袋は私と健次があまり仲がよくなかったことも知ってますから、あえて口に出さんのでしょう」

知彦はそんな話を聞きながら、北里が弟のことであまり感情を表に出すことがなかったことに納得できたような気がした。

「それでも時折、お袋は思い出したように、ぼそりと健次の消息を漏らしたりしたのですが、そんなときは、弟から連絡があったんでしょう。航空会社に入社して、パイロットやっとるというのは、聞いていました。だけど、どんな路線を飛んでいるのかまでは知らなかった。熊本行きの便を操縦していても、阿蘇に寄りつきもしないし、連絡してくることもなかった。事故で連絡を貰わなければ、それこそ私は、ずっと弟のことを知らずに過ごしとったのではないかと思うんですが」

そこで、遠くの空に視線を移して、北里は溜息を吐くような口調でつけくわえた。

「いや、いっそのこと、知らない方がよかったかもしれない。知らなければ知らないで、日々を平穏に過ごしていけたと思うんです」

それが北里の本音のように思える。

「じゃあ、ずいぶんと長く弟さんとは会っていなかったのですね」

「ええ。最後に私が健次の顔を見たのは何年前になるんだろう。あいつがまだ、熊大の学生のときだったか。休みに数日だけ帰省したときで、私とはろくに話をすることもなかった。で、数日後には熊本市内でバイトをやらなきゃならないとか、そんなことを言って家を出ていったのが最後かなあ」

それでは、この二、三年、帰ってこなかったということではない。もっと長い期間、北里の弟は故郷に足を向けなかったということだ。半絶縁状態と言ってもいいのかもしれない。

「じゃあ、それからは、ほとんど音信はなかったのですね。お母さんにときどき連絡があるくらいで」

知彦の問いに北里は一度大きく頷いたが、「そういえば」と首を傾《かし》げた。

「何ですか？」

「いや、その後、家に宮崎の航空大学校の方から、一度だけ連絡があったのです。お袋によると、宮崎のフライト課程の中で飛行訓練が行われるそうですが、そのとき小型の訓練機で規定時間、操縦演習を受けるんです。早い話が、実践《じっせん》の飛行訓練です。その訓練の最中、健次が操縦していたA36が海上に墜落して、弟が行方不明になったという連絡があったんですよ。今回みたいな状況ですね。で、両親は、とるものもとりあえず宮崎へ向かった。けっこう新聞でも大きく報じられたんです。でも、機体は発見されないし、弟の遺体も発見されない。両親は諦めて、家に戻ってきました。

ところが数日後、そのときは遺体もまだ見つかっていないからということで、葬儀もやらんままでおったのですがね。それで正解でした。私が勤めから帰ったらお袋がにこにこしてですねえ、私に駆け寄ってきて言ったのです。健次から連絡があった。健次が生きとったと。私が間違いないのかと何度も念を押したのですが、お袋は間違いないって。航空大学校からの連絡があったのかと訊いたのですが、とにかく本人から電話がかかってきたんだと言うのです」

そう語っている北里自身が、そのときの戸惑った経験を理解してもらえるのか自信がなさそうな口調だった。

「海を漂っているところを漁船に助けられたようなのです。意識が戻らずすぐには連絡できなかったということなのですが、なんとなく辻褄《つじつま》が合わない言い訳に、私には思えました。でも、お袋には、助かった経緯などどうでもよかった。お袋にとって一番重要なのは、健次が生きていてくれたってことなのですよ。

それ以来、弟の消息を聞くことはあまりない。大学校を無事卒業できたと連絡があったとか、就職できて念願のパイロットになれたらしいとか、お袋から伝え聞いた情報だけです」

そこで北里は話を切って、知彦や明利の反応を待った。

自分は客観的に弟のことを語ったつもりなのだろう。奇妙な話に聞こえるかもしれないが、すべて事実なのだから仕方がないのだ、と言っているようだ。

北里がなぜ、それほど弟が事故に遭ったことを気にかけないのか。知彦にも、今ははっきりとわかる。

長い年月、弟と会っていないということもあるだろう。

しかし、それだけではない。

北里の心の中では、弟の北里健次は、航空大学校の在学中に一度死んでいるのだ。以降、弟がどのような人生を歩んでいるのかは、まったく関心がないし、興味も持っていない。北里の母親が語る弟の近況は、彼の耳を通り過ぎてしまうだけだったのだ。

「だから、ひょっとしたら今度の墜落事故でも、しばらくしたらまたお袋が健次から今日連絡があったよ、って言い出すんじゃないかっていう気がするんです。樹の枝にひっかかって意識を失ってたとか、健次はいろいろやることがあるらしくて急いで東京へ帰っちゃった、皆にはよろしく伝えてくれってさ、といった具合に。そんな気がしてならないのですよ」

そう言って唇を歪めて笑った。「そんなことより、私にとっては〝基〟がおかしなことになっているってことの方が心配ですよ」

明利が訊ねた。

「もう、しばらくは、〝基〟の変化は起こらないのですか」

「夕方に、もう一度来てみるつもりでいます。それまでは、微々《びび》たる変化しかないでしょうから」

知彦が明利に言った。

「さっき〝基〟の中で何かが動いているのが見えたと言っていましたが、何だったんでしょうか」

「よくわかりませんでした。影のようでしたが……」

明利にもはっきりと見えなかったようだ。これ以上、ここにいても新たに得るものはないと知彦には思えた。

「明利さん。では、私たちは失礼することにしましょうか……」

「そうですね。これからどうします？」

次に訪ねてみようという場所も、知彦には思い浮かばなかった。

知彦の胸の内を察してか、明利が提案してくれた。

「墜落現場に行ってみましょうか」

そういえば、知彦と千穂が乗っていた飛行機の墜落現場がどのような場所か知らないのだ。「はい。お願いします」と知彦は答えていた。

8

押戸石巨石群のある北外輪山から、知彦が乗っていた飛行機が墜落した南阿蘇の外輪山東斜面までは、車で移動しても一時間以上はかかる。いったんカルデラ内にある阿蘇谷へ下り、噴火口がある五岳を回り込んで、南阿蘇へと抜けることになる。

阿蘇はそれだけ広大なのだ。

明利と二人だけの車内で知彦は口数が少なくなっていた。考えなければいけないことが多すぎるのだ。なぜ？　何が？　そしていったいどこに？

いずれも疑問符だけで溢れ返っている。

明利もそんな知彦の様子に気を遣ってくれているのだろう、黙ってハンドルを握っていた。

初めて〝基〟を見て、それがどのようなものかはわかった。だが、〝基〟という存在そのものが、常識の通用しないもののようだ。

あの〝基〟と墜落事故が、関連があるのかどうかもまったくわからない。

〝基〟の異変が偶然同じ時期に発生したのかもしれない。

さまざまな可能性を思いめぐらせてみる。しかし、知彦が持っている情報だけでは結論に達するのは難しい。妄想の類《たぐい》が浮かんでは消えていく。

真実になかなか辿り着けない虚《むな》しさから、知彦の思考は千穂の面影へと逃避してしまう。

逢《あ》いたい、そんな衝動が不規則に突き上げてきて、どうしようもなくなる。

想いだけでは何も解決しないことはわかっている。だが、そう考えると、今度は事故が迎える最悪の結果へと悪い想像がひろがる。そして、さまざまな可能性へ思考を向けようと堂々巡りを繰り返すのだ。

口数が少なくなって当然だろう。記憶の中にある千穂との思い出が、切なさを増幅させる。

「いいですか？」

ハンドルを握る明利に声をかけられ、知彦は、はっと我に返った。

「あ、すみません。考えごとをしていました。そろそろ目的地ですか？」

「いえ、まだです」

明利は、初めて見たという〝基〟の異変についての感想を知彦に語った。明利にも、その正体はわからないようだ。自分の目で見た信じられない存在を、知彦と話しておきたかったのだろう。あれは自分だけの錯視《さくし》ではなかった。

おたがいの言葉で感じたことを確認し合った後に、明利は言った。

「それから、もう一つ。気になっていることがあるんです」

「なんですか？」

「さっきの北里さんの話ですよ。事故機を操縦していたという弟さんのことです」

それは知彦も同じだ。どこがどうというのではないが、ひっかかっている。北里が悲しみを見せないのは、弟の存在にもともと実感がなかったからだというように聞こえた。

「あの話のどこが気になっているんですか？」

「北里さん、ずっと弟さんに会っていなかったと言っていたでしょう。だから、あまり実感が湧いていないということでした。実はそのとき、はっとしたんです。姉さんのことで……」

「千穂さんのことですか」

「……そう。そうなんです。ぼくも数年間、姉さんと会っていないし、話をしていないのです」

それを聞いて、知彦は正直なところ意外だった。

「でも、千穂さんのことを、かなり男性を見る目がシビアだったと言っていたじゃないですか。こちらでもけっこうもてていたって」

「ええ。でも、こちらでもてていたというのは、姉さんがこちらの中学に行っていたときのことです。ぼくはまだ小学生だったのですが、高校生や大学生まで姉さんに告白しに来るのを見ていました。それをすべて断っていましたからね。私は自分の好みの男性のタイプをちゃんと知っているって、はっきりと相手に言ってました」

そう聞かされて、知彦は千穂の笑顔を思い出していた。何とも切なすぎる。あれほど自分を慕《した》ってくれたことに感謝せずにはいられない。

「高校から、姉さんはずっと東京です。両親は、女の子が東京で一人暮らしをすることに反対していたのですが、姉さんは言い出したら聞かない人でした。全寮制の女子高を選ぶと、さっさと上京してしまいました」

知彦にとって、千穂は心やさしくて快活な女性だった。そんな気丈で強情なイメージはない。東京にこだわる理由が、千穂には何かあったのだろうか？

「もう一つ、北里さんの話で気になったことがあったのです。弟さんは、操縦演習のときに一度事故を起こして、遺体が見つからないまま亡くなったと思われたことがあったと言ってましたね」

「ええ」

「姉さんも、そうなんです。大学生のときだったかな。姉さんのゼミの同級生から連絡がありました。姉さんが交通事故で死んだって。で、両親が大慌てで上京の準備をしていたときに、姉さん本人から電話があったんですよ。友だちにたちの悪い悪戯をする人がいて、その人がお母さんたちを欺そうとしているから気をつけてって。それで、家を出る寸前だった両親は上京をとりやめました。この出来事、似ていると思いませんか」

北里の弟が演習中の事故で死亡したと思われたが、その後無事だったと弟本人から知らせがあったこと。そして、千穂も学生時代に交通事故死したという連絡があったが、その後、千穂本人から間違いだと訂正が来たこと。

確かに奇妙な共通点がある。

「偶然なのでしょうか？　それとも、何か意味があるのでしょうか？」

常識的に考えれば、偶然としか答えようがない。

「わかりません」と正直に思っていることを言った。

すると、明利は質問の切り口を変えた。

「義兄さんから見て、姉さんはどんな人でしたか？」

知彦は戸惑ってしまった。千穂の弟からそのような質問を受けるとは思っていなかった。

「どんな人って……千穂さんは素敵な人だと思います。他の女性とは全然ちがう」

そう答えたものの、それ以上の形容ができなかった。

そんな答えを期待しているのではないというように、明利は黙っていた。しばらくして明利が口を開いた。

「北里さんが、弟さんのことについてあまり実感が湧かないと言っていました。そのとき、ぼくが姉さんのことをどう思っていたかを考えたのです。姉さんとは、長い間全然話をしていないし、会ってもいない。交通事故の連絡があってからの姉さんは、本当にこの世界にいたのでしょうか。でも、義兄さんは、姉さんと一緒に飛行機に乗っていたのですよね」

明利にそう言われて、自分が当たり前に信じていた現実が、根底からひっくり返されてしまったような気がした。

明利が訊きたかったのは、東京で巻き込まれたという交通事故の連絡の後、千穂は本当に存在していたのか、ということだ。

いや胸の内では、自分の姉も北里の弟も、すでにこの世を去っていると思っているのではないか。

「姉さんと母は電話で何度も話していたようです。でも、ぼくには実感が湧かない。姉さんは生きていると皆に言い聞かされていただけではないか。そんな気もするのです。でも、義兄さんは姉さんと共に過ごしてきた。やはり姉さんは無事で元気だったんです。だからこそ知りたい。姉さんはどんな人だったのかということを」

姉の千穂の姿は、明利の中で実在と架空の間を行ったり来たりしているのだ。

知彦は、千穂のことをできるだけ思い出してみようとする。

手を握り合って、冬の道を歩いた。そのときの千穂の手の温かみと感触が蘇ってくる。あれが幻想であったはずはない。

知彦自身の過去は、まだぼんやりと霧の中にある。しかし、千穂との出来事については、次々と鮮明に記憶が浮かび上がってくるのだ。

それは自分でも不思議なほどだった。

知彦はすべての季節を千穂と共に過ごした。土手沿いの満開の桜並木の下で花見をしたのは、出会って間もない頃のデートだった。それからあまり日を経ずに千穂は、知彦の部屋で暮らすようになったのではなかったか。だから、梅雨《つゆ》のじめじめとした日々は、知彦の部屋で過ごしていたことしか覚えていなかった。知彦は、おかげで湿気も空の暗さも気にせずに過ごすことができたのだ。

千穂は、毎朝、会社へ出勤していた。勤務先は大門《だいもん》の方にあると言っていた。社名を聞いたが、知彦が聞いたことのないものだった。アルファベットがいくつか連なったような社名で、とても覚えきれない。どのような仕事をやっているのかも教えてもらったのだが、その業務がどのようなものかさえ、知彦の記憶の中では欠落している。

知彦の仕事がない日は、千穂も休みをとることができた。できるだけ二人は同じ時間を過ごしたのだ。一緒に映画を観た。一緒に海へ行った。紅葉の中を歩いた。クリスマスツリーの明かりを二人で見上げた。

すべての思い出に共通するのは、知彦の隣には必ず笑顔を向けてくれる千穂がいることだ。

そうやって共に一生を過ごしていくのだという予感があった。二人が別れて暮らすことなど、とても想像できなかった。

だからといって、結婚について知彦と千穂が話題にすることもなかった。

天涯孤独な知彦にとって、親戚の誰かに気を遣う必要はまったくなかった。

千穂が結婚ということを意識して、それを望む日が来るとすれば、知彦は喜んでそれを受け入れるつもりでいた。

「九州へ行こう！」

そう言い出したのは、千穂だった。あまりに突然な話だったので、知彦は戸惑っていた。

「急にどうしたの？」

「母に、知彦さんのこと、電話で話したの。そしたら会いたがってた。だから、阿蘇に帰ることにしたのよ」

「会いたがってたって……。ぼくに？　何て話したの？」

「知彦さんのことを話題にしたら、それ誰なの？　って訊ねられたから、婚約者だって」

そう千穂は、あっさりと言った。知彦は嫌な気持ちはしなかった。そのようにさらりと紹介されたことが、すごく自然に思えたほどだ。

だから、「ああ、いいよ」と答え、旅のすべての計画を千穂に委ねたのだ。

そんな千穂が、明利が言うように、「存在しなかった」というようなことは、絶対にない。知彦は、この一年を千穂と共に暮らしてきたのだ。

千穂は、阿蘇への旅をどれほど楽しみにしていたことか。出発までのはしゃぎ様《よう》は知彦まで明るくさせた。

そのことを、知彦は明利に話した。

「そうですか。やはり、ぼくの考えすぎです。姉さんが、実はもうこの世を去っていたということはありえませんね」

明利は、そう自分自身を納得させたようだった。

だが、知彦はすべての答えが、失った自分の記憶の中にあるのではないかという気持ちがあった。記憶さえ蘇れば、千穂が九州へ行こうと言い出した真意も明らかになるのではないか、そんな予感がするのだ。なぜ、過去を思い出せないのか。

車は立野《たての》の阿蘇大橋を過ぎたところだった。

「まだ、遠いのですか？」

「いえ、あと二〇分くらいですかね。高森の町を抜けて東外輪山の高みに登ります。その一角が清栄山と呼ばれていますが、報道ではその高森側の斜面一帯に事故機の残骸が散乱しているそうです。正確には、どの地点で事故が起こったのかはわかりません。テレビのニュースで事故現場を上空から撮影した映像がありましたが、どれくらいの範囲で散乱しているのかまだ摑めていないのです」

高森町までは、阿蘇大橋から直線道路が続いた。明利は、ひたすらその道を走らせる。高森町を抜ける頃から東外輪山へ向かう坂道になった。右へ左へとトンネルをくぐりながら高度を上げていく。さっきまでは、押戸石巨石群の北外輪山にいた。そして坂を下り、今度は東外輪山の坂を登っている。

遠い風景を眺めて、自分は巨大な茶碗の中を転がっているサイコロのようだな、と知彦は思う。

唐突に、そんな連想をしておかしさが込み上げてきた。その方がいい、と自分に言い聞かせる。少なくとも、その瞬間だけは、千穂の面影を頭の中から消すことができる。

トンネルを抜けると、車は脇道へと曲がった。

「ここを直進すれば、阿蘇をはずれてしまいます」

明利は、そう説明する。道の横に小さなお堂があり、その前に猿の親子が座ってこちらを物珍しそうに眺めていた。

野生の猿がいることに、知彦は驚いた。

「あれ、猿ですよね。多いんですか？」

「けっこういますよ。食べものがない時季は民家まで遊びに来ます。もっとも、高森の町中までは遠慮して来ませんけどね」

猿の親子は、お堂に供《そな》えられたお菓子を失敬して食べている。知彦は振り返って猿の親子を見たが、車が横を通り過ぎても何の動揺も見せないようだ。悠然と食べ続けている。

その場所を過ぎて五分も林道を走った頃、明利が口を開いた。

「このあたりで、車を降りてみましょうか。この杉林の斜面の上あたりから、機体がばらばらになって広範囲に散らばっていると思います」

知彦には、当然のことながら土地鑑はない。明利がそう言うのであれば、ここが一番近い位置になるのだろう。明利は車を駐める場所を探しながらしばらく走った。細い道が続き、生憎《あいにく》とスペースに余裕のある場所がない。駐車をすれば道をふさいでしまうことになる。

数分、そのまま走っていくと、大勢の人影が見えてきた。空にはヘリコプターが数機飛んでいる。

近づくと、カメラやマイクを手に屯《たむろ》するマスコミらしい人たちを制止するように、警官だけでなく自衛隊員も立っているのがわかった。その地点から道はY字状に分岐《ぶんき》していた。右へ曲がる道の入口にはバリケードが設けられていた。

「ここを曲がれば、もっと近づけると思ったのですが」と、明利は残念そうに言った。「乗客の家族だと言ってみましょうか？　ひょっとして通らせてくれるのではないでしょうか？」

知彦は、一瞬、迷った。

「いや……やはりやめておきましょう」

「通してくれれば、儲けものですよ」

運び込まれていた病院を知彦が無断で抜け出していたことを、明利に思い出させた。知彦であることがわかれば、足止めを喰ってしまうのは確実だ。事故の際の状況など、長時間の事情聴取を受けることになるだろう。千穂の行方捜しができなくなってしまう。

「わかりました」

明利は警官や自衛隊員たちの前を素通りする。その奥には、数台のトラックやジープが駐車していた。赤い車は、地元の消防団も駆り出されているということなのだろう。道の分岐に立っていた自衛隊員が、通り過ぎる明利の車を訝しげに目で追っているのがわかった。たちの悪い野次馬と思われたのかもしれない。

二〇〇メートルも走っていくと、ほんの少しだけ道幅が広くなっている場所に出た。そこで、明利は車を道の脇に寄せて駐めた。

「ここから、入ってみましょうか」と明利は藪《やぶ》を指差した。知彦は、そうするしかないと覚悟した。

「ここを登って雑木林を抜けたあたりが草原です。ニュース映像だと、機体はかなり広範囲に散らばっていましたから、そのどこかには出ると思います」

心許《こころもと》ない推測だが、自衛隊のトラックが駐まっていた様子から、このあたりを中心に捜索をひろげているのだろうと思える。

「わかりました。行ってみましょう」

二人は頷き合って雑木林の中へ入った。

自然林だが、クマザサも生えている。直線で斜面を登ろうとするが、クマザサの生《お》い茂っているところでは、その密生ぶりがあまりに凄いため、通り抜けることができない。藪漕《こ》ぎの限界を超えているのだ。クマザサの場所を過ぎると岩場が続く。岩の間から、樹々が伸びている。枝に摑まりながら、二人は登る。知彦は全身が泥だらけになっているのではないかと思う。岩も人の身体以上の大きさだから、両手を使って這《は》い登らなければならないときもあった。数十メートル進むのにやたら時間がかかってしまう。

　さすがに一度、息を切らして岩の上に腰を下ろしてしまったほどだ。そんな知彦に、明利が周囲の樹々を見回して言った。

「陽が射し込まなくて薄暗いからわかりませんでしたが、この周囲は、みな野生のシャクナゲです。季節はもう少し先ですけれど、シーズンに来ればきれいでしょうね」

　何を呑気《のんき》なことを言っているのだろう、と知彦は思った。そして、林の斜面を見上げる。あと、どのくらい登らなければならないのか。そして、その事故現場に、手懸《てが》かりは残っているのだろうか。

　あてがあるわけではない。

「大丈夫ですか？」

「大丈夫です。行きましょう」

　それから知彦は、がむしゃらに登った。陽の光が感じられるようになると下草も増えてきた。林の出口が近いのだとわかる。

　前を歩いていた明利が立ち止まった。それから身をかがめる。振り返って、「義兄さん。こちらに」と潜めた声で手招きした。その位置からは、明利の向こうには抜けるような青空がひろがっているだけだった。そして、平和そのものの鳥たちの囀《さえず》りが聞こえた。

知彦は、明利の横に着くと草原を見上げた。十数人の自衛隊員の姿が彼方に見える。「あれ」と明利が左前方を指差す。そこには、地面に突き立った尾翼があった。ここが墜落現場なのだ。

9

知彦と明利は、しばらく草原には入らずに、雑木の陰から観察を続けた。

これまでは、報道や明利たちから聞かされた情報だけで知彦は飛行機事故に遭ったのだと思っていたが、実際には現実感がなかった。しかし、事故現場に来て散乱した飛行機の残骸を目にすると、記憶の欠落している間に本当に事故があったのだということを実感する。

十数人の自衛隊員たちは横一列になり、ロープが張られた草原の斜面を前進していた。乗客たちの遺留品を一つでも見逃さないように捜索しているのだ。彼らが雑木林の中に潜んでいる知彦と明利に気づくようなことはないだろうが、逆に言えば、見つからずに草原に出ていくのは不可能だ。雑木林から足を一歩踏み出せば、ただちに自衛隊員に囲まれて足止めを喰うのがオチだろう。

草原に沿って雑木林の中を、ゆっくりと移動してみた。他の自衛隊員や警官、消防団員の姿もあちこちに見える。その広大な草原の中に——。

尾翼だけではなかった。胴体の破片、片方の車輪、そして主翼の先端部が土中に食い込んでいるのが確認できた。尾翼と車輪は近い位置にあるが、主翼の先端は地中に深く突き刺さっている。数百メートルにもわたって地表が深くえぐられていて、その分黒っぽい泥土が盛り上がっていた。かなりの衝撃があったのだろう。空中分解したのではなく、地上に激突して機体は粉々になって四散したように知彦には思えた。少なくとも、知彦の目に飛び込んできた残骸を見る限りでは、火災は起こっていないようだ。

最初に激突した地点は、もっと北東部だったのではないだろうか。そちらの方まで移動してみようか、と知彦は考えた。

もし、異常事態が発生していたとすれば、激突時、あるいはそれ以前のことだろう。

後方で、がさり、と岩が転がるような音がした。

誰かがいる。

振り返ると、人影が身を低くした。明利が呼びかけた。

「後藤《ごとう》さん。高森の後藤さんでしょう？」

すると、人影は、一つ大きく咳払いして姿を見せた。

「ああ。苫辺さんとこの……明利さんだったか。今朝は、お邪魔しました」

「あ、やはりそうでしたか。こんなところで、何をやってるんですか？」

明利に後藤さんと呼ばれた人物は、知彦の記憶にはなかったが、苫辺家の座敷に集まっていた一人のようだ。

「ああ。うちが代々鎮守役をやらせてもらってる〝基〟が、この先にあるんです。いつもは、もっと高森寄りのところから入るんだけども、さっきあちらから入ろうとしたら自衛隊の人が入れてくれなかった。心配だからこちらに回ったんだが、こんなところで明利さんに会うとは思わなかった。南小国の北里さんとこの〝基〟を見に行ったんじゃなかったですか」

「ええ、さっき見せてもらいました。やはり皆さんが言うように普通じゃなかったです」

「やはり、そうでしたか。こちらの〝基〟も、心配なんです。どうしても鎮めておかないとなあ。おや、朝の……飛行機事故の生き残りの方も一緒ですな」

知彦のことを見て後藤が言った。

「そうです。何かわかるかもしれないと、私たちは事故現場を見に来たのです。あてがあるわけではないんですが」

「苦辺さんの娘さんの婚約者の方でしたかなあ。ご不幸なことで」

そう言って、後藤は知彦に頭を下げた。

「変な事故だわなあ。乗客は他に誰も見つかってないとはなあ。もっとも、なんで私の息子が乗っていたかというのも、不思議なことなんだが」

後藤は六十代、小肥《こぶと》りで目の細い白髪《しらが》頭の老人だった。肌は陽に灼けている。知彦は、農業あるいは林業に携わっている人だろうと思った。その息子ということであれば、三十代の後半くらいだろうか。

「後藤さんの息子さんも乗っていたんですか?」

「そんなことはありえないんだ。うちは一人息子だが、五年前に病気になって、東京で入院してそのまま……。まだ、嫁も貰ってなかったから、うちの嬶《かか》ァが東京に看病に行ったんだが、勝負が早くって。あっという間に逝《い》っちまいましたよ。私が駆けつけようとしても間に合わなかった。連れ帰って、うちの墓に入れてやりました。それなのに、航空会社からうちの息子が乗客名簿に載っていたと連絡があったんです」

後藤は知彦たちの反応を探るように、そこで話を止めた。その目は信じられるはずがないでしょう、と訴えているようにも見える。

どう反応していいものか知彦が困惑していると、後藤は再び口を開いた。

「言ってやりましたよ。うちの息子なら五年前に病気で亡くなりました、と。いない息子がどうやって飛行機に乗れるんですか。もし名簿に名前があったのなら、誰かが名前を騙《かた》ったんだろうって。

でも、集まっていた人の家族に皆、事故の被害者がいたというのは驚きましたね。そういえば、満願寺の穴井さんとこの義理の弟も乗客名簿に載っとったことを、帰りしなに穴井さんから聞いたけれど、それもおかしい話じゃと思う。穴井さんの妹は、今、穴井さんとこにおるんじゃなかったか。旦那《だんな》を亡くして子供を連れて帰ってきておる」

息子の話をしている途中で、後藤はそのことに気がついたらしい。

明利が、はっとしたように目を見開いた。それから、小声で知彦に言った。

「最初っから……存在していない人たちが乗っていた飛行機だったら、墜落しても乗客は見つからないということですよね。操縦していたパイロットの北里さんの弟さんも、航空大学校在学中の演習のときに事故があって、そのとき一度は死んだと思ったと話していましたよね。本当は、そのときすでに亡くなっていたとしたら……。姉さんだってそうだ。さっきも、ちらとそんなことを想像したのですが、そんな馬鹿なことはないと自分に言い聞かせていたんです。後藤さんの話を聞いていたら、義兄さん以外の乗客は、やはりこの世の者ではない人たちばかりだったのだと思ってしまいました」

明利は冗談で言っているのではない。表情は真剣そのものだ。

「千穂さんのことも、そうだと思っているんですか？」

知彦がそう問うと、明利は答えず目を落としたが、知彦以外の乗客が見つからなかったことも、すべてその考えで説明がつくと思った。知彦は存在しない千穂と知り合い、存在しない千穂と暮らし、存在しない千穂に誘われて、存在しない乗客たちと飛行機事故に遭ったことになる。

これほど奇妙な話はない。では、千穂と一緒だった日々の記憶はどうなるのだ。知彦にとって彼女と過ごした時間は、すべて現実のはずだ。

「じゃ、私は〝基〟へ向かいます」と後藤が言った。

「"基"は、どのあたりになるんですか？」

後藤はぐるりと腕を振ってみせた。それで、大きく迂回しなければならないということがわかる。

「かなり歩くのですか？」と知彦が訊ねた。

「それほど遠くはありません。と言っても町に住んどる人には、遠くはないがとてつもなく遠く感じると、よく文句を言われるんですがね」

後藤は、そう笑った。このままでは、夜にならないかぎり飛行機の残骸が散乱する草原に入ることはできないだろう。

「ちょうど、私の〝基〟の上空あたりで飛行機が失速したようなんです。テレビで目撃者が、穿戸《うげと》の穴《あな》の上あたりって証言しとりましたなあ」

明利が、「行ってみましょうか」と知彦を誘った。知彦もそのつもりだった。今の後藤の話からすれば、飛行機事故と何か関連しているかもしれない。

「我々も一緒に行ってかまいませんか？」

「ええ、かまいませんよ。じゃあ、足許があまりよくないですが、気をつけてついてきてください」

後藤はそう答えると、岩の上を伝うように歩き始めた。

「ウゲトノアナって言いましたよね。明利さんは知ってますか？」

後藤の後を追いながら、知彦は明利に声をかけた。

「知っています。子供の頃から何度か行ったことがあります。熊野座《くまのざ》神社の奥にあるんですが、鬼八《きはち》の伝説では、鬼八が蹴破った穴だというんです」

知彦には何のことかわからない。キハチとは初めて聞く名前だった。キハチについて訊いた。

「鬼に漢数字の八と書いて鬼八。阿蘇の伝説ですよ。阿蘇を支配していた健磐龍命《たけいわたつのみこと》の部下だったのが鬼八です。健磐龍命は神武《じんむ》天皇の孫にあたる人物で、日向《ひゅうが》の統治の後、阿蘇の統治を命じられて、こちらに赴任《ふにん》してきたんです」

びくんと、知彦は自分の身体が反応するのがわかった。健磐龍命の名を耳にした瞬間だった。なぜかはわからない。明利は話を続けた。

「そのとき、このあたりに住んでいた土地の者で、彼の部下になったのが鬼八です。健磐龍命が往生岳《おうじょうだけ》から的石《まといし》に弓を射ていたんですが、その矢を的石から猛スピードで持ち帰るのが鬼八の役目でした。すると、健磐龍命はその矢をすぐに的石めがけて射る。そして鬼八がその矢を取りに行くの繰り返し。で、百本目を射たとき、いい加減うんざりしていた鬼八は、足の指に矢を挟んで健磐龍命にほうり返したんです。健磐龍命はこれほどの無礼を許すわけにはいかんと怒り狂いました。鬼八は慌てて逃げ出したのですが、健磐龍命も猛スピードで追ってきました。そのとき鬼八が、逃げる足で蹴破ったのが穿戸の穴です。穿《うが》つという字にドアの意味の戸と書いてウゲトと読みます」

そう聞いても、知彦には穿戸の穴についての具体的なイメージが湧かなかった。後藤に連れていってもらえば、直接自分の目で確認できるだろう。

「で、鬼八はどうなったのですか？」

「五ケ瀬川《ごかせ》を挟んで、鬼八と健磐龍命は大岩や巨木を引っこ抜いて投げ合ったりしたそうです。鬼八はかなり抵抗したのですが、矢部《やべ》でついに健磐龍命に捕まってしまうんです。それで首、胴、手足をばらばらにされるが、すぐにくっついてしまう。そこで、それぞれ遠くに埋められたそうですが、首は呪いを宣言したそうです。斬られた首の傷口が冬に痛むなら、阿蘇に冷害をもたらして作物ができないようにしてやるって。それを受けて霜宮《しもみや》が作られて、鬼八の怒りを鎮める火焚《ひた》き神事が始まったんです」

「鬼八は、阿蘇の先住民だったのでしょうか？」

「そうだと思いますが、この伝説以外では、鬼八はあまり語られていないんです。ただ、高千穂《たかちほ》の方にも鬼八伝説はありますが」

「地元の豪族だったということですか？」

「よくわかりません」

「しかし、全身を斬り刻まれて生きていたり、岩を投げ合ったり、普通の人間ではなさそうですね」

知彦は印象を正直に告げた。

「ぼくも、そう思います。穿戸の穴の大きさを見たら、人の力で蹴破れる穴ではありませんから。それから、高森に角宮《つのみや》という小さな神社があるんですが、そこには鬼八の角が祀《まつ》られているそうです」

「角ですか？　ということは、鬼八は鬼だったということですか？」

鬼という字が名前に入っているから、鬼八が鬼だったということは別に不思議なことではないように思えてきた。日本の民話では、全国的に悪役やトリックスターとして鬼が登場する。この阿蘇の地にも鬼伝説が伝わっていてもおかしなことではない、と知彦は考えた。

「さあ。鬼八が登場する話は、それだけです。だから、鬼八が本当の鬼だったのかどうかはわかりません。長い歳月の間には、伝えられる話も時代ごとの情勢によって微妙に変化します。その時代の権力者の都合のいいように、と言えばいいのか。健磐龍命については、まだまだ色んなエピソードが残されているんですけれどね」

健磐龍命が阿蘇を開拓するときのエピソードのようだ。昔は外輪山の中は、湖だったらしい。その水を外輪山の外へ流して国造りをしたときのエピソードから始まるようだが、明利は詳しくは語らなかった。興味があれば、今度、話して聞かせますよ、と明利は言った。

走るように前を進む後藤の足がいっそう速くなったようだった。知彦は話しながら足場の悪い雑木林の中を急ぐことなどとてもできない。

それから、三人はひたすら暗い林の中を歩いた。林の小径《こみち》に明利の車を駐めたままだが、あそこへ引き返すとなるととんでもなく歩かねばならないな、と知彦は思った。

林の外にはやはり草原が見えるのだが、先程の尾翼が見えた草原とは少し風景が変化したようだ。

いくつかのこぶが連なったような岩山が見える。その曲線は、まるで見たことのない巨大な動物が、背骨から上だけを覗かせて地中に潜んでいるようだ。

「あそこ……面白い形をしているでしょう」と明利が、歩く速度を落として知彦に言った。確かに日本の山というより、中国の山水画に登場しそうな山である。

「らくだ山っていうんですよ」

なるほど、と思う。背中にこぶのあるらくだを連想する。

「ああ、ユニークな名前の山だけど、あそこの草むらにはあまり入らない方がいいです」

後藤が振り返って、そう言った。

「なぜですか？」

「すぐには気がつかんのですがね。入った者は、てきめんにヒルにやられます」

「ヒル、ですか？」

「ええ。草原で、いかにも気持ちよさそうでしょう。一度、阿蘇の観光に来た若者たちが、あまりに気持ちのいい風景だからって、南郷谷《なんごうだに》を見下ろせる場所で草むらの中に横になったんだそうですよ。私が通りかかったときは、その連中が大騒ぎしているところでした。気がついたら足首や腕、首筋にヒルが喰らいついていたのです。一ヵ所少し痒《かゆ》いなと思って、初めて何ヵ所も嚙まれていることに気がつくんです。そのときはもうとんでもないことになっている。ヒルが血を吸い始めても、しばらくは痛みも痒みもありませんからねえ。しかも、ヒルに吸われた傷口は血が止まらんのです」

その話を聞いただけで、知彦は背筋に冷たいものが走る。ヒルのような生き物は生理的に受けつけないのだ。

後藤は、そんな知彦の考えがわかったのか、一瞬立ち止まると目を細めて笑った。

「大丈夫ですよ。草むらの中に入らなければ襲われることはないですから」

それからしばらくは、アップダウンの繰り返しだった。草原の方にも、すでに自衛隊員の姿はなかった。ということは、このあたりには、もう飛行機の残骸は散乱していないのだろう。

「もう少しです。ここまで来れば草原に出ても目立つことはないでしょう。あるいは熊野座神社の参道に出て、そちらから登りますか」

知彦と明利は顔を見合わせた。

「距離は同じくらいですか？」

「どちらもあまり変わらないと思いますが」

「じゃあ、熊野座神社の方から行きましょう」

明利がそう言ってくれて、ほっとした。できればヒルのいないルートであればいいと思っていたのだ。自然林から杉林の中へと入り、細い踏み分け道を伝った。そして階段の途中に飛び出した。

そこが神社の参道なのだとわかる。それほど広くない石段の道がくねくねと続いている。その両脇に石灯籠《いしどうろう》が連なっていた。

「この神社も、阿蘇を治めた健磐龍命を祀ってあるんですか？」

「いや、ここは熊野の名がついている通りです。伊邪那岐命《いざなぎのみこと》、伊邪那美命《いざなみのみこと》を祀ってあるんですよ。享保《きょうほう》二年（一七一七）に今の社《やしろ》は建立《こんりゅう》されたようですが、それ以前から熊野座神社として存在していたようです」そう後藤が教えてくれた。

「で、ここに鬼八伝説の穿戸の穴があるっていうことですね。どうして熊野座神社がここに建立されたのですか？」と知彦は訊ねる。

「神の化身であるカラスが一羽、穿戸の穴に舞い下りて、ここに建立すればよいと告げたという話は聞いたことがありますよ」

そう言ったのは明利だった。

さすがに明利は、阿蘇の地域の故事についての知識もあるようだ。しかし、神社の由来は鬼八伝説とは関係がないらしい。ただ、いくつもの伝説が集中している場所というのは、人々がある種の力をその土地に、それだけ感じたという証拠ではないだろうか。

階段の上に古い社が見えた。それほど大きなものではないが、確かに歴史を感じさせる。

社に至るまでの苔《こけ》むした石段を一歩ずつ登る。ふと知彦が振り返ると、遥か下方までその石段が続いているのが見えた。目に飛び込んでくるのは石段を挟む石灯籠と、高く伸びた両脇の杉林、そして木立の間に密生した丈の高い夏草だった。

右も左も、緑。緑。緑。

その参道を三人は一歩ずつ登りきって、社の前に立つことができた。

社務所は見当たらず、人の気配はない。日頃は無人なのだろう。しかし、荒れてはいない。人の手が入ってきれいに整備されている。

「ここが、穿戸の……穴のあるところですか？」

そう知彦は訊ねた。

「この上ですが、まだ先です」

後藤が社の後方を指差す。指差しながら、彼はまだ歩き続けていた。

後藤の言う通り、社の背後に回る斜面がある。そこにはもう、石段は設けられていない。

「今日はましですよ。雨上がりの日は、ここを登るのは難儀《なんぎ》します」

後藤はそう言ったが、まさしくそうかもしれないと知彦は思う。泥の斜面をひたすら登らなければならないのだ。しかも、石段の参道よりも急斜面となっている。かなり高度を稼がなければならないようだ。

「見えてきました。あれが穿戸の穴です」

後藤が立ち止まって上を指差した。

薄暗い中、一面を覆っている岩があった。

「あれが……ですか？　あの岩が？」

確かに巨大な岩壁だとは思うが、それが珍しいものとは知彦には思えなかった。

「もう少し登れば、わかります」

言われた通りに数メートル登った。その岩壁が天然の風穴《ふうけつ》となっている。奇景であることは確かだ。その穴の向こうに青空が覗いていた。

「穿戸の穴です。その向こうに〝碁〟があります」と後藤は言った。

10

この溶岩壁にできた天然の風穴こそ、この熊野座神社のご神体ではないのか、と知彦は直感的に考えた。

坂を登りきったところが、その穿戸の穴だった。高さが十数メートルはあるという岩天井が頭上にひろがっている。その方々から水滴が落ちてくる。左右に岩壁は続いているのだが、そこだけぽっかりと穴が穿たれているのだ。

「この穴が、鬼八が蹴破った跡《あと》というのですか？」

「そう言われていますねえ」

知彦は聞かされた鬼八伝説のことを思い出していたが、その伝説からすれば、鬼八とはかなりの巨体の持ち主ということになる。

しかし、そのような伝説を抜きにしても、その景観だけで、「穿戸の穴」は荘厳《そうごん》さに満ちているのだ。ぽっかりと開いた穴の手前には、二本の竹竿とそれに結ばれた幣《ぬさ》があり、一緒に賽銭《さいせん》箱が無造作に置かれていた。それこそが、この地域の人々がこの岩屋に神性を感じた証明のように思えた。そこに立った後藤があたりを見回して、独り言のように言う。

「ここも、最近はパワースポットみたいな紹介のされ方をしているんですよ」

「その割には、見物客が少ないですね」

「場所的に、わかりにくいところですから。それよりも、阿蘇の火口そのものを、パワースポットとして皆はとらえていますね」

後藤は大地の上に橋のように架《か》かった岩屋の右手に移動して、手招きした。

「飛行機が墜落したときたまたま、私はここへ来ていた。いつにない轟音《ごうおん》が響いたから、見上げたんです。すると、穿戸の穴の向こうから飛行機が近づいてきました。凄い轟音で、耳がどうにかなりそうでしたよ。飛行機がこの穿戸の穴に激突する、と思いました。最初は小さな点のようだったものが、穴から見えるのは銀色の機首だけで、翼も見えないほど接近してきたんですから」

後藤は両手で、機体が穴の向こうから飛んでくる様子を示した。しかし、結果的に知彦が乗っていた飛行機は激突しなかったのだ。

「その直後に、飛行機は地面に激突したんですね」

知彦がそう訊ねると、後藤は肯定も否定もしない。

「激突したのか、爆発したのかもわからないのです。轟音が迫ってきて何も聞こえなくなったから。それから方々で、雷が落ちたような音が響くのが聞こえました。一回だけじゃなくて、何回もです。皆、らくだ山から清栄山あたりの感じでしたね。ただ、何かが起こったのは、この真上であることは間違いないです。轟音が掻き消えたのは、この真上でしたから」

後藤が事故の瞬間を目撃したわけでないことはわかった。ただ、この場所が、一番事故の真相に近づける場所のような気がした。

雷が落ちたような音が方々で響いたというのは、どのような意味があるのか。そのときすでに、飛行機は空中分解していたということなのか。飛び散った機体の破片が広範囲に落下すると、落雷のような音になるのだろうか？

「後藤さんはここへ、〝基〟の様子を見に来られたのですよね。〝基〟はどこにあるんですか？」

明利がそう訊ねると、後藤は、「ちょうど〝基〟に登る前だったからなあ。〝基〟にいたら、飛行機がどうなったのかわかったのかもしれません」と答えた。「〝基〟へ行ってみますか？」

「お願いします」

知彦が頼むと、後藤は岩壁に沿って穴の向こう側へと進んだ。穴の向こうは崖だ。そして、見上げると青空は見えるものの、目の前には生い茂った樹木の緑がひろがっている。この崖を下りるのだろうか？　と知彦は思う。ほぼ垂直に切り立っていて、しかも下方は緑の枝で視界が遮られている。崖下からどのくらいの高さになるのかもわからなかった。

後藤は岩壁から身を乗り出すようにして、張り出た樹の枝の向こうに手を伸ばす。それから叫んだ。

「こっちから登ります」

枝の陰になっていてわからなかった。岩壁に鉄梯子《てつばしご》が据えられていた。その鉄梯子を登りきったところに鉄の鎖《くさり》が垂れているのが見える。こんなシンプルな構造の鉄梯子で大丈夫だろうかと、知彦は不安になった。

後藤はそこから梯子に足をかけ、するすると登っていく。しばらくして、「高いところは大丈夫ですか？」と声をかけてきた。それを先に確認してほしいと思ったが、ここで躊躇《ちゅうちょ》するわけにはいかない。知彦は答えるよりも行動で示した。手を伸ばし、梯子の上部を握った。すぐ左足をかけた。下は見なかった。他に注意を向けることで、恐怖に足がすくむのを防ぎたかった。

梯子を登りきると岩場の坂だった。鎖を握って登る。鎖の強度を信頼するしかない。そこは穿戸の穴の上部にあたるのだろう。黒っぽい凹凸《おうとつ》のある巨大な一枚岩だった。

知彦に続いて明利も登ってくる。明利の手を握り、引き上げてやる。

岩場に立つと、一枚岩の上には低い樹木が点々と生えている。丈の高い樹木も何本かは見ることができた。そして、そこからは真っ青な空がひろがっている。

「あちらがらくだ山。こちらが清栄山になります」と後藤が言う。

そこからだと、墜落した飛行機の残骸をはっきり見てとることができた。知彦が立つ位置を中心に、約六〇度の範囲で放射状に残骸は散乱しているのだ。

雑木林から覗いたときに見えた尾翼も彼方に見える。

胴体部分は粉々に砕け散ったのか、後尾の破片だけが明らかにそうだとわかるだけだ。右翼と左翼は地面に突き立っているように見えた。ここからの距離では、せいぜいそれくらいしかわからない。もっと近くまで行けば、小さな破片が見えるのだろうか。

ただ、草原を見下ろして、周りの草木の被害の受け方に特徴があるように思えた。墜落時に樹々はなぎ倒され、落下地点の手前の草地はえぐられてしまっているが、何か不自然に見える。

この距離まで来て、初めてその不自然さがわかる。やはり機体は飛行中に空中分解したということなのか。地面にそのまま激突したということであれば、もっと大きな痕跡を見てとることができるのではないだろうか。

だとすれば、後藤が言っていたように、限りなく接近した後、飛行機は突然バラバラになったことになる。そして、落雷のような音とともに地面に激突した。

そういうことだろうか？　と知彦はぼんやりと思う。

「義兄さん。あちらみたいですよ」

明利が知彦に声をかけた。後藤は飛行機の残骸などには目もくれずに、大きく突き出た岩の下部に近づく。そこは浅い岩窟になっていて、人の柩《ひつぎ》ほどの大きさの木箱が置かれていた。その木箱は、後藤が用意しているものなのだろうが、木箱の大きさや古びた見かけからして、何やら秘密の祭儀に使うものが収められているようだ。

岩窟の下は雨風を避けることができそうだ。梯子や鎖場を通ってこの場所へ来なければならないのであれば、必要な道具はここに保管しておくほうが効率的である。

後藤は、ここに〝基〟があると言っていた。知彦は、その木箱に南小国の押戸石で北里が使った三鈷柄のようなものが入っているのではないかと想像した。

知彦の予想は当たっていた。

やはり、後藤は数本の杖のようなものを箱の中から取り出す。しかし、北里が使っていた三鈷柄のようなものではなかった。

一本ずつがもっと短い。そして、手元の方にいくつかのリングが付いた小鎗《こやり》といった印象だった。

「後藤さん。ここが〝基〟ですか？」

後藤は小鎗を両手に握ったまま、明利の問いには答えずにゆっくりと横歩きして、岩屋の横へと回り込んでいった。そこには、一段と高くなった岩壁があるのだ。

その後を二人も追う。そして動きを止めた。

岩壁を前に後藤が立ちすくんでいるのだ。

一見、真っ黒な岩壁だが、よく見ると、一枚岩というよりも無数のさざれ石が凝固《ぎょうこ》したものだということがわかる。阿蘇という土地では珍しくない火山性の岩なのだろう。

その前で、後藤はぴくりともしない。両手に金属性の小鎗を握っているが、その腕も動かない。ただ、後藤の細かった目が、カッと見開かれている。

「〝基〟なんですね？　ここが？」

知彦は、南小国で見た〝基〟のことを思い出す。押戸石では草原。そして、ここ穿戸の穴では頭上の岩壁。

その岩壁は北東の方向へ向き、壁面は上空を仰《あお》ぐような角度になっている。

もしかしたらこの岩壁面は、飛行機の進行方向に正対していたのではないか？

そんな仮定が、知彦の心の中に浮かんだ。

確信があるというわけではない。彼方の草原に散乱する飛行機の残骸を見た後の直感だった。

目の前にあるのは、ただの黒い岩壁でしかない。だが、飛行機がこの上空に迫ったときに、この壁面から未知の力が放射されていたとすれば……。

岩壁の表面が、あたかも液体であるかのように、ぐねぐねと動くのがわかった。空間が歪んでいるかのようだ。押戸石のときは、意識を集中させることでやっと"基"を見ることができたが、普段の状態で異変の発生がわかるというのは、ただならぬことなのではないだろうか。

次の瞬間、後藤が小鎗のような金属棒を岩壁面に気合を込めて突き立てたときに、真の〝基〟の姿を知彦は目《ま》の当たりにした。

それは明利にも見えたようだ。驚きの声を上げている。

押戸石の草原で見た〝基〟どころではない。後藤が突き立てた棒を中心に、半径五メートル近くの岩壁の表面がうねっていた。

「鎮められん。こんなになっとるなんて」

そう叫ぶ後藤の声は悲痛だった。〝基〟は深刻な事態に陥っているのだろう。

次の小鎗を構えてはいるものの、どこに刺せばいいのか見当もつかないようだ。明らかに迷っている。

それでも、ある場所に狙いを定めて打ち込んだ。

「ここまで進んどるなんて、初めてだ」

代々鎮守役を務めているとはいえ、後藤には、これからこの〝基〟がどうなるのかということまでは伝えられていないのだろう。彼の役目は、この穿戸の穴の〝基〟を鎮めることだけなのだ。だから、経験にない状況に出くわして、南小国の北里と同じように狼狽《ろうばい》するしかないのだ。

穿戸の穴の〝基〟も赤かった。ただ、こちらの〝基〟は内部が激しく渦巻いているように見える。何かがいるのか？　はっきりとはわからなかったが、押戸石の〝基〟の中には動き回っているものが確認できた。こちらの〝基〟の方が大きいから、その正体を見分けることができるのではないか？

二本の小鎗のような金属棒を突き刺したものの、〝基〟は滲《にじ》み出すように拡大を続けていた。

後藤の持っていた金属棒は五本。うち二本は岩壁に刺してあるが、効果があったとはとても言えない。気休めとしか思えなかった。三本目を後藤は右手で構えた。

そのとき、〝基〟の内部から接近してくる何かを知彦は視界にとらえた。南小国の押戸石の〝基〟で見た存在と同じようだ。

それが何だかわからないのは、あまりに動きが素早すぎて目に留まらないからだ。わかるのは、〝基〟の内部には、この世界とは別の世界が存在しているということだ。

今、自分が目にしている〝基〟の内部と、南小国の押戸石にあった〝基〟とは繋《つな》がっているのだろうか。そして、この世界との接点のいくつかが、方々に〝基〟として存在しているということなのだろうか？　この〝基〟の中で蠢《うごめ》くものは、押戸石の〝基〟で見た、あの正体のわからない素早く動くものと同一なのだろうか？

南小国で北里は、〝基〟に近づきすぎると危険だと明利に警告した。明利もそのことをまだ覚えているのか、今度は近寄ろうとはしない。

後藤が金属棒を構えたまま、じりじりと左へと移動しようとしたときだった。知彦も、明利も、そして後藤さえも予想もしていなかった事態が起こった。

素早く動く黒い影が〝基〟の底から突進してきたのだ。〝基〟の表面に激突すると、膜状のものが〝基〟から突き出てくる。〝基〟が人の身体よりも大きな拳のようになって三人に伸びてきたのだ。〝基〟の表面を突き破ってはいない。赤かった膜の表面が黒い影に圧迫されて漆黒《しっこく》に変色し、三人に挑みかかろうとしていた。それはまさに邪悪な塊のように見えた。

知彦は後藤と明利の腕を摑み、右へ跳んだ。身体が勝手に反応したことに自分でも驚いていた。

人の身体ほどの塊は、そのまま傘《かさ》を開くようにひろがる。そして、知彦たちが跳んだ場所をめがけて大きく弧《こ》を描きながら空中を走った。その寸前に知彦たちは、数歩、後ろへと下がっていた。

このときも、知彦は無意識に二人を誘導している。そのために、〝基〟から伸びた巨拳は、すんでのところで知彦たちに届かない。

明利も後藤ものけぞりそうだった。〝基〟の中に怪物がいる。そして伸びてきているのは、その怪物の掌《てのひら》にちがいないと思えた。怪物は〝基〟からこの世界へ出てこようとしているように見える。それなのに、後藤に阻《はば》まれたので怒り狂っているかのようだ。

後藤が一歩踏み出して、気合とともに右手の金属棒を突き刺そうとした。しかし、怪物は素早く収縮して〝基〟の内部へ戻っていった。

後藤の持っていた得物《えもの》が空を切った。後藤は悔しそうに「ちっ」と舌打ちした。そして、金属棒を右手に構えたまま、もう一歩踏み出す。

「後藤さん、あまり近寄らないほうがいい。また次の攻撃があるかもしれない」

「はい。でも、私は鎮守役です。この〝基〟を鎮める責任がある……」とそこまで言ったとき、拳が再びうねりながら飛び出してきた。

第二の攻撃だ。後藤を狙っている。後藤が金属棒を刺す速度よりも断然速い。

「危ない！」と明利が叫ぶ。後藤を守るには、彼を突きとばすしかない。咄嗟に知彦が反応していた。

後藤は数メートル先に弾かれ、足をもつれさせて尻餅《しりもち》をついた。だが、間一髪《かんいっぱつ》で命拾いをしたのだ。

〝基〟から伸びた漆黒の巨拳がそれまで後藤がいた場所を打ちつけた。

岩が砕かれる音が鈍く響いた。音だけではない。岩の破片が一面に飛散する。

凄まじいパワーだった。〝基〟の怪物が十分な殺傷力を持っていることを、知彦は思い知った。

〝基〟の怪物は体勢を立て直すように、じわじわと後退する。新たな攻撃を加えようと考えているのだろう。

それまで巨大な拳があった岩の表面が、えぐれたように窪《くぼ》んでいた。怪物のその力をまともに喰らったら、ひとたまりもないだろう。

〝基〟の怪物の最初の拳、そして二度目の拳と、だんだん〝基〟からの攻撃距離が延びてきている。怪物が攻撃をしてきた後に、いったん〝基〟の方へ後退するのは、次の攻撃距離を延ばすためではないのか。

そんなことを知彦は想像していた。

それが正しければ、次の攻撃を後藤は防ぎようがない。彼の背後は崖になっているのだ。

「義兄さんは、どうしてそんなに素早く動けるんですか」

明利が、突然そう訊いてきた。

そうだ。明利の言う通りだ。自分でもさっきは驚いた。

考えるより前に、知彦の身体が勝手に反応して〝基〟の怪物の攻撃を避《よ》けたのだ。

自分に特別な能力があるとは思わない。

「偶然というか……たまたまですよ。それより、後藤さんが……」

そう答えかけたとき、〝基〟の怪物は後藤に三度目の攻撃を仕掛けようとしていた。

しかし、後藤を守るには離れすぎている。

後藤はまだ体勢を立て直してはいなかったが、かろうじて金属棒の得物だけは構えていた。〝基〟の怪物は、そんなことはおかまいなしに後藤に拳を振り下ろす。

後藤もひるまなかった。鎮守役として鑑《かがみ》のような行動だと、知彦は思った。彼は大《だい》音声《おんじょう》の気合とともに金属棒を、〝基〟の怪物めがけて突き出した。

金属音が岩に響く。金属棒は効果を上げず、岩の上に転がっていた。弾かれたのだ。

「ああっ」

知彦の横で、明利が絶望的な呻《うめ》き声を上げた。勝ち誇ったように漆黒の巨拳が岩場の上で躍った。

〝基〟の怪物は、巨大化しているのだ。それが知彦にはわかった。同時に、小鎗のような金属棒を弾き返すほど強靭《きょうじん》になっているのだ。

怪物の巨拳が、あたかも鎌首《かまくび》を持ち上げたように見えたときだ。

〝基〟のもっと奥から、何かが走り出してきたように見えた。そして、次の瞬間、それが怪物に飛びかかった。

膜の中の怪物は、新たな存在には抗《あらが》えないようだ。

知彦も、明利も、そして後藤も、予想もしない成り行きをただ呆然と眺めていた。

怪物は抵抗していた。すると、飛び出してきた何かが〝基〟の膜の表面に押しつけられる。そのとき、はっきりとわかった。

〝基〟の中にいる怪物と戦っている存在は、人だ。見かけだけは、少なくとも知彦や明利と変わらない人間。

いったい何者だと知彦が思ったとき、後藤が叫んだ。

後藤が信じられないという風に頭を振って言う。「五年前に亡くなった私の息子です」

「哲郎って……」

知彦と明利は顔を見合わせた。

「哲郎《てつろう》！　哲郎だろう」

11

知彦は、目の前で繰り広げられている戦いから視線をそらすことができないでいた。現実のものだとは到底思えない。

〝基〟の内部には、別の世界がひろがっているのだ。そしてそこでは、二つの力が争っている。

一つは、〝基〟から出てこようとしている怪物。

そして、もう一つは……。

「哲郎！　哲郎！　わからんのか！　私のことが」

後藤が、我を忘れてそう叫び続ける。〝基〟の中で暴れる怪物と、その怪物と戦っている存在は赤い膜の向こうの世界にいるから、鮮明に見えるわけではない。〝基〟の奥へと姿が遠ざかると、何がどうなっているのかほとんどわからなくなるのだが、〝基〟の表面近くに戦いの場が移ると、怪物と戦っているのが普通の姿をした男であることが見てとれる。

後藤は、それが五年前に死んだ息子だと言うのだが、知彦には男の顔まではよくわからない。ただ、親であるがゆえに、自分の息子だという確信が持てるのだろう。しかし、後藤の呼びかけにその影が応《こた》える様子はない。〝基〟の内部からは、外の様子がわからないのだろうか？

怪物と男の力は、ほぼ拮抗《きっこう》しているようだ。そして、男が表面に近づいてくるたびに、後藤は、「哲郎だ。間違いない」と呻くように漏らすのだ。

互角の状態が続く中、新たなもう一つの人影が現われた。劣勢となった怪物が、〝基〟の奥へと消えていこうとするのがわかる。そこでもう一度後藤は、金属棒を手に握ったまま息子の名を呼んだ。〝基〟の中の二人にそれが聞こえたのかどうかはわからない。二つの人影が同時にこちらを振り向くのが見えた。だが、その距離は遠く、しかも〝基〟の中は透明度が低いために、表情はぼんやりとしている。だが、後藤には、それが誰なのかはっきりわかったらしい。

「二子石《ふたごいし》の克也《かつや》さん！　克也さんでしょう」

知彦にとっては初めて聞く名前だ。ただ、これまでの経緯から、新たに出現した人影も、やはり後藤の顔馴染《かおなじ》みだったのだろう。同じように飛行機事故で行方不明になった人だろうか。

「後藤さん！　今のうちですよ」

明利が、そう叫んだ。金属棒を握ったまま、放心したように突っ立っていた後藤は、その声で我に返ったようだった。〝基〟の表面が鎮まりつつある。こころなしか、岩の表面の異変が縮小してきたように見える。

後藤の行動は素早かった。

気合とともに、金属棒を〝基〟の縁に突き立てた。〝基〟は、その瞬間、金属棒に反応するように縮んでいく。先程まで、あれほど猛々《たけだけ》しく知彦たちに攻撃を仕掛けていたのが嘘のようだった。それからの後藤の行動はまるで別人のようだった。縮んだ縁にまたしても金属棒を突き立てる。〝基〟が縮小する。次の金属棒を突き立てる。先の金属棒を引き抜き、〝基〟の変化に備えて構える。

その連続動作は優雅な舞を眺めているかのようだ。

これが本来の鎮守役としての動きなのだろうか、と知彦は思った。

最後に〝基〟は表面を盛り上がらせた。それは、押戸石の〝基〟の変化ではなかったことだ。それぞれの〝基〟で、変化の現象も異なるようだ。

「中で力がせめぎ合っていて、これ以上、すぐには〝基〟は縮まらん。私はしばらくここで、根較《こんくら》べでしょうね」

自分が鎮守役を務める〝基〟をなんとか鎮めることができたという安堵感が、後藤の表情からもわかる。

「心配になって、〝基〟を見に来てみたが、来てよかった。あんな状態になっているとは。しかし、ここまでひどくなっている〝基〟は初めて見ました」

後藤は饒舌《じょうぜつ》になっていた。

「後藤さんは、まだ、ここを離れないんですね」

「無理でしょう。目を離したら、〝基〟を鎮めた苦労が水の泡になってしまう」

「さっき、息子さんの名を呼んだでしょう。あの人影が、息子さんだったのですか？」

「そうです。私たちを襲おうとした化物と〝基〟の中で戦っておった。そして、息子と一緒に戦っていたのは、波野《なみの》の荻岳《おぎだけ》の〝基〟で鎮守役をやってる二子石さんとこの弟です。克也さんは、いつも鎮守役の俊也《としや》さんが連れ歩いて可愛《かわい》がっとったから見間違えるはずはない。克也さんも、飛行機に乗っとったそうです。今朝の寄り合いのときに、克也さんが帰ってくるの、十年ぶりだと言うとったのに」

「息子さんの名前が乗客名簿にあったと言ってましたよね。五年前に亡くなっているという……」

「ああ。でも、さっきは自分の目を疑った。間違いない。息子は〝基〟の中にいるんですよ。どうしてこの〝基〟の中に哲郎が現われたのかわからない。私が鎮守役をやっているからなのか？〝基〟の中で、いったい何が起こっているのか……。尊利さんは何か仰言《おっしゃ》ってなかったですか」

そのとき知彦が確信したことは、千穂も同じように〝基〟の内部にいる、ということだった。それを口にはしないが、知彦は明利を見た。

明利も同じことを考えていたようだ。眉をひそめて、知彦の顔を窺っている。

「この……〝基〟の中に出入りすることはできないのですか？　そうでもしないと、何が起こっているのか、わかりません」

後藤はすぐには答えてくれなかった。金属棒に神経を集中させているためなのか。しばらくしてから、やっと口を開く。

「うちは代々、この穿戸の穴の上にある〝基〟を鎮める役を仰《おお》せつかっています。ここの〝基〟を守るのは後藤家の役目です。ですが、それ以上のことは、何もわからないんです。〝基〟の内側はどうなっているのかとか、〝基〟はなぜ存在するのかとか、一切伝えられてないんです。そういったことは、苦辺の、尊利さんの方が詳しいんじゃあないでしょうか。私の方こそ、どうして〝基〟の中に死んだはずの息子がいたのか、理由を知りたいくらいです。〝基〟というのは、死後の世界なんでしょうか。私たちが冥土《めいど》と呼ぶところなんでしょうか。だとしたら、五年前に亡くなった哲郎がいることは理解できるのですが……」

後藤は、まるで独り言のようにそう呟いた。さっきまで目の前で起こっていたことは、鎮守役として〝基〟を鎮める彼でも初めての体験だったようだ。

「〝基〟の表面はずいぶん鎮まりましたが、もう哲郎の影も二子石の克也さんの気配もなくなりました。いつもの〝基〟に近くなりました。今見たことは幻なんじゃないでしょうか……。〝基〟の中で見た影が死んだ息子そっくりだったのは、私の思い込みだったのかもしれません。死んだ息子が現われるなんてことは、ありえないことです。だったら幻に決まっていますよ。ほら、もう少しすれば、いつもの〝基〟に戻る」

後藤は〝基〟から一番離れたところに刺さったままの金属棒を引き抜いて、〝基〟の縁に突き立てる。すでに〝基〟の形状は、正常時のそれに近いのではないかと思えた。

「いや、幻とかでないことは、はっきり言えますよ。私も〝基〟の中に人影を見たのですから。いったい何がどうなっているのかはわかりませんが、幻などでないことだけは確かです」

明利が、後藤にそう声をかける。それを聞いて後藤は〝基〟に向けていた顔を上げ、嬉しそうに目を細めた。

「私は鎮守役としてもう少しここに残ります。この〝基〟をほっておくわけにはいきません。なんとか鎮まりはしましたが、油断するとまた異変が拡がるような気がします。もうしばらくここで見守るつもりです」

明利が知彦に言った。

「ここは後藤さんに任せて、引き上げましょう。車までけっこう距離がありますから」

「どうぞ。ここは一人で大丈夫ですから。心配なさらずに」

後藤も、そう言ってくれた。二人は素直にそれに従った。後藤はすぐに〝基〟の最終的な処置に注意を向けたようだ。二人がそこを後にしようと後藤の背中に声をかけたときも、彼は両手で握った金属棒に精神を集中させていて、返事はなかった。そのまま二人は鉄鎖を握り、風穴の岩壁を下った。

鉄梯子を下ると、涼風が知彦の頬を撫でた。野鳥の鳴き声がのどかに聞こえてきた。静かな阿蘇の自然があたりにひろがっているだけだ。

この穿戸の穴の岩の上で目撃したような異常現象が、阿蘇のそこここで起こっているとは想像することもできない。

明利が頭上に向かってもう一度叫んだ。

「後藤さーん。それでは行きます。くれぐれもお気をつけて」

その声が風穴の岩壁に当たってかすかに谺《こだま》したが、返事は知彦たちの耳には届かなかった。

熊野座神社の苔むした石段を、二人はそのまま黙って駆け下りた。先程の杉林の踏み分け道は通らず、明利は下の生活道を目指した。

道路に辿り着いた。道路の向こうには簡易郵便局があり、こちら側にはパワーストーンの店という看板が見えた。他にも道に沿って民家が並んでいる。道路は歩行者の姿こそあまり見かけないが、車は走っている。

どこにでもある、田舎町の風景だった。

明利が真剣な表情になって言った。

「義兄さんは、どう思いました？」

その質問の意味を、知彦はすぐに理解した。同じことを二人は考えていたのだ。

「千穂さんは、死んじゃいない。後藤さんの息子さんや、もう一人の方のことを聞いて思ったのです。飛行機に乗っていた人が、他にも〝基〟の中にいるような気がします」

思っていたことを正直に答えた。それは知彦の願いでもある。

「やっぱりそうですか」と明利が言って、大きく溜息を吐いた。「ぼくも、そう思いました。だから、飛行機事故の痕跡はあっても乗客の遺体が一つも見つからない。それは当たり前だったのです。乗客は皆、〝基〟の内部に入ってしまっているんじゃないでしょうか。義兄さんも、そう考えているんですよね」

「そうです」

ただ、それは直感的に思っただけのことだ。飛行機が墜落して、どうやって乗客は〝基〟の内部に移動したのか。なぜ知彦だけが置き去りにされたのか。〝基〟の内部で何が起こっているのか。そんな疑問の一つ一つに解答を見出《みいだ》したわけではないのだ。

そもそも、〝基〟とはいったい何なのか? そこから疑問はスタートするのだ。その上、第三者にこの出来事を説明しようとしても、信じてもらえる自信はまったくない。それは、知彦が今まで目の当たりにしてきたことがあまりにも非現実的なことだからだ。

「後藤さんの息子さんの話は、どう思いました? 哲郎さんという名前でしたっけ。五年前に東京で病死したというのに乗客名簿には名前があったという。その哲郎さんが〝基〟の中にいて、波野の二子石さんの弟さんと一緒に怪物と戦っていました……。十年ぶりに阿蘇に帰ってくるという、その二子石さんの弟さんも墜落した飛行機に乗っていたという話でした。そして南小国の北里さんの弟さん、健次さんと言いましたか。航空大学校の訓練中に事故を起こして消息不明になったと聞きましたよね。考えたんですが、そのとき、北里さんの弟さんも死んでいたのではないでしょうか。二子石さんの弟さんも、東京での十年の間に、亡くなっていたということがあってもおかしくはないと思いました」

常識的に考えれば、明利の言っていることはあまりに突飛《とっぴ》なものだ。次に明利が話そうとしていることも、うすうす察しがつく。

「姉さんもそうです。やはり姉さんはあのとき、交通事故で……」

そう言いかけて、明利は口をつぐんだ。知彦に気を遣ったのだろう。そのことは、南小国の押戸石の帰りに聞いている。しかし、〝基〟の内部で戦っている人々の共通点を考えたとき、明利はその思いをよりいっそう強くしたにちがいない。自分の考えを一度は否定した明利だが、今はあながち妄想ではないと思い始めているのがわかる。

ただ知彦は、千穂と過ごした日々を振り返ったときに、どうしても彼女がこの世の存在ではなかったと考えることはできないのだ。

東京で生活しているときも、ひとりでいる時間にふと千穂のことを思い出すことがあった。そんなときも、数時間のうちに顔を合わせることが当然だったので、そのことの意味を深く考えることはなかった。ただ、千穂の笑顔を思い出したときは、幸せに満たされる気持ちになったし、千穂に対しての深い愛情を改めて知った。

だが、事故後に知彦の心の中に出現する千穂は、これまでとはどこかがちがうように思えるのだ。

以前は、彼女のことを思い出そうとすると、心にその姿が浮かんできた。ところが、事故の後は、以前とちがって千穂が閃光《せんこう》のように一瞬知彦の胸の内に現われるのだ。微笑んでいるときもあるし、何かを願うような目をしているときもある。そして、次の瞬間には彼女は消えてしまっている。

何かメッセージでもあるのだろうか。知彦が病院で眠りから覚める寸前、夢の中に現われたときは、千穂は「私を捜して」とはっきり口にした。そして知彦が初めて見るような表情を浮かべていた。

千穂がこんな悲しそうな貌《かお》をするなんて……。

知彦は、そう思ってしまった。千穂はこんな悩みを背負った表情を知彦に向けたことはなかった。いつも明るい笑顔のイメージしかない。だから、こんな表情は自分が思い出しているのではない、と知彦は思う。千穂が、自分のできるかぎりの力を駆使して知彦の心に出現しようとしているのだと。

そんな想像もした。

脳裏《のうり》に一瞬出現する千穂の面影の中には、本当に今のは彼女だったのだろうかと思ってしまうときもある。

千穂はいつも穏やかだった。長い睫毛《まつげ》の黒く大きな瞳を細め、白い歯を見せて笑うと、くっきりと笑窪《えくぼ》が生まれた。

だが、突然現われる千穂は、炎のような激しい感情を瞳から放っているのだ。

東京で知り合って、恋人としての時間をおたがいに共有し合っていたときにはけっして見せることのなかった瞳だ。

姿恰好は千穂でも、本当の彼女なのかと知彦が戸惑うのは、そういう理由があるのだ。

すべて一瞬のことだった。彼女の口許が何かを訴えようとしているようなのだが、唇が動きかけたと思ったときには、すでに千穂の姿は消え去っている。

知彦は、慌てて心の中に千穂を追い求める。彼女の面影はすぐに知彦の心に蘇ってくるのだが、そのときは、知彦がよく知っている穏やかな千穂でしかない。

もっとも知彦が行方を捜し求めているのは、そんな瞳をした千穂なのだが。

「姉さんも〝基〟の中にいるのなら、どうして義兄さんも一緒に連れて〝基〟の中へ行かなかったのでしょう?」

歩きながら、明利はそう独り言のように呟いた。

知彦は明利の言葉を自分なりに考えてみた。

もしも明利の言う通りだとしたら。

北里の弟や後藤の息子と同じように、千穂は大学生の頃交通事故で亡くなっていたことになる。明利は、それが真実だと信じつつある。

死んでいるのに、今まで東京で生活していた。

それでは、まさしく怪談ではないか。

知彦が千穂と知り合ったとき、彼女はすでにこの世の者ではなかったということだ。

そんなことはありえない。千穂は知彦同様に、体温を持った生身《なまみ》の人間だった。

『雨月《うげつ》物語』や中国の怪談の中には、そんな幽霊と愛し合って日々を送るような話があったと記憶しているが、千穂に関しては、彼女がこの世の者ではなかったということなど絶対にない。それについては、共に時間を過ごしてきたのだから、胸を張って言えると知彦は思う。

「もし、千穂さんが〝墓〟の中にいるのだとしたら……なぜ、私を置き去りにしたのでしょう。それがわからない」

それが知彦の正直な思いだ。

「いや、必ず何か理由があるはずだと思います。それに、さっき清栄山の斜面の墜落跡を見て思ったんですが、よく義兄さんはあの事故で助かりましたよね。そのことも不思議でならない。そう考えると、義兄さんだけが生還していることにも、何か理由があるのではないでしょうか」

しかし、その理由とはいったい何なのか。果たして理由なるものが存在するのかどうかもわからない。これからどうすれば、千穂を見つけることができるのか。残った

〝碁〟を一つずつ回っていけば、いつかは千穂に巡り合うことができるのだろうか。

「父が、何か知っているんじゃないかなあ」

そう明利が言う。知彦は今朝のことを思い出していた。

明利の母親が言っていた。「主人が言っていました。少しだが、〝見えた〟ことがあると。知彦さんに伝えなきゃならないそうです」

だが、朝の寄り合いで、その話は出なかった。改めて聞いておくべきではないのか。今は、それしかやるべきことは思いつかない。

二人がとぼとぼと車を駐めた場所へ向かって歩いていたときだった。

明利のポケットで、突然、着信音が鳴り響いた。

12

明利は立ち止まって、慌ててポケットから携帯電話を取り出した。「母さんからだ」とディスプレイを見て言った。

「うん、これから帰るところ」と言った直後に、明利は絶句した。それから、「わかった。今は……？　意識はある。すぐ……できるだけ急いで帰る。上色見《かみしきみ》の車道だけど……」

明利は電話を切ってからも放心状態だった。

「どうかしたのですか」

「たった今、父が倒れたのだそうです。救急車を呼ぼうとしたけれど、義兄さんに話しておくことがあるからって、ぼくたちを待っているそうです」

「状態はどうなんでしょう？　一刻も早く医者に見せたほうがいいんじゃないですか」

「父は普通の身体ではないですから。医者に見せても彼らには対応できないんです。これまでもずっとそうでした」

二人は一刻も早く車に乗り込もうと駆け足になった。だが、駐車したのは数キロ先だ。知彦も明利も、必死で走った。その間は、二人とも一言も発することはなかった。息が上がってしまい、そんな余裕もなかったのだ。明利の後をついて山道に入った。慣れない走りを続けたからだろうか、知彦は足許がよろめいてきた。

そのとき、例の閃光が見えた。まばゆい光の中で、千穂が祈るような瞳を知彦に向けていた。唇が開きかけるのがわかったが、すぐにその姿は掻き消えてしまった。

「やっと着いた」

慌てて車に乗り込むと、明利は急発進させた。

「三〇分ほどで家に着くと思います。少しスピードを出しますが許してください。それから、姉さんのことで何かわかったのですか？」

明利がそう訊ねた。

「いいえ、別に。どうしてそう思うのですか？」

「いや……走りながら、さっき姉さんの名前を呼んでいたから」

知彦は驚いた。千穂の名前を口にしたのは、閃光が見えたときだろうか？

「山道に入ってから、千穂さんのイメージが一瞬だけ見えました。そのとき、無意識に千穂さんの名前を呼んでいたのかもしれない」

知彦はそう答えたが、明利がそれで納得してくれたかどうかはわからない。すでに興味を失ったかのように明利は話題を変えた。

「父のことをどう思います？」

「どうって……。特別な立場におられるんだろうなと思います。お身体も特殊な体質と言っておられました」と知彦は答えた。

「ぼくが子供の頃は、父はあそこまで老化していなかったのです。あるときを境《さかい》に老化が始まったような気がするんです。それまでは明るくて活動的で、ぼくや姉の相手をしてよく遊んでくれる父でした。

母から後で教えてもらったのですが、うちにはもう一人家族がいたのです。祖父です。でも、姉やぼくには会わせてくれなかった。ある日、多くの大人たちがうちにやって来て初めてわかりました。それは蔵に潜んで暮らしていた祖父の葬儀の日だったのです。葬儀には出たのですが、祖父の遺影はなかった。祖父の遺言だったそうです。それまで会ったこともなかったぼくにとっては、祖父は存在しなかったも同然ですが。

父の身体が急に弱り、ぼくたちの遊び相手をするのもつらそうな様子になったのは、その頃からだと思います。父の身体の老化が始まったのと、千里眼というか、予知というか、超常能力を見せ始めたのは同じ時期です。

祖父も、父と同じように特殊な体質だったのではないかと思うんです。だから、家族の前にも姿を見せなかった。想像ですが、その理由は祖父の美学だったのかもしれません。自分の醜悪な姿を人目に晒《さら》したくなかったのではないでしょうか。そして祖父が亡くなると、その体質と能力が父に引き継がれたのでしょう。ただ、父は父なりに運命を受け入れたから、姿を隠すことまではしない。

実は、その頃から考え続け、同時に考えないようにしてきたんです。それでもどうしても頭の中から消えないのは、苦辺家の長子の宿命かもしれない、ということでした。もし、父がこの世を去ったら、今度はぼくが代わりに父のような体質と能力を引き継ぐことになるのでは、ということです。そう考えると恐ろしかった。あんなふうにはなりたくない。だからできるだけ、そのことは考えないようにしてきたんですよ」

明利の感情が昂《たかぶ》っていくのがわかった。途中から、知彦に語っているというよりも、自分の心の底に抑え込んでいたものを吐き出し始めたという印象だった。父の尊利が倒れたという知らせと、日頃から彼が抱えている不安が入り混じって、動揺が増幅した結果なのかもしれない。

ここまで明利が感情を露《あら》わにしたのは、出会ってから初めてのことだった。

「千穂さんからは、ご家族のことは何一つ聞いていませんでした。しかし、明利さんに出会って以来、私はすべてを受け入れるつもりになりました。お父さんのことも、苫辺家の宿命のことも。正直、私には、それ以上、深く踏み込んで考える余裕はありません」と知彦は答えた。

「そうですね。取り乱してすみません」

やっと、明利は興奮から醒めたようだ。口調が普段通りに戻っている。

「でも、自分の身を不安に感じるのであれば、お父さんはまず明利さんに祭祀のことを伝えるのではないでしょうか。一子相伝だと言っていたのは明利さんでしょう。何よりも優先して祭りの仔細《しさい》を伝えておこうとするはずです。それなのに、私に〝見えた〟ことや〝わかった〟ことを伝えたいと言っているということは、容態はそれほど重篤《じゅうとく》ではないのではないでしょうか。お父さんご本人が一番わかっていて、救急車を呼ぶことを止められたんではないでしょうか？」

知彦は、思ったままを明利に伝える。明利は少しだけ笑顔を浮かべていた。気休めにはなったようだ。

苫辺家に着くと、二人は車を降りて玄関まで全力で走った。明利は靴を脱ぎ捨てて廊下を急ぐ。知彦もその後を追った。

由布子の姿は見えなかった。尊利に付き添っているのだろうか。

廊下の先に、由布子の姿が見えた。明利と知彦が帰ってきた気配で、廊下まで出てきたらしい。

「母さん」と明利が声をかける。由布子がほっとした様子を見せたので、明利も歩みをゆるめた。そこまで深刻な状況ではないようだ。

「急に父さんの顔色が変わって、座っていられなくなったの。私一人しかいなかったから、どうしていいかわからなくって……。救急車は呼ぶな、知彦さんに話しておくことがあるからって言うから、電話したの」

「今は……？」

「横になってる。さっきよりもずいぶんといいみたい」

明利が知彦に目配せした。大丈夫のようですと言っているつもりなのだろう。

「父さん、入りますよ」と明利が廊下から声をかけた。部屋からは「ううむ」と返事とも呻き声ともつかない声が聞こえた。

障子を開け、三人は尊利が横になっている布団に近づく。

尊利は、驚いたことに閉じていた目を見開くと、布団から身を起こした。

「横になっていたほうがいい。無理をしないで」と明利が再び寝かせようとすると、それを拒《こば》むように尊利は、左手をゆっくりと振ってみせた。

額に脂汗《あぶらあせ》を浮かべてはいたが、顔色もよくなっているようだ。

「知彦さんに伝えなきゃならんことがあったのだが、すべてわかってのことではなかった。ところが、さっき〝見えた〟ことは、もっと詳しいものだった。〝見えた〟ことがあまりに強烈だったために、身体が支えきれんようになってしまった。一刻も早く伝えておかなきゃあならない。それで由布子に知彦さんを呼び寄せてもろうた。すまなかったなあ。〝基〟では危ない目に遭わなかったかな？」

〝基〟で起こっている異変のことを、尊利はすでに知っているように思える。

「父さん、横になって話したほうがいい」

明利が声をかけると、安心したのか、尊利は身体を横たえた。

「恥ずかしい話だが、これまでは自分の役割をちゃんと理解してはいなかった。代々苫辺の男は鎮守役のまとめ方を受け継ぐのですが、形式的なことしかわからずにきた。鎮守役のそれぞれも、その本当の意味を知らんままに〝基〟を鎮める方法だけを伝えられ、実践してきた。

ところがこの数日、自分たちがどういう存在なのか、凄まじい知識が私に注《そそ》ぎ込まれようとしている。〝見える〟ものが半端じゃなくなってきているのです。これまで、苫辺の血筋の男に生まれついただけで、どうして老化が進むのか不思議でならなかった。呪われた血筋なのかと、胸の中で嘆いていました。しかし、それにも理由があったのです。

今、阿蘇の地下から邪《よこしま》な力が溢れ出ようとしている。地下に数千年蓄積されてきた邪な力が、地上に噴出しようとしているのです」

尊利は阿蘇が火山であるということを言っているのか、と知彦は思った。

「それは……阿蘇が噴火するということですか？　その予兆を感じるということなので

すか?」

尊利は、大きく首を横に振った。「いいや。そんな単純なものではありません。少し、回りくどくなるかもしれないが、聞いてほしい。〝癒《いや》しろ地〟というのは知っておられるかな。その場所へ行けば、心の安らぎを与えられる場所のことですが」

「それは、最近、パワースポットと呼ばれたりしていますね。日頃抱え込んだストレスや落ち込んだ気持ちを、パワースポットに行くことで浄化してもらえるというように聞いています。阿蘇も、パワースポットだらけでしたよね。とくに、阿蘇山の噴火口とか」

「そうですか。〝癒しろ地〟は、今はパワースポットと呼ばれたりするのですか。ただそれが、単純に人に癒しを与えていると思いますか。ちがうのですよ。癒しの力を与えるのではない。人の心に巣くう負の力を、そのパワースポットが吸いとるのです。負の力とは、人が抱える心の重圧です。同時にさまざまな欲望、そして煩悩《ぼんのう》。願っても報《むく》われない苛立《いらだ》ち、悲しみ、苦しみ。そのような心に纏《まと》わりつく穢《けが》れを、〝癒しろ地〟は吸いとっているのです。

吸いとられた心の穢れは、そのまま消滅するのではない。そのまま、負の力として〝癒しろ地〟の深いところに澱《おり》のように溜まり続けるのです。そして、それが一定の量を超えると、変化が起こる」

「変化……ですか」

それが不吉な状態を指すことはわかる。

「それは、ここ、阿蘇の地に限らない現象です。世界中に、〝癒しろ地〟は存在する。そして、人の心から生じる負の力を吸い続け、臨界を超えたときに……変化が、〝大破《だいは》砕《さい》〟が起こるのです。それは場所によって、異なった現象となって現われる。さまざまな天変地異《てんぺんちい》として、人はそれを体験することになる。その仕組みが〝見えた〟のです。〝癒しろ地〟で吸収された負の力が、その場所で発現するとは限りません。異なる場所から噴き出すように〝邪魔《じやま》〟が出現し、〝大破砕〟を招くのです」

「〝邪魔〟……ですか」

「そう、本来、世に存在してはならないものです。しかし、人がこの世に存在する以上、必ず人の心の闇がどこかに集中して形となる。それが〝邪魔〟です。〝邪魔〟は、形を変える。地下から現われ、災いをなす。それはときによっては豪雨となり、冷害となり、竜巻の形をとることもあり、台風となるときもある。あらゆる天変地異に姿を変えます。しかし、それは、〝見える〟者には見える、〝邪魔〟なのです」

〝邪魔〟といえば、語感からは、〝余計な存在〟といった軽いものに聞こえる。しかし、尊利が口にする〝邪魔〟とは、激烈な力で人に害をなす悪意を持った存在なのだ。いや〝邪魔〟という呼称は、尊利が〝見えた〟ときに、便宜上名付けただけなのかもしれない。

知彦は〝邪魔〟と聞いたとき、〝基〟の内部から異変を起こそうとしている未知の怪物のことを連想した。

「私が、今日、明利さんと見てきたもの。押戸石の草原の〝基〟で、穿戸の穴の〝基〟で、鎮守役が鎮めようとしていた変化。あれが〝邪魔〟なのですか？」

「私が〝感じる〟かぎりでは、〝邪魔〟の一番初期の形態だと思います。全世界的に、異常気象が増えていることは知っているでしょう。これこそが、〝邪魔〟が形成され、その勢力を増しながら発現した結果なのです。

なにゆえに、異常気象が増えているのか。単純なことだったのです。人の数が増えすぎた結果なのです。誰もが、心の中に闇を抱えている。マイナスの念を抱えている。負の力の総和は、人の数が増えればどうなるか。単純な算数でしょう。〝邪魔〟として出現する頻度《ひんど》も、かつてとは比較にならないほど増加したのです。

ある地域では、〝邪魔〟の暴走を鎮静化させる防人《さきもり》がいた。阿蘇もそうです。防人がいない地域では、定期的に〝邪魔〟が〝大破砕〟をもたらしているところもあった。

ただ、阿蘇の〝癒しろ地〟としての力は他所とは比較にならないほど大きい。阿蘇外輪の数倍の範囲の広さで人々の心にまで癒しを与え続けているが、同時にそれに反する負の力、闇の力も、溜めに溜め込んでいる状態です。

〝邪魔〟の力を人に害をなさない程度に吐き出させる場所が、ここでは〝基〟のようです。そして暴走しないように鎮めるのが鎮守役。私も父から引き継いだときにぼんやりとはわかっていましたが、これほど鮮明に〝見えて〟はいませんでした。そして、鬼八伝説の本当の意味もやっとわかりました」

思わず、知彦は明利と顔を見合わせていた。先程鬼八伝説の話をしたばかりではないか。

「鬼八伝説のことは、ご存じですか？」

「はい。明利さんに教えてもらいました。健磐龍命の従者だった者だそうですね。罰を受け、身体をばらばらにされたと聞きましたが」

尊利は頷いた。

「そのことも、今朝方、瞬間的に〝見えた〟ことです。〝基〟と昔から呼んでいますが、〝基〟は鬼のキから来ています。そして鬼八とは、一人の鬼の名前じゃない。健磐龍命が阿蘇を治める頃から、〝基〟を八方で守る存在が鎮守役を務めていたことを示している。そして、健磐龍命が、鎮守役たちに〝基〟と関係のない務めを命じたとき、〝基〟の鎮守を優先させて命令に従わなかった。それを力ずくで従わせた結果、〝基〟の暴走が始まり、〝邪魔〟が阿蘇に害をもたらした。これが、鬼八伝説の起こりです」

「では、〝基〟の鎮守役が、鬼八の末裔《まつえい》ということですか？」

「ええ。ただ、鎮守役は、あの人たちだけじゃないことが〝見えた〟。阿蘇の鎮守役は、〝基〟の外から鎮める役だ。それで鎮まらなければ、〝邪魔〟が地下から出現することになる。それを防ぐ存在が別にいたのです。彼らはまず〝邪魔〟を〝基〟の内部で鎮め、それでもできなければこちらの世界に出現し、〝鬼八〟化した状態になって鎮める」

尊利の言うことは、ぼんやりとしか理解できない。〝基〟の内部で怪物と戦っていた者が、その別の存在ということなのだろう、と知彦は考えた。

「〝基〟の内部は、この世の法則が通用しない世界らしい。だから、この世の者は〝基〟には入れないし、〝基〟に触れても災いを引き寄せると言われています。〝基〟の内部で鎮める者はこの世の者ではなく、また、あの世に去った者でもないということを知りました」

この世の者ではなく、あの世に去った者でもない？　疑問を抱く知彦に、尊利は続ける。

「あの飛行機事故の乗客たちがそうなのです。彼らも鎮守役だったのだということが〝見えた〟。鎮守役の血筋には、もう一人ずつ陰の鎮守役がおったのです。この世の者ではなく、あの世に去った者でもない存在が。その者たちの役割は、本当に必要になったときわかる。私の体質は呪われたものだと信じていました。しかし、この急速な老化は、この世の者でない者たちを、この世にとどまらせるために力を費《つい》やした結果なのだということを〝知った〟のです」

「じゃあ、千穂さんも、そうだというのですか？　彼女も、〝基〟の内部で〝邪魔〟と戦うための存在だったのですか？　彼女がこの世の者ではないなんて、私には信じられません。じゃあ、私はなぜ、連れてこられたのですか？　私も、この世にいてはいけない存在だということですか？　そんなことは信じられません」

できることなら、千穂に関しての話は嘘だと言ってもらいたかった。知彦にはとても受け入れられない。

そのときだった。由布子が持っていた携帯電話の着信音が鳴った。

慌ててディスプレイを覗いた由布子が、驚いて言った。

「千穂から……電話です」

13

ちょうど千穂のことを話題にしていたとき、千穂本人から由布子の携帯に電話がかかってきたのだ。

知彦だけではない。その場にいた全員が、目を剝《む》くのも当然だった。

だが、母親の由布子だけはちがった。

もう一度、皆を見回してから、ためらうことなく自分の携帯電話を耳に当てた。

「もしもし……」

知彦の胸は高鳴っている。

本当に千穂からだろうか？　千穂の携帯電話を誰かが拾ったということではないのか？　その可能性が一番高い。

知彦の携帯電話は墜落の衝撃で壊れてしまった。千穂の携帯電話は無事だったというのか？

だが、由布子の反応は予想外だった。

「千穂……千穂かい？　無事だったのかい？　母さんも、ずっとそんな気がしていたんだよ」

由布子の声は興奮のあまり上擦《うわず》っていた。しかし、その様子から電話の相手が千穂であることがわかる。

知彦は明利と顔を見合わせた。明利は啞然とした表情をしていた。千穂が生きていたとは、すぐには信じられないのだろう。知彦は全身に震えが走るくらい嬉しかった。しかし、由布子のように素直に信じてしまっていいものだろうか？

嬉しさと同時に、割りきれないものがあるのだ。本当に、電話の向こう側で由布子と話をしているのは千穂本人なのか？

「どこからかけているんだい？　えっ、はっきりと聞こえないよ。なんだか雑音がするから。電波の状態がよくないんだろうね。母さんの言ってることは、聞こえるのかい？千穂の声は、はっきり聞きとれないんだよ……」

知彦はうずうずしていた。一刻も早く、電話を替わってもらいたい。自分の耳で千穂の声を聞きたい。自分なら、たとえ電波状態が悪くても、電話の相手が千穂かどうか聞き分ける自信はある。

「えっ。えっ。知彦さんかい？　ここにいるよ。……通じない？　……知彦さんはさっきまで千穂の行方を明利と捜していたんだよ。千穂は、今どこにいるの……」

　そこで由布子は、電話から耳を離した。

「千穂です。間違いありません。でも、電波の具合が悪いのか、聞きとりにくくて。知彦さんのことを訊ねているみたいです。でも、何と言っているのか……」

　由布子が不安そうな表情で言った。もう、知彦は我慢できなかった。

「私に、千穂さんと話をさせてもらえませんか？」

　知彦の携帯電話が無事だったら、千穂は必ず知彦に直接電話してきたはずだ。知彦に知らせる術がないから、千穂は由布子の電話に連絡をとるしかなかったのではないか、と知彦は考えた。

　由布子は頷き、携帯電話を手渡す。知彦は祈るような気持ちで、それを耳に当てた。

　同時に、繰り返し脳裏に浮かび上がる千穂の面影がまた現われたように思った。

　――私を捜して。

　そんな声を聞いたような気がして、知彦は祈るような気持ちで呼びかけた。

「もしもし。千穂。ぼくだ。知彦だ」

　知彦の耳に届いてきたのは、遠くで無数の蟬《せみ》が鳴いているような雑音だった。確かに、電波の状態がよくないようだ。

「よく、聞こえない！」と叫ぶ。とにかくまず、電話の向こうにいるのが千穂に間違いないのかどうかを確かめることを優先する。

彼女の声が聞きたい。千穂は知彦の安否を訊ね、それに由布子は答えていた。電話の向こうに彼女はいるはずなのに、なぜ答えてくれない。

シャシャシャシャシャシャシャ——。

そんな雑音が大きくなったり、小さくなったりが続く。

「聞こえるかー？　千穂。ぼくだ、知彦だ」

そう呼びかけることしかできない。

そのとき雑音の彼方から、かすかに女性の声を知彦は聞いた。何と言っているのかは、声が小さくて、しかも途切れ途切れなので聞きとれない。だが、知彦には、その声が誰のものなのか、はっきりとわかった。

彼女の声を聞き間違えることはない。

「千穂……生きていたんだな。助かったんだね。よかった」

知彦の声が詰まってしまう。そして、彼女の言葉を聞きとることに、全神経を集中させた。

彼女にも知彦の声が届いたようだ。電話の向こうから話しかける声が、一瞬途絶えた。次の言葉は、知彦にもはっきり聞こえた。

「よかった。無事だったのね」

千穂は知彦のことを案じていたのだ。知彦は、もう一度呼びかける。

「何度も、千穂が〝私を捜して〟と呼びかける声を聞いた。だけど、どこを捜せばいいんだ。千穂、どこにいるんだ」

千穂の声は、またしてもかすかになり、雑音で遮られる。途切れ途切れの言葉なので意味は通じないが、最初よりも落ち着きを取り戻しているように思える。

二人で暮らしていたときは、千穂が考えていることはすべてわかると知彦は思っていた。言葉など必要なかった。

世界の誰よりも千穂のことを理解している自信があった。ところが、今はどうだ。電話の向こうの千穂の声を聞いても、彼女に何が起こっているのかさえわからない。

なんと情けない。なんと無力なのか。

わかるのは、電話の向こうにいるのが間違いなく千穂だということくらいだ。

由布子が知彦の顔を覗き込み、心配そうに訊いた。

「千穂は……何と言っているんですか?」

悔しいが知彦は首を横に振った。わからない。千穂の伝えたいことが、わからない。

枯れ枝のような腕が、知彦の前に差し出された。知彦と尊利の目が合った。尊利は大きく頷いた。そして手を差し出す。

「私が、千穂の気持ちを聞いてみましょう。機械で聴くわけではないから、もっと具体的に〝わかる〟かもしれない」

携帯電話を渡せというのだ。知彦に拒む理由は何もなかった。

知彦は携帯電話を尊利に手渡す。

「よろしくお願いします」

尊利は電話を受け取ると、耳に当てた。そして、「父さんだ」と、掠《かす》れた声で言った。

「千穂か。大丈夫か」

さすがに由布子よりも落ち着いた話しぶりだった。千穂の言うことが明瞭に聞きとれているのだろうか？ときどき相槌を打っている。尊利の方から質問するということはほとんどなかった。

ただ、一度だけ、「何っ!!」と声を荒らげた。それから、尊利は小さく細い目をかっと見開き、そのまま知彦を見た。

自分のことが話題に出ているのだろうか。

「それは、伝えていいのか？」と尊利は口にした。尊利は知彦から視線をはずしていたが、それまでの仕草から、やはり話題は知彦についてのことなのだと思った。あとは一方的に千穂が話しているように見えた。

知彦が知っている千穂は、それほどお喋り好きな女性というわけではなかった。最低限の言葉のやりとりで、十分に幸せな生活を続けていくことができた。電話での会話も、用件を伝えるだけだった。それが、これほど長く何かを訴えているというのはどういうことなのか。

頷き返していた尊利が、「どうした。何かあったのか？」と問いかける。それから

「千穂！　千穂！」と名前を連呼した。

急に口を閉じ、携帯電話をゆっくりと耳から離した。

ゆっくりと大きな溜息を吐きながら、

「電話が切れました」

尊利は、そう告げた。「もっとも、由布子や知彦さんでは、聞こえるはずもなかったでしょう。私だから、聞くことができた」

特殊な力がないと千穂と話はできないようだ。残念ではあるが、千穂に危険が迫っていることのほうが知彦は気がかりだった。

「千穂は……いや千穂さんの身に、何かあったのではありませんか？」

「おそらく。ただ、急に声が聞こえなくなってな」

そう聞いて、知彦の不安はますます募る。

「千穂さんは、私たちに何を伝えたかったのでしょうか？　どこにいるのでしょうか」

携帯電話を由布子に返しながら、尊利は「どうしても知彦さんの無事を確認したかったようです。千穂は知彦さんに連絡をとろうとしてもとれなかったのだと言っていました」と語った。

墜落の衝撃で知彦の携帯は壊れていたのだから、電話はつながらなかったはずだ。

「東京にいるときから、千穂はいつもこの携帯に連絡をくれました」

由布子が涙を浮かべ、感慨深げにそう言った。つまり、娘本人からの電話であることにまったく疑いを持っていなかったことがわかる。

「じゃあ、母さんの携帯電話が、あの世からの専用電話だったわけだ」

明利がそう軽口を叩くが、尊利からじろりと睨まれ、慌てて口をつぐんだ。

「千穂からの伝言があります」と尊利は言った。「とても言いにくいのですが、必ず伝えてくれということなので、話さないわけにはいきません」

「なんでしょうか？」

尊利は、どう切り出したらよいのかしばらく迷っているように見えた。それから、やっと口を開く。

「まず、知彦さんに謝ってくれと言っておりました。危ない目に遭わせてしまった、と。連れてくるべきではなかった……。それから、自分のことは忘れて、すぐに阿蘇を発《た》ち、東京へ帰ってほしいそうです」

知彦は呆気《あっけ》にとられた。あれだけ、千穂とは愛し合っていたのに、理由も何も伝えられずに、東京へ帰れと言われるとは。

尊利は、はいわかりましたと、知彦がこの土地を引き上げると思っているのだろうか。いやそれだけじゃない、と知彦は考え直した。尊利は、千穂との会話のすべてを話してくれているわけではない。千穂との電話のやりとりの中で、一度、尊利は驚愕して声を荒らげていたではないか。今、知彦に伝えたことが、そのことだとはとても思えない。

「それが、千穂さんからの伝言ですか？　納得できません。事情がさっぱりわかりません。もっと詳しく教えてください」

「一応、千穂が言っておったことは、言葉通りにお伝えしました。千穂は、本当に知彦さんを愛していたのだと思います。そう……千穂は〝邪魔〟と戦うために、阿蘇に帰ってきたのです。ただ、真実を知って帰ってきたのではない。陰の鎮守役としての本能が、千穂たちを引き寄せたのです」

陰の鎮守役とは、千穂からの電話がかかってくる寸前に尊利が語っていたことだ。

「引き寄せた……千穂たちを？　この世の者でない者たちを、ということですね」

「引き寄せたのが、誰かということはわかりません。鎮守役たち一人ずつの不安が呼び水となったのかもしれないし、ひょっとすると、〝阿蘇〟そのものが彼らを呼び寄せたのかもしれない。そして、飛行機が地面に激突する寸前に乗客は、自分たちの使命を知らされ、従ったのです。〝邪魔〟の力は、強大化している。地域ごとの鎮守役の力だけでは、もはや制御できない。だから、使命を帯びた陰の鎮守役の人々が、戦士として〝邪魔〟と戦っているのです。千穂も、その一人です。あの子も、阿蘇を守るために地下で戦っていると言っていました」

「ということは、乗客は飛行機事故に遭ったのではなく、〝邪魔〟と戦うために地下に消えたということでしょうか？」

「地下とは、地面の下のことを指すのではありません。この世界の法則が通用しない場所……なんと言えばいいのか……異次元の世界とでも言えばいいのか」

尊利はそう言ったが、知彦としてはそのほうがわかりやすい。本来この世の者ではない千穂たちが、特殊な事情で存在を許されていた。そして、飛行機の激突と共に本来の霊体に戻り、〝邪魔〟が増殖する阿蘇の地下の異世界に飛び込んでいったということなのだ。

「では、私は巻き添えになったということでしょうか？　本来は、あの飛行機に乗るべきではなかった。だから、陰の鎮守役ではない私だけが異世界に移れず、ここにいるということなのでしょうか？」

千穂は知彦を巻き込んでしまったことを、申し訳なく思っているということなのか？

「巻き添えになったのではありません。知彦さんにも、ちゃんと役割があったそうです。昔、阿蘇に住んでおられたことがあるそうですね。その頃の記憶はありますか？」

正直、はっきりと覚えているのは、事故後に病院で目覚めてからのことだけだ。それ以前の記憶が曖昧《あいまい》なのは、事故のショックによるものだと思っていた。だが、時間が経っても、蘇ってくるのは千穂と出会ってからの楽しかった生活の記憶だけだ。

ただ、自分には阿蘇の情景を伴った記憶はない。自分は阿蘇生まれだという確かな意識が湧き上がってくるだけで、写真や何かの証拠があるというわけではない。

「思い出せないのです。事故の後遺症かもしれません。阿蘇で生まれ育ったという確信だけはあります。ただ、いつ阿蘇を出てどのように過ごしてきたのかは、まったく覚えていないのです」

言いながら、知彦の頭の中にはひとつの仮説が浮かんできた。具体的な思い出がイメージできないというのは、阿蘇で生まれたという洗脳を受けた結果なのではないのか。

誰に？　たとえば千穂に……。

「知彦さん。確かに、あなたは阿蘇で生まれ育っています。そのとき、知彦さんは宿命を負わされたのです。それから知彦さんがどのように成長し、生活してきたのかという経緯は必要ないのです。知彦さんが、今、ここ阿蘇にいるという事実が大事なのでは。そして千穂は、知彦さんを阿蘇に連れて帰る役も担《にな》っていました。その使命に従って、あなたを連れてきたんです」

それがどのような意味を持つのかは、まだ語られていない。しかし、知彦には衝撃だった。千穂と自分は、真に愛し合っていると信じていた。幸せな生活の底にあったのが、阿蘇を守るという〝使命〟だったとは。

初めて千穂と出会ったときのこと。千穂と暮らした日々。すべては知彦を再び阿蘇へ連れ戻すための準備期間にすぎなかったということになる。

そう考えると、すべてが虚しく思えてくる。そんなはずはない。千穂の自分に向ける温かい視線。思いやりのこもった仕草。その一つずつが演技だったとは、とても思えない。

「私には、どんな役割があったんですか？　それに千穂さんは、今になってなぜ東京へ帰れと言うのですか？　私は役立たずで見限られたということなのですか？」

飛行機が阿蘇の大地に激突する瞬間、本来なら知彦は、千穂たちと共に〝邪魔〟と戦うために地下へと移動しているはずだった。

しかし、異世界に入れなかった。

それは、能力が欠けていたからなのか？　あるいは、知彦はもともと選ばれた人間ではなかったということか？　これ以上、阿蘇にいる意味がないから、千穂は知彦に東京へ帰れと呼びかけたのか？

「そういうことではありません」と尊利は首を横に振った。

「そうです。ぼくにも〝わかった〟」と明利も言った。「姉さんの考えが途中から伝わってきました。義兄さんに能力がないとか、そういう理由じゃなかったんだ」

尊利は、そう言う明利に驚いていた。

「明利、〝わかる〟のか？」

「〝わかる〟ようになってきた。急に〝見える〟ようになり始めている。父さんの能力が、ぼくの中にも芽生えてきているみたいだ」

それから、興奮気味に知彦に言った。

「姉さんが父さんに伝えたことも、その気持ちにも間違いはありません。姉さんは無意識のうちに、義兄さんに自分を捜すように呼びかけていたのです。姉さんはいつも迷い続けていたんだ」

尊利も、その通りだというように頷いた。

「姉さんは、自分の使命と義兄さんの役割を知ったときに、義兄さんを一緒に連れていかないという決心をしたのです。姉さんは、義兄さんのことを愛していたから、その道を選んだ。それだけは、誤解しないでください」

知彦は明利の言葉に、自分のそれまでの下卑《げび》た考えを恥じた。

「愛していたから……千穂さんは、そう言っていたのですか？」

「いいえ。でも、姉さんの思考の真意は〝わかり〟ました。姉さんは、心の底から義兄さんのことを考えていたのだと思います」

「つまり、私を危険な目に遭わせたくなかった。千穂さんは私の身を守ろうとしたということですか？」

「それもあるでしょう。でも、それだけじゃない。姉さんにとって、もっと大事なことがあるように感じました」

「それは……何ですか」と知彦が言うのと同時に、尊利の首ががくりと垂れた。

「あなた！」と、由布子が慌てて尊利の身体を支える。意識が途切れたように見える。

「大丈夫ですか？　早く病院へ連れていったほうがいい」

「大丈夫です。力を使った後は、うちの人は必ずこうなるんです」と由布子は言った。

知彦に明利も頷いて見せた。それを見て、これが日常的な症状なのだと知彦は納得した。

「どうします」と明利が知彦に言った。その意図を知彦は摑みかねた。

「どうするって……」

「姉さんは、今、こちらの方角にいます」

明利はある方角に指を向けた。千穂の位置がわかるらしい。なぜ、急に明利が千穂のいる場所がわかるようになったのか。これも明利が〝見える〟ようになったからなのか。しかし、本当に千穂の居場所が〝わかる〟のなら、ここで阿蘇の地を去るつもりは知彦にはなかった。

14

陽が傾く時刻になっていた。知彦は、再び明利が運転する車に乗っている。

明利は目的地を口にしなかった。

知彦が、千穂さんのいるところへ連れていってくれることはできるかと訊ねると、明利は黙って頷いたのだ。

尊利が意識を失う少し前からだろうか、明利の人格が変わったように見える。

知彦の願いは、千穂との再会、それだけだ。

もう一度会うことができれば、見えてくるものがあるだろう。以前の知彦と千穂の関係に戻ることは、もうできないかもしれない。そこにどのような障害があるのかは、千穂に会ってみないとわからない。いずれにしても、知彦には謎が幾重《いくえ》にも入れ子状態になっているという予感があった。

車は国道五七号線を立野方向へと下っていった。

「ひょっとしたら父さんは、もう駄目かもしれません」

唐突に明利が言った。

「えっ？」

「……父さんが意識をなくす少し前から、突然なのですが、ぼくはいろいろと〝わかる〟ようになってきました。これまで、こんなふうに目の前のもの以外の現象が〝見えて〟くることなんかなかった。それが、父さんが姉さんと話をしている途中から、急に〝見える〟ようになった。姉さんが何を言っているかも〝わかった〟し、姉さんの本心も〝わかった〟。姉さんは確かに父さんには、義兄さんに帰るように伝えてくれと言いましたが、それは姉さんの本心じゃない。姉さんも義兄さんに会いたいと願っている。だから、義兄さんを姉さんのところへ連れていくんです。そんなことが全部〝わかる〟というのは、父さんの……苦辺の家長の役割を……引き継ぐ時機が来ているからかもしれません。なんの根拠もないのですが、そう思えてきました。誰がそんな役割を決めているのかとか、なぜこのようなシステムが出来上がっているのかはわかりませんけれど。ひょっとして我々には想像もつかない理由があるのかな、とも思います。で、ぼくにこのような能力がなぜ授《さず》けられたのか、理由をさっきからずっと考え続けている。いくら考えても、思考は堂々巡りするばかりで、ただ一つの結論に行き着くのですよ。ぼくは父さんの能力を引き継がされた。その理由は、父さんはもう、鎮守役のまとめ方をこれ以上務められないからじゃないかって」

そう言って、明利はしばらく知彦の答えを待つように黙っていた。

知彦は、逆に訊いた。

「じゃあ、千穂さんに東京に帰ってと言われた私は、どうすればいいのですか？　今の明利さんならわかるんじゃないですか」

明利は唇を小さく尖らせた。

「それはわかりません。〝わかる〟ようになったといっても、すべてが理解できるようになったわけじゃあないですから」

明利は恐怖を感じているのだ。自分も父のように、急速に老化が進行する人生を歩み始めたのではないかと。

明利はハンドルを左に切った。

「こちらから感じる」

そこは国道五七号線沿いにあるＪＲ赤水《あかみず》駅を過ぎたあたりだ。阿蘇山頂へと繋がっているという表示がある。北登山口だ。

そこで明利はスピードを落とした。

進むべき道を迷っているようにも見える。その道路沿いにはいくつもの観光施設が連なっていた。明利が小刻みに首を動かす。常に何かを確認しているような仕草だ。猿まわし劇場から、阿蘇ファームランド、そして阿蘇みつばち牧場の前を過ぎた。明利は道なりにハンドルを操作しているのではない。頭の中に何かが点滅していて、その方向へ車を走らせているようだ。だから、その目標の方向と道路にずれがあるために困惑してしまうのだ。

ハンドルを右拳で叩きながら明利が叫んだ。

「なぜ、こうくねくねと曲がっているんだ」

ゴルフ場を過ぎてから明利は車を左折させた。すでに道の左右には、観光施設どころか建物もない。あるのは緑の絨《じゅう》毯《たん》のような草原だ。

ひたすら登り坂を蛇《だ》行《こう》しながら進むことになる。

「このままだと火口まで行くんじゃないですか」

「はい、このまま赤水登山道を上がっていけば、草千里《くさせんり》ヶ浜《がはま》、砂千里《すなせんり》ヶ浜《がはま》を通って中岳火口の横まで行くことが可能ですね」

「ということは、千穂さんは阿蘇中岳の噴火口にいるということでしょうか？」

知彦は、そう訊ねた。すぐには明利も答えを返さない。緩やかな傾斜の道路を登りながら、明利にだけ見える徴《しるし》を追い続ける。

「わかりません」と、しばらくして明利が答える。

「姉さんの放つ気配が常に動いているんです。家を出発したときは、確かに中岳火口の方角でした。でも、微妙に姉さんを感じる位置が変化する。さっきまでは、烏帽子岳と中岳火口の中間くらいのイメージでした。今は……よくわからなくなりました。砂千里ヶ浜くらいの位置なのかなあ」

知彦は、押戸石や穿戸の穴の〝基〟で怪物と戦っている人影のことを思っていた。明利が感じる千穂の気配が移動を続けるというのは、千穂も〝邪魔〟と戦う戦士として縦横に地下を動き回っているということなのだろうか？

「ああっ。消えた」

明利が情けない声を上げた。

「千穂さんが……消えたのですか？」

「消えたというより……〝見えなく〟なった」

明利は車を道路脇に寄せて駐める。千穂の位置がわからなくなった以上、車をがむしゃらに走り回らせても捜し当てられない。

明利の表情の変化を追うと、完全に希望が消えたわけではないことが知彦にも見てとれた。

彼は山頂の方に顔を向けていたかと思うと、ゆっくりと右手の急斜面の草原に視線を移し、凝視する。

「姉さん、移動していますね」明利は断言する。かすかに頷くように顔を上下させた。

「わかるんですか？」

「さっき消えたと思ったのは、姉さんが一瞬だけ、ぼくの探知能力の限界を超えたところまで地下の深いところに潜ったんですよ。もう少し地表に近いところまで上昇してくれば位置がわかる。でも、すぐにまた潜ってしまうんです。姉さんのいる場所が、常に変化している」

「千穂さんは、何をやっているんです？　ひょっとして穿戸の穴の〝基〟で見たように、千穂さんも〝邪魔〟と戦っているのでしょうか？」

知彦は、正直、自分が愛した女性が、正体のわからない怪物と戦っているということが想像できない。

明利は、知彦の問いにはっきりとは答えなかった。明利も、実の姉が戦士であることをなかなか受け入れられないのかもしれない。

もしも、自分も千穂に地下の異世界へ連れていかれていたら、どうなっていたのだろうか、と知彦は考えた。地中を移動する千穂と行動を共にして、一緒に〝邪魔〟という怪物と戦い続けることになっていたのだろうか？

千穂と共に歩むのであれば、それが危険な道であったとしてもかまわない、と知彦は考えた。自分の気持ちを千穂に届けられるのであれば、そう伝えたい。

千穂は、阿蘇山を目前にしてなぜ知彦を守りたくなったのだろうか？　水臭い！　そう言ってやりたかった。同時に、ふと、知彦は、死んだ伊邪那美命に会いに黄泉国《よみのくに》に行った伊邪那岐命のエピソードを思い出していた。伊邪那岐命は、黄泉国の食べものを食べて醜い死体と化した伊邪那美命に恐れをなし、この世に逃げ帰ってきた。生者でもない、死者とも言えない陰の鎮守役となった千穂が、そのようなおぞましい姿に変化していたとすれば、彼女はその姿を知彦に見せたりはしないのではないか？　そうだったとしても、知彦は会いたいと思っていた。千穂のことを愛したのは、軽い気持ちからではない。自分の気持ちが変わるはずはないと信じていた。もし、容姿が醜く変化して耐えられないというのであれば、自分の目を潰すことさえも厭《いと》わないと思った。

「近づいてくる。行きましょう」

明利が、再び何かを感じたらしい。サイドブレーキをはずし、急発進させた。

「千穂さんが？」

「ええ、そうです。はっきりと感じます。移動速度はけっこう速いです。車の速度ほどではありませんが、人が走る速度とは比較にならない。この登り坂の左の方角あたりで出くわすようなイメージです。そこでうまく遭遇できるかどうか、という感じでしょうか。ぼくたちは地上です。姉さんが、そこでぼくたちに気がついてくれることを祈るばかりです」

道はひたすら登りが続く。緩やかなカーブを進むと、道の左側には壮大な草原がひろがる。

そして、その草原の中に緑の小山が見えた。

「あれは？」

知彦が訊ねる。

「米塚《こめづか》です。ああ見えても火山なんですよ。阿蘇外輪山内の火山では一番若い火山だそうです」

まるで、箱庭の中の山をそのまま拡大したような愛らしい姿をしている。

「あの山頂は……」

山頂部分だけが、巨大なスプーンですくいとられたかのようになっている。その形に、知彦は見覚えがあった。昔……遠い昔に、知彦は米塚を見ている。そんな確信が、突然湧き上がった。阿蘇の生まれだという思いだけはあった。しかし、阿蘇に来てみて、見るものすべてに、かつて自分が阿蘇にいたという記憶を裏付けてくれるものはなかった。しかし、この形状の山頂には見覚えがある。

「噴火口の跡ですよ。地下から溶岩を吐き出して、それが地表で固まり、徐々に成長していった跡です。あんなに見事な傾斜の山になるというのは、さらさらした溶岩だったんでしょうね。先端の山頂部はプリンみたいになっているんですよ。独特の形でしょう」

「確かに。でも、あの山頂は記憶にあります。いつの頃かわからないけれど、確かに見たことがある」

明利は前方を見たまま頷く。

「誰でも、この米塚は一度見たら忘れないはずです。ぼくも子供の頃は、何度も米塚の頂上まで駆け登ったものです。今は、登るのは禁止になっていますけどね。とにかく傾斜が二四度あるそうです。遠くからだと大したことなさそうですが、いざ登り始めようとして見上げると、凄い傾斜だということがわかりますよ」

明利は目の前のこの小山に、ひとかたならぬ思い入れがあるようだ。

「じゃあ、幼い頃、義兄さんも米塚に登ったことがあるんですね」

「いや、登った記憶はないんです。このように、米塚全体を眺めたことがある……」

「そうですか。近くへ行けば、もっと特殊な山だということがわかります。米塚の近くには、いくつも地下に続く穴があるんですよ。米塚は、黒い軽石みたいな岩でできあがっているのです。雨上がりに登ったときでしたか、その穴の中を、山の水が水滴としてぽたぽた落ちているのがわかりました。あの山全体が天然のスポンジみたいなものなんですね。その地下なんですが、あまり霊感が強い方ではないぼくでも、なんだか特殊なパワーを感じる場所でした」

「特殊なパワーを感じる場所というと……千穂さんがいるかもしれませんね」

「そうですね……。とにかく、あの場所に立てば、誰でも何かを感じてしまうのです……。パワースポットという言い方が適切かもしれません」

尊利が、パワースポットとは人の心に巣くう負の感情を吸い取り溜め込む場所だと言っていたことを、知彦は思い出した。

だとすれば、ここも。

明利は道路右に大きく「米塚下園地《したえんち》」と表示のある駐車スペースに車を入れた。

「姉さんが……かなり接近してきている。速度が落ちてきています。このままなら、米塚あたりできっと出会えますよ」

「行きましょう」そう知彦は言う。

明利ももちろんそのつもりだったらしい。二人は急いで車を降りる。道路を横断すると米塚へ続く道が見えた。しかし、入口はしっかりと鉄条網で封鎖されていた。

「入れない……」

「昔は自由に登山することができたのですが、今は荒されるのを防ぐために登山禁止になっているんです。しかし、緊急時ということで勘弁してもらいましょう」

有刺鉄線を巻きつけられた鉄門の横の草地に、一部だけかろうじて隙間を見つけた。そこから二人は中へ入る。米塚へと続く簡易舗装がされている道を走った。

目の前に迫った米塚は思ったより巨大だった。どうやれば千穂とここで会うことができるのか、知彦は不安になる。

明利が立ち止まった。

「姉さんは、もうすぐ来ます。この下に近づいています」

そう言って五岳を指差す。明利の指先の動きから、五岳の方角から何かが米塚へ向かって接近しつつあることがわかる。

「やはり、地下にいるんですか？」

「ええ」と明利は言ったが、そこで何か思いついた表情になった。

「米塚の地下に行ってみますか？」

意外な提案に、知彦は驚いていた。米塚の愛らしい外観から、地下へ入るという発想はなかった。

「地下に入れるのですか？」

明利は頷いた。

「向こうに、さっきお話しした地下に続く穴がいくつかあるんですよ。そのうちの一つが、米塚の地下に続いていると聞いたことがあります」

明利が示す「向こう」というのは、米塚とは離れた方角の草地だった。

「地下に続くって……米塚の下に？」

「子供の頃だったので、入口から十数メートル先にしか行ったことはないのですが……。地下まで続いているそうです。溶岩トンネルと聞きました」

そのトンネルの方が、千穂により接近できる可能性が高いはずだ。そう考えたときには、米塚へ続く道をはずれ、草地の中へと足を踏み入れていた。

車を駐めたときには米塚の麓《ふもと》は平坦な道だという印象を持っていたが、近くまで来てみると実際はちがうことがよくわかる。雨水がえぐったのか、いく筋もの大きな溝《みぞ》状の起伏があった。その場所を越えると、明利が言ったように、地下へと続く穴が見つかった。いわゆる風穴《ふうけつ》と呼ばれる穴で、これほど多く存在するとは知彦も予想していなかった。

った。

「こっちです。ぼくたちは〝こうもり穴〟と呼んでいました。この穴が、一番深いと聞いていています。米塚の下まで続いているそうです」

草の茂った斜面に、穴はぽっかりと口を開いていた。思った以上に大きい穴だった。深さが三メートルほどもある。

「光の届くところまでは探検したことがあるのですが」

足許はしっかりしている。確かに穴は米塚方向に伸びている。この溶岩トンネルがどのように形成されたのか、知彦にわかるはずもない。ただ自然の造形の不思議さに驚くだけだった。岩は火山性の玄武《げんぶ》岩質だ。トンネルの上部には、ところどころ溶岩が垂れ下がった短い溶岩鍾乳《しょうにゅう》石が見られる。側壁は、溶岩の表面が引き剝《は》がされたような形状だった。冷めた岩の内部を軟らかい溶岩が流れてできたのかもしれない。表面を奇妙なムシが這い回っている。天井からは水滴が落ちていた。

中へ入るとすぐにトンネルは二つに分かれた。そこまでは、かつて明利は足を踏み入れたことがあるらしい。

「左は行き止まりです。こうもりの巣になっています。右の方に進んでください」

そう言われても、前方は真っ暗だ。本当に、千穂はここへ現われるのだろうか。知彦は不安になる。

あっ、そうだ、と明利が言った直後、一筋の光があたりを照らした。

「キーホルダーにライトがついていたのを思い出したのです。普段はほとんど使っていないので忘れていました。小さな明かりですが、ないよりはましでしょう」

確かに、明利の手元にある光は頼りないが、真っ暗闇を進むよりはるかにましだ。幾分不安がやわらぐ。

この溶岩トンネルがどのくらいの長さがあるのか、見当もつかない。頬に頭上から落ちてきた水滴が当たり、知彦はぞくっとした。

「千穂さんがどこか、わかりますか?」

「方角だけはわかります。しかし、先程まで移動している感覚があったのですが、今はありません。ここで待っていれば、姉さんはぼくたちに気がついてくれるんじゃないでしょうか」

知彦はその言葉を信じるしかない。

そのとき、光が見えた。

光はトンネルの前方から伸びてきて、明利と知彦を浮かび上がらせた。

「お前たちは誰だ!」

野太い声がした。その声の主が知彦たちに光を当てたのだ。眩《まぶ》しくて声の正体はわからない。

「おや、苫辺の息子さんじゃないか。明利さんだったか」

「赤水の石本《いしもと》さんですか?」明利も相手の声に聞き覚えがあったようだ。石本も鎮守役なのか。とすれば、ここも〝基〟ということか。

そのとき、岩壁がキ・キ・キと甲高《かんだか》い音を放ち始めた。

15

慌てて明利が、ライトを異音のする岩壁に向けた。

甲高い音を発する以外、何の変化もない。石本が金属棒を構えたまま動かない。その金属棒は北里が持っていたものとも後藤が使っていたものとも形が異なる。鎮守役として石本の家に代々伝わる、特有の金属棒のようだ。先端が銛《もり》を思わせる奇妙な形に分かれていた。それを右手で持ったまま、左手のライトで岩壁を照らし続けていた。

おそらく、ここも〝基〟なのだ。

キ・キ・キという異音がいっそう高くなる。

「こんな音を聞いたのは初めてだ」と石本は言って、明利や知彦に訊ねた。「よその〝基〟もこんなふうにおかしいんですか？」

「ええ」と答えた明利は、押戸石と穿戸の穴の〝基〟で目撃した異変について、石本に話して聞かせた。石本は岩壁に注意を向けたまま、黙って聞き入っていた。甲高い音は、いったん地の底へ遠ざかっていくようだ。

「それで、明利さんたちは、なぜここに来られたんです」

異音が小さくなったからか、普通の声で石本が訊いた。

飛行機事故に遭った千穂の気配を辿ってここまで来たことを明利が告げると、石本は驚いた様子を見せた。

「千穂さんと仰言《おつしや》ったかな。あの人がこの地下にいるというのですか？　じゃあ、あの気色《きしよく》悪い音は、苦辺家の娘さんが関係しとるということですかね」

「いや、それはわかりません」

そう言ったとき、遠ざかっていた異音が、またしても知彦たちがいる溶岩トンネルに向かって接近してくるのがわかった。

石本との会話が途絶えた。甲高い異音は、今度は足許の方から聞こえる。同時に、知彦は自分の足に伝わってくる震動を覚えた。

千穂か？　知彦は明利を見たが、彼の顔には光が当たっていないため、その表情はわからなかった。

石本が金属棒を足許の異音のする場所に向けて構えたときだった。

溶岩トンネルの右側の岩壁から、数本の黒くどろどろとした触手のようなものが現われた。あまりに動きが素早くて、それがいったい何なのか見極めがつかない。

ただ、これだけはわかる。

その触手を持つ怪物は、足許から近づくと思わせて、実は岩壁に潜んでいたのだ。そして、隙を窺って奇襲を仕掛けてきた。

石本の持っていたライトが撥《は》ね飛ばされた。それを知彦がうまくキャッチする。

「うぐっ」という石本の呻きが聞こえた。

「大丈夫ですか」と知彦が叫んで、石本を照らす。石本の胴と首に、岩壁から伸びた怪物の真っ黒な触手が巻きついていた。石本は首に巻きついた触手をはがそうと両手で抵抗するのだが、すでに白目になり、苦しそうに表情を歪めている。

さっきまで手に握っていた金属棒はすでにない。石本の傍《かたわ》らに転がっていたそれを目敏《めざと》く見つけた明利は素早く引き寄せた。

明利は迷う様子を見せなかった。両手で金属棒を握り、岩壁から伸びる触手に力一杯突き立てた。

ぶるんと触手の一本が大きくたわみ、岩壁の中に吸い込まれる。石本の胴を攻め続ける触手の根に、明利は次のひと突きを加えた。てきめんに効果があったようだ。

巻きついていた触手から石本が解放された。しかし、その場で石本は崩れ落ちるように倒れ込んでしまった。

「石本さん、大丈夫ですか」と明利が声をかけるが、返事はない。知彦が近寄って確認すると、気を失っていることがわかった。何度か身体を揺すると大きく息を吐いた。

「大丈夫だと思う」と知彦が言う。ライトで岩壁を照らすと、触手は完全に消えてしまったわけではなかった。まだ数本は残っていた。岩壁の表面を移動している。それを明利が金属棒で突く。すると、触手は岩壁の内部に消え、数秒後にまたちがう場所から姿を現わすのだ。

まるで、もぐら叩きのようだった。

知彦は応戦している明利を見ていて思った。鎮守役をまとめる家に生まれたからといっても、今朝まで明利にはなんの能力も経験もなかったはずだ。ところが今、意識を失っている石本に代わって、鎮守役として立派に怪物と戦い、〝基〟の異変を抑えている。明利の奮闘もあって、怪物の触手は姿を消したようだ。ただ、完全に退散したのかどうかはわからない。

知彦は岩壁に変化が起こり出したことに気づいた。

どのような原理なのか、岩壁の表面が徐々に透明になってきたのだ。澄んだ水面のようだと言えば近いのか。岩壁の内部にまた別の空間がひろがっているように見える。右の岩壁から足許までのすべてが〝基〟であったことがわかる。

押戸石でも穿戸の穴でも、二人は〝基〟で同じ現象を目にしている。ぼんやりとではあったが、あのときも〝基〟の内部で何かが動いているのがわかった。だが、この米塚地下の〝基〟では、太陽光が入ってこないだけに、内部の光景がはっきりと確認できる。〝基〟の内部から真紅の光が発せられているからだ。地下に、なぜそのような光源があるのだろうか。知彦がいる世界とは根本的に異なる世界だから常識は通用しない。岩壁が透明になって、〝基〟の奥まで見透すことができるという現実を受け入れるしかない。

〝基〟の奥で起こっている光景がはっきりと見えてきた。黒く無数の触手を持って蠢いている塊が、〝邪魔〟なのだろうか。触手の数本が、知彦たちのそばまで伸びたり縮んだりしている。

そのとき、明利が言った。

「黒い影が戦っている……」

真紅の光を受けたいくつかの人影が、触手を持つ怪物を取り囲み、見えない力で攻撃しているようだった。

攻撃を受けた怪物は、こちらに注意を向ける余裕をなくしているようだ。岩壁から消えたのは、この黒い人影の攻撃が加わったからかもしれない。

知彦はその戦いを眺めながら、尊利が語ったことを思い出して訊ねた。

「あの人影が、陰の鎮守役なのでしょうか」

「たぶん、そうだと思います」と明利が答える。

「千穂さんが、あの影の中の一人ということなんでしょうか？」

「いや」と明利は即答した。「あの中に、姉さんの気配はありません」

「でも、千穂さんが、こちらに向かっているということは感じていたのでしょう」

「ええ。でも、あの中には姉さんがいないということは、はっきりわかります。姉さんは、もっと向こうにいます」

注意して岩壁の奥を覗き込んだが、知彦には何も見えない。代わりに黒い怪物の変化を目にした。

触手とともに縮みつつあった黒い怪物が、急速に膨らみ始めたのだ。危機を感じとったのか、取り囲んでいた人影たちが四方に散った。だが一瞬遅く、いくつかの人影が怪物の触手に弾き飛ばされた。

そのとき知彦は、黒い怪物も、実は本体から伸びた触手の一部であることを知った。膨脹を続ける怪物の下から根を思わせる黒く太いものが、奥へと続いているのが見えたのだ。

それが〝邪魔〟の本体へと続いているにちがいない。知彦は、そう確信した。

〝邪魔〟の反撃が始まるのか。陰の鎮守役が宙に舞う。岩壁の中の世界は、まったく引力が働いていないかのようだ。

大きく膨らんだ〝邪魔〟が、そのまま溶岩トンネルの〝基〟に向かって再び接近し始める。もう、陰の鎮守役たちは、その動きを制御することができなかった。

〝邪魔〟は再び〝基〟から外部の世界へ出ようとしているのか。

知彦と明利はその場で身構えた。

突進してくる〝邪魔〟の黒い触手を防ぐことができるのか？　知彦には自信はなかった。陰の鎮守役たちを弾き飛ばした怪物なのだ。

明利が金属棒を慌てて拾い上げたが、触手の速度は勢いがちがった。知彦は膝が震え出すのを感じていた。

異空間とこの世を隔《へだ》てる溶岩トンネルの壁面に、その勢いを保ったまま黒い怪物が激突する。壁面が、大きく震えて盛り上がる。またしても触手が飛び出してくるのが見えた。

明利が手にした金属棒だけで今度も退散させることができるのか、不安になった。しかし、鎮守役の石本がまだ意識を回復していないのであれば、二人でなんとかしなくてはならない。

そのとき、壁面の奥から白い光体が見えた。目の前に迫りくる黒い触手のことに精一杯で、その光体が何なのか、知彦は考える余裕もなかった。

だが、次の瞬間に奇跡が起こった。突如出現した白い光体が黒い触手に当たると、劇的な変化が起こった。触手が鉾先《ほこさき》を変え、内部の光る敵へと攻撃の対象を移したのだ。数十センチ近くまで二人に迫っていた触手が壁面内部へと去っていく。

「姉さんだ」と明利が言った。

「えっ。あの光体が、千穂さん？」

知彦が問い返すと、明利は深く頷いた。

知彦が知っている千穂ではない。白い輝きを放つ光体が千穂であるかどうかということよりも、光る存在が人であるのかどうかさえわからないのだ。

「さっき、この地下へ来るまで、ぼくが姉さんを感じるって言ったでしょう。人間離れした速度で移動していたので不思議だったんです。でも、わかりました。信じられないけれど、あの……光っているものが姉さんなんです」

明利は光体を凝視したまま、そう言った。黒い怪物の周囲を影が走り回り始めた。その様子で陰の鎮守役たちが再び集結していることがわかる。その中央に触手の大本がある。人影の数倍の大きさなのだが、それでも先ほどの勢いはなくなり、徐々に赤黒い深みへと後退しつつあるのがわかった。

光体は、ゆっくりとした速さで知彦たちのいる壁面に向かって近づいてくる。

その光体が千穂なのか、知彦にはわからない。知彦が知っている千穂は、いつも笑顔で駆け寄ってくる女性なのだ。そして「どうしたの？　知彦さん」と訊ねてくる千穂なのだ。光り、漂うように飛んでくる、霊体のような存在ではない。しかし、その光体を明利は、姉さんだと断言する。

次々に信じがたい体験をしてきた知彦にとって、明利からそう言われれば、そんなこともありうるのかと考えてしまう。

遠くにその光があったときは、白い点でしかなかった。それが宙を舞うように知彦たちに近づいてくる。確かに、輪郭《りんかく》は人の形をしているようだ。

あくまでも優雅に踊っているように見えたのは、そこまでだった。次の瞬間、光体は流星のような速度に変わり、知彦たちの方へと急接近してきた。まるで、光体が知彦たちの存在に気がついて速度を上げたように思えた。明らかに意思を持っている。

岩壁は透明なガラスのようになっている。内部の真紅の光よりも、近づいてきた白い光体の方が眩しく感じられる。

岩壁のすぐ向こうにいる光体は、女性の身体のように柔らかな曲線を描いて輝いている。服を着ているのかどうかはわからない。光の輝きで白いとしか認識できないのだ。

「姉さん」と、知彦の横で明利が呼びかけた。女性の形をした光の立像は、その呼びかけにゆっくりと頷き、口許を光で覆った。その輝いている部分が手にあたるのかもしれない。それから、はっきりと顔の輪郭を浮かび上がらせた。

知彦にも、その光の立像が千穂であることがはっきりとわかった。しかし、〝基〟の内部の音はこちらにはまったく届かない。

「千穂……、いったいどうして」

千穂は知彦を見て、悲しそうな表情を浮かべる。何かを語りかけるように唇を動かす。

「義兄さんは、姉さんのことが心配なんだ。ずっと、姉さんの行方を捜していたんだよ」

明利が言うと、千穂は大きく首を横に振った。

「明利さんは、千穂さんの声が聞こえるんですか？」

「ええ、聞こえます。なぜ、阿蘇を去らなかったのかと姉さんは言っています」

明利は、すでに尊利の能力をおおかた引き継いだようだ。〝基〟の内部の千穂の声も、はっきりと聞くことができるという。

知彦は、思わず〝基〟の壁面に両手を当てて叫んだ。

「千穂を一人残して、この地を去るわけにはいかないじゃないか。どうして帰れなんて言うんだ」

鎮守役の北里に〝基〟には触れるなと言われたことが一瞬頭の中をよぎったが、今の知彦にはそんな警告はどうでもよかった。あれほど捜していた千穂がすぐそこにいるのだ。

千穂も〝基〟の壁面に近づいてきた。彼女の白く輝く両手も、鏡に手を当てたときのように、知彦の手が触れた壁面の同じ場所の向こう側に当てられた。

唇の動きで、千穂が「ごめんなさい」と言ったことがわかる。しかし、その声は知彦には伝わらない。

「義兄さんがいなくても、自分たちだけで阿蘇の地を守るつもりだったそうです」

明利が知彦の耳許でそう告げたとき、千穂の声が聞こえた気がした。柔らかな千穂の語り口。聞きちがえることはなかった。

「待って、明利さん」

「はい」

「今、明利さんが腕に触れたとき、千穂さんの……いや〝基〟の内部の音が聞こえたように思う。私の腕を握ってくれないか?」

明利が不思議そうに知彦の腕を握った。

「千穂」と呼びかける。

「はい」と、はっきり聞こえた。「私の声、聞こえるんですね」

「あぁ、聞こえる。千穂が行方不明になって、ぼくは心配で仕方なかった。悪いことばかり想像していた」

千穂は頷いていた。光り輝いているけれど、知彦がよく知る愛する千穂の仕草だった。

「ぼくを危険な目に遭わせたくなかったのかい？　いつも一緒にいようと言っていたじゃないか。どうして千穂だけ行ってしまったんだ。ぼくでは駄目なのか？」

千穂は少し顔を伏せ、そうではないというように何度も首を横に振った。

「私は陰の鎮守役、〝鬼八〟なのです」

知彦には、千穂が何を言い出したのか、一瞬理解できなかった。

「お父さんから話は聞いたが……」

「私たちはいざ事が迫るまでは、人の姿をして待機します。鎮守役の家系に人間の形で生まれ落ち、途中で霊体化が可能なように変態します。そうなれば、有事のときはいつでも『戦闘群体』になることができるんです。だから、私たち陰の鎮守役は単体の〝鬼〟とは呼ばれずに、無数の鬼たちが集まった『戦闘群体』――〝鬼八〟になるんです」

知彦は明利と顔を見合わせていた。明利も初めて知ったことのようだ。気がつくと、明利は知彦の腕を握っていなかった。それでも、千穂の声は知彦の耳にはっきりと届いているのだ。明利が触れたことで、知彦の能力が開花し始めたのかもしれない。

「群体生物」といえば、知彦はホヤやサンゴを連想する。しかし、千穂が言う「戦闘群体」とは、まったく概念が異なるもののようだ。

「じゃあ、千穂はもう『戦闘群体』なのか？」

「いいえ、まだです。〝邪魔〟の勢力が小さいときは、これで十分に抑えることができるのです。今回も、早い段階であれば、群体化しなくても〝邪魔〟を抑えることができるのではないかと考えていました。でも、〝邪魔〟の成長はその予測を遥かに上回るものでした。すべての〝基〟で、これまでにない規模の異変が起こりつつあります。あの時点では、知彦さんの力を借りなくてもなんとか鎮めることができると希望を抱いていたのですが……。今もここで〝邪魔〟の一部を鎮めましたが、〝邪魔〟本体からすれば痛くも痒くもないんです。阿蘇の人たちは何も気づいていません。しかし、〝邪魔〟がある段階まで成長したときに、たいへんな災厄が襲いかかることになると思います。それに対抗できるのは〝鬼八〟しかいません。そのために、私たちは呼び寄せられたのです」

「しかし、確実に〝邪魔〟を抑えることができるとは思えない。危険だから、ぼくに帰れと言ったのか？」

「ちがいます」

その事情が、次の瞬間、岩壁を隔てた〝基〟の向こうの千穂の掌から知彦に伝わってきた。言葉ではなく意識として。

16

知彦は、苫辺千穂のすべてを知っているという自信があった。しかし、それは甘かった。事故の後に体験した出来事や明利から聞いた話からすると、千穂の真実の姿にはどうしても埋まらないピースが存在する。

知彦は千穂について、すべてを知っていたわけではなかったのだ。

今、千穂によって伝えられた情報によって、知彦は初めて彼女のすべてを知ることになった。

なぜ、千穂と自分は知り合うことになったのか。千穂にとって自分はどのような存在だったのか？

千穂と知彦の関わり合いだけではない。千穂の幼い頃からの日々の話さえあった。

千穂は、阿蘇の苫辺家の長女として生まれた。物心のついた頃から、阿蘇の自然の中で育つことに違和感を抱いていた。古い造りの屋敷で暮らすのも嫌だった。苫辺の家は陰気臭いし暗く、広いばかりで不気味だ。自分がいるべき場所ではないと思っていた。

阿蘇という土地自体が好きになれなかった。冬は凍《こご》えるように寒いし、風向きによっては火山灰であたりが真っ白くなることもある。

幼い千穂が憧れたのは、テレビで見る都会の生活だった。ビルが立ち並び、若い女性たちはきらびやかに着飾り、人生を謳歌《おうか》していた。素敵なショップがずらりと並び、千穂の欲しいものすべてが揃っている。それなのに、住んでいる阿蘇には、見たいものも欲しいものも何一つないのだ。

だから、千穂は高校からは都会で過ごすと決めていたのだった。その決意は変わることはない。幼い頃から千穂は地元の男性から注目されていた。それほど際立《きわだ》った美しさを持っていたのだ。だが、千穂は地元の男性に一切興味を示さなかった。

どこへ行っても知り合いばかり。たがいに名前を知らない者はいない。プライバシーなどというものは存在しない。そんな自分の生まれた土地を少しでも早く離れ、都会で生活したかったのだ。

千穂は学力も、行動力も、決断力も申し分なかった。そして、彼女は、自分に合った東京の全寮制の女子高を選び、進学したのだ。

夢にまで見た都会での生活を始めた千穂だが、願いが叶《かな》ったにもかかわらず、何かが欠落しているという気がしてならなかった。これが本当に思い描いていた夢の暮らしなのか。

故郷へ帰りたいかというとそれはないが、自分の生きる目的が虚ろなまま日々を過ごしていくことに疑問も感じていた。それでも流されるかのように、惰性《だせい》で東京の大学を選び受験した。長期の休みになっても、千穂は阿蘇へ帰ることはなかった。実家との繋がりは、時折元気なことを知らせるための電話くらいのものだった。母は、時々は顔を見せに帰ってきなさいと言った。だが、千穂は阿蘇へ帰る気にはならなかった。母との電話では、その話になるとうやむやに話題をそらした。都会での一人の生活は、空虚ではあったが淋しさを感じることはなかった。正月も東京に残り、夏休みもアルバイトを口実に帰省しなかった。

　成人式にも帰らなかったが、このときばかりは両親が上京して、千穂の成人を祝った。そのとき千穂が驚いたのが、父、尊利の異常なほどの老け込み方だった。四、五年の間に、数十年が経過したかのように年老いてしまっていたのだ。千穂は母親に、父の身体を検査するように言った。それが果たされたかどうかは、千穂は確認していない。

　その年の初秋に、千穂にとっての運命的な出来事が起こった。

　ゼミの課題である市場調査のため、街頭アンケートを集めていたときのことだった。交叉点のカーブを曲がりきれなかった乗用車が、歩道にいた千穂を撥ね飛ばしたのだ。千穂はそのまま救急車で病院に搬送された。病院に到着したときは、すでに心肺停止状態だったという。病院では蘇生措置《そせいそち》が施《ほどこ》されたが、効果を上げることはなかった。

　そのとき千穂は、自分が何者なのかを、〝白く輝くもの〟によって知らされたのだという。その瞬間に千穂は、すべてを悟った。

　なぜ、阿蘇の地を離れなければならなかったのか。都会に出てきても心が空虚なままだったのはなぜか。その疑問が氷解した。

　阿蘇を守る存在。その一部が自分だということを知ったのだ。〝白く輝くもの〟は、千穂にそう告げた。いつの時代かはわからない太古から、阿蘇を霊的に守る集団が存在する。そして、一人ずつが奇怪な力を持つ鬼と呼ばれ、その集団であるがゆえに〝鬼八〟と呼ばれるのだという。

　阿蘇に異変が生じたとき、陰の鎮守役たちは阿蘇に集まり〝鬼八〟と化して、身を挺《てい》してその異変を鎮めるのだ。普段は鬼たちは散らばって、人と同じように暮らしを続ける。そして、事あるときに六十二体の鬼たちが阿蘇に駆けつけて、〝邪魔〟の暴走を止める。

　鬼たちは、世代交代を続ける。これまでも何度となく、〝鬼八〟と〝邪魔〟の抗争は起きている。それは結末のない闘争なのだ。うまく〝邪魔〟を鎮めることに成功するときもあれば、膨大なエネルギーの前に〝鬼八〟がなす術もなく倒され、阿蘇の地すべてが焦土《しょうど》と化したこともあったという。そして、新たな鬼たちが陰の鎮守役として育ち、次世代の〝鬼八〟として次の〝邪魔〟との戦いに備えることになる。それは〝癒しろ地〟としての火の国の、終わることのないシステムなのだ。

　〝邪魔〟は阿蘇の荒魂《あらみたま》。そして、〝鬼八〟を動かすものが、阿蘇の国津神《くにつかみ》の末裔。

　そんなイメージを千穂は知ったのだった。だが、真実を告げる〝白く輝くもの〟が何なのかは、千穂にもわからないままだ。〝白く輝くもの〟など本当は存在せずに、千穂の覚醒を促し現実を受け入れやすくするために、自分の心が作り出したものだったのかもしれないと彼女は思っていた。

〝鬼八〟の一部である鬼たちは、阿蘇で有事に備えてはならない。危急時には他の地域から状況を判断し、最善最速の方法で阿蘇に集結し、〝邪魔〟に対応しなければならない。〝邪魔〟は狡猾《こうかつ》なのだ。もし、鬼たちが阿蘇にいれば、〝邪魔〟は一人ずつ鬼を血祭りに上げ、〝鬼八〟の誕生を阻止《そし》するかもしれない。「戦闘群体」になる前はばらばらで、力にも限界がある鬼でしかない。そのため、鬼たちは阿蘇から離れた地で待機しておくべきなのだ。有事のときにのみ阿蘇に駆けつけ、群体化して最大の力を発揮するために。

鬼としての千穂が東京へ出たのは、本当は都会に憧れていたからではなかったことを彼女は知った。それは東京の魅力でもなく、阿蘇への嫌悪でもない。〝鬼八〟の一部として千穂に与えられた宿命だったのだ。

そして、苦辺という鎮守役の世話人の血筋に生まれた千穂には、もう一つ大きな使命が与えられていた。

〝鬼八〟は「戦闘群体」だ。六十二名の鬼たちが合体したときに〝鬼八〟と化す。その姿までも、千穂は幻視できていた。

鬼とは縁遠い姿だった。

巨大な翼を持つ白い龍の姿を持っていた。それこそが〝鬼八〟の姿なのだ。鬼が寄り集まり八方を守り、〝邪魔〟を粉砕する。その存在の中枢《ちゅうすう》、そここそが、〝鬼八〟の一部としての千穂の場所なのだ。

〝鬼八〟には主人がいた。鬼の「戦闘群体」だけでは戦えない。戦いを導く存在。鬼を束《たば》ねる存在。「戦闘群体」〝鬼八〟を操《あやつ》る者。

その存在を阿蘇の人々は、太古より健磐龍命《たけいわたつのみこと》と呼んできた。

堅固な龍の如《ごと》き〝鬼八〟を統《す》べる健磐龍命が、鬼たちの近くに、まだ自分が何者かさえ知らずに存在している。

正確には、健磐龍命の化身ではない。しかし、潜在的に〝鬼八〟を操る者としての能力を継承しうる資質を持った人間なのだ。そして、千穂の使命は、有事のときまでにその人物を探し出して保護しておくことであった。

その人物こそが、知彦だった。

あまりに唐突な話に、知彦はどう受け止めていいのかわからない。その事実を知って明利も戸惑っている。

千穂と知彦は偶然に知り合った。そうだと信じていた。アルバイト先のコンビニの前でひったくりに遭いそうになった千穂を、必死の思いで身を挺して救った。あの出来事は……彼女がひったくりに遭うことまで含めて、すべて仕組まれていたというのか？

そうだ。あのときの男性も、きっと千穂と同じ鬼の一人だったのだ。今ならそれがわかる。

偶然の巡り合いに見せかけて、千穂は知彦に接近してきたのだ。

それは、知彦が健磐龍命の能力を継承している存在だったからだ。

知彦は、自分が阿蘇で生まれたという事実だけしか覚えていない。自分が千穂と暮らしていたこと以外の記憶については、すべてが不鮮明なのだ。

しかし、自分が神話に出てくる健磐龍命と縁があるような存在であるとは、とても思えない。健磐龍命の能力を継承しているのであれば、もっと要領よく世の中を渡ることができたのではないかと思う。千穂に出会う前までは、世の中のすべての幸運から見放されてしまったような、暗鬱とした生活を送っていたではないか。それだけはなんとなく覚えている。

そんな自分が、太古の神の力を託される存在とは信じられない。

〝鬼八〟を統べる力？　それはいったい、どのような形で発現させるというのか？

千穂からの情報はそれだけではなかった。

千穂が巻き込まれた交通事故の意味は、彼女自身にも驚愕だったはずだ。

事故の後、病室で気がついたとき、千穂には全身に傷も痛みもまったくなかった。自分が病院にいることさえ、不思議でならなかった。意識が途切れる寸前の、乗用車が迫ってくる光景を思い出していた。そして、ふと傍らを見たとき、ベッドに信じられないものを発見したのだ。そこには千穂自身の遺体があった。たった今、息絶えたようだった。だとしたら、遺体を見下ろしている自分はいったい何なのだ。

思わず、千穂はベッドに横たわる自分自身の遺体に触れた。

すると次の瞬間、千穂の遺体は半透明になり、そのままあっという間に消滅してしまった。残った千穂は、じっと自分の掌を見ていた。

そこへ看護師たちがモニターの変調に気づいて駆けつけてきたのだ。

「苦辺さん、勝手に起きちゃ駄目です」

「いえ、大丈夫です。何ともありませんから」

看護師たちは起き上がった千穂を調べる。何も異常は見つからない。

そのときから苦辺千穂の肉体は、鬼としての群体化が可能な霊体のような体質に変化したと思われる。

その日を境にして、千穂の生き方が変わった。それまでは、生きる目的が見つからないいまま日々を過ごしていた。そして、阿蘇のことがいつも心から離れないのに都会の生活に固執《こしつ》する理由も、腑に落ちた気がしたからだ。

故郷のために、自分は都会にいるのだ。

その確信を得たことは大きかった。

問題は自分に残された使命だった。いつ起こるかわからない有事のために、健磐龍命の力の継承者を一刻も早く発見しなければならないという思いが心の中でくすぶり続けた。何の手懸かりもない。どうすればその人物と出会えるのか。方法は何もわからない。どこへ行けばいいのか。どうすれば所在がわかるのか。

闇雲《やみくも》に探しても、広い世間で偶然巡り合うというものではないだろう。千穂は、大学に在籍中に継承者を見つけ出すことができなかった。ただ、数人の鬼たちと知り合うことはあった。

大学を卒業し、彼女は東京の企業に就職した。そして、都会で待機する毎日が続く。

健磐龍命の力を継ぐ者と出会うのは、それから数年を待たなければならなかった。

その日は、何の前触れもなくやって来た。

千穂が自分のアパートへ帰るときのことだった。

その日に限っていつも通らないコースを選んだ。

なぜその道を曲がってみようと思ったのかは、わからない。

その途中にコンビニがあった。そのコンビニが、千穂は気になってならなかった。

なぜ気になるのか、不思議に思って入ってみる。

レジに同世代の男性が立っていた。

それが大山知彦だった。

中肉中背でどこにでもいそうな、少し頼りなさそうな若者だ。だが、千穂には〝わかった〟。〝わかる〟とは、こういうことなのだということを知った。健磐龍命のオーラが虹のように若者を取り囲んでいたのだ。彼こそが探し求めていた人物だ。そしてそれは、千穂にしかわからないことなのだ。

ようやく使命を果たせる。

その喜びでいっぱいだった。あとはその若者の所在を把握しておけばいいのだ。

しかし……。

その若者と面識を持っておくほうが、千穂が使命を果たすにあたっては都合がよいと考え直した。

その時点では、千穂は知彦のことを異性として意識してはいなかった。若者も覚醒する前で、自分が何者かを知らない。千穂が事故を経験するまで何も知らなかったように、まだ知彦は自分の本質に気づいていない。

時機がきたら自分自身で悟るにちがいないのだ。それまで千穂は待つことにした。そして千穂は知彦に近づいた。

しかし、千穂が使命を果たすうえで計算外のことが起こった。

知彦を愛してしまったのだ。

これまで、どれだけの男性たちに言い寄られてきたことか。中学生の頃から、千穂はさまざまな男性たちに告白されてきた。しかし、千穂は誰にも興味を持つことはなかったし、心を寄せることもなかった。

知彦こそ安らぎを感じさせてくれる初めての男性だということに千穂が気がついたのは、言葉を交わすようになってすぐのことだ。知彦がハンサムだというわけではなかった。一緒にいるだけで楽しいのだ。それは、健磐龍命と従者の〝鬼八〟の一部という関係とはまったく別のものだ。

千穂は、知彦が最初から健磐龍命の化身として生まれてきたのではないことも知った。確かに知彦は阿蘇に生まれ、平凡な男として生きてきた。しかし、健磐龍命が憑《ひょう》依《い》して一体化するのに最適の資質を持っていたのだ。そして憑依はなされた。だが、千穂が愛したのは、知彦の平凡な男としての部分だった。

一人の男性として、一人の女性として、知彦と千穂は、おたがいに欠かせない存在になってしまったのだ。

それが、〝鬼八〟の一部である千穂にとって、許されることなのか禁忌《きんき》なのかはわからなかった。そしてわからぬまま、二人は男と女として愛し合うことになった。

その頃から、知彦の人としての人生の記憶は斑《まだら》状に消え始めたのだろう。いずれ完全に健磐龍命へと変化する者にとって、人としての記憶は煩悩を残すことにしかならない、平凡な男の記憶など不必要なものなのだ。

知彦と千穂の幸福な暮らしは、こうして始まったのだ。阿蘇の異変が発生しなければ、二人の愛はいつまでも続くはずだった。そうそう阿蘇で異変が発生するものではない。千穂は自分に言い聞かせた。〝邪魔〟が暴れるのは数百年に一度のことではないかと。

都合よく解釈しながら、同時にわかってもいた。その数十倍の頻度で、〝鬼八〟が守って〝大破砕〟を防いだケースがあるということを。

千穂の愛情の深さにも理由があった。

鬼である千穂が、他の鬼たちと共に〝鬼八〟に群体化するときは、千穂の記憶は一切消滅するのだ。〝鬼八〟の一部として戦闘に不要な因子は排除されるということなのだ。それは同時に、〝鬼八〟を操る健磐龍命が戦闘能力をフルに発揮させるためでもある。いったん〝鬼八〟化したら、もうもとの、単体の鬼に戻ることはないということもわかっていた。

〝鬼八〟化するということは、千穂にとって知彦との思い出をすべて消し去るということなのだ。

もし、そんな日が、現実にやって来たら……。

障害のある愛は、絆《きずな》が深くなるという。千穂の場合がそれにあたるかどうかはわからない。しかし、〝そのとき〟が来るまでは、思い残すことがないように、知彦のことを全身全霊で愛し抜こうと彼女は心に決めた。

〝そのとき〟までは、知彦は健磐龍命ではなく一人の男性でしかない。知彦という一人の男性と、〝そのとき〟までを過ごすつもりだった。

その日は、突然やって来た。知らせがあったわけではない。しかし、〝そのとき〟が近いことがわかった。衝動として千穂の体内を駆け巡ったのだ。

急いで阿蘇へ帰る必要がある。〝邪魔〟が増殖し、地元の鎮守役でも抑えられない危機を迎えようとしている。

一刻の猶予《ゆうよ》もない。阿蘇で、〝鬼八〟化する。そうすれば、知彦の裡《うち》にあるものが発現し、〝鬼八〟を統べる健磐龍命が目醒《めざ》めるのだ。

その飛行機に乗り込むのは、すべて〝鬼八〟の一部になる鬼たち。

そして、阿蘇に近づいたとき、鬼たちは〝鬼八〟化し、知彦は健磐龍命として生まれ変わる——予定だった。

〝そのとき〟が来たら潔《いさぎよ》く使命を果たすと決めていたのに、千穂に迷いが生じたのは阿蘇の上空だった。

知彦との思い出の日々を失《な》くしたくない!!

千穂は考えた。

陰の鎮守役として、自分たちはまだ鬼のままで〝邪魔〟に対抗できるのではないか。

それならば知彦の思い出を失くすことはない。

今、〝鬼八〟化することなく霊体化した鬼たちが、〝邪魔〟が猛《たけ》る阿蘇の地下で戦っているのは、そのためだった。

しかし……もう限界が近い。そこまで〝邪魔〟は成長していたのだ。

17

岩の壁を隔てた〝基〟の向こうにある千穂の掌から、思わず知彦は手を離してしまった。

あまりに衝撃的な話だった。受け取った情報をそのまま理解しようとしても、知彦の許容範囲を超えていた。驚きで身体のバランスを崩してしまったほどだ。

「義兄さん！　大丈夫ですか？」と、明利が慌てて知彦の腕を摑んで支えてくれた。

大丈夫じゃない、と知彦は思う。健磐龍命という神話上の人物などと、自分は関係ない。どこにでもいる平凡な若者の一人だ。

あまりに唐突な話だった。

しかし、これまで阿蘇で目にしてきた出来事は、すべて自分に深く関係していたのだ。そのことさえ、知彦には受け入れられない。

そのとき知彦はもう一度、千穂の声を聞いた気がした。

「あなたと過ごした日々が、そしてその思い出が、どんなに大事なものだったか……だから、知彦さんには阿蘇から立ち去ってもらいたいのです」

溶岩トンネルの壁の向こうで千穂の姿が消えていく。同時に、トンネルの向こうにひろがっていた世界が暗くなり、ただの岩壁に戻っていく。

もちろん、〝邪魔〟の触手も近くに感じられない。

千穂たち陰の鎮守役によって鎮められたのか、それとも戦いの場所を移したのか。

千穂とはまだ話し足りない。もっと教えてもらいたいことがある、と知彦は思っていた。このまま千穂を見失ってしまうことは耐えられない。

知彦は再び両手を岩壁につけて、千穂の名前を呼んだ。しかし、何の反応も返ってこない。

　明利が言った。

「もう、姉さんの気配はありません。また別の場所に移動したんじゃないでしょうか。凄まじい速度で〝邪魔〟も去りましたから、その後を追ったのかもしれません」

　その通りなのだろうと、知彦は思った。さっきまで意識を失っていた石本も、両手で金属棒を杖代わりにして立ち上がっていた。

「石本さん、大丈夫ですか？」

　明利が声をかけた。

「ありがとうございます。鎮守役として、お見苦しいところを見せてしまいました。しかし、お二人のおかげで、ここはなんとか鎮まりました。とりあえず、この後は私一人でなんとかします」と石本は礼を述べた。「しかし、苫辺の……明利さんでしたか、お姉さんを追ってといっても、このタイミングでよくここに来てくれましたね。さすがは鎮守役をまとめられる血筋の方だ」

　そのとき、溶岩トンネルの奥から、腹に響くような低い音が突然に聞こえてきた。

「このサイレンみたいな音は何ですか？　よく、こんな音がするんですか？」

　そう明利が訊く。

　その音は途絶えることなく続いている。

「いいえ。こんな音も初めてです。この奥へ辿っていくと、また地表に出るんです。音の原因になるようなものはありません」

知彦は地震を連想した。しかし、超低音のうなりは聞こえてくるが揺れは感じない。

「地鳴りというやつですか？　それとも空振《くうしん》……とかいう現象？」と知彦は訊ねる。

石本でさえ知らない現象ということであれば、知彦にその正体がわかるはずもない。

明利も首をひねった。

「外へ出てみましょうか……。出てみれば、音の正体がわかるかもしれません」

ここにとどまっていても何もわからない。明利の言う通りかもしれない。

石本に別れを告げて、二人は溶岩トンネルの出口を目指した。

「千穂さんのいる方角は、わかりますか？」

知彦の問いに、明利は自信なさそうに前方を指した。

「こちらの方だとは思うのですが、何やら、他の気配の方を受け取ってしまっているんですよ」

明利の言葉がどういう意味なのか、知彦にはよくわからない。

「他の気配って……どういう意味ですか？　〝邪魔〟の気配ということですか？」

だが、明利にも、はっきりとはその正体を摑めていないようだ。彼は答えなかった。

溶岩トンネルの外は、もう夕陽が沈みかけている頃だろう。

しかし、外に駆け出した知彦がまず感じたのは、異臭だった。腐ったタマゴのような臭いが鼻をついてきた。

硫黄臭だ。

温泉でも泉質によってはこのような臭いが漂うことがあるが、もっと軽めのものだ。奇怪な音と関係があるのだろうか？

それにこの暗さは何なのだろう？

米塚下園地で下車して、地下溶岩トンネルを目指したときはこうではなかった。頭上にはまだ傾いた陽が残っていた。

しかし、この変わりようはどうだ。

明利が阿蘇中岳方向を見上げて叫んだ。

「義兄さん、あれ！」

知彦はその理由を知った。

頭上を覆いつくしているのは雲などではない。阿蘇中岳からの噴煙が、天空を暗くしていたのだ。

噴火ではないことは、知彦にもわかる。

噴火はしていないのに、火口から異常とも思える量の噴煙が吐き出されていたのだ。地下トンネルで聞こえてきた奇怪な音は、噴煙に伴った地鳴りだったのだ。

この硫黄臭も噴煙によるものだ。

今は煙を吐き出しているだけだが、いつ噴火を始めるかわからない。

いや、噴火とまでいかなくても他に危険はあると、知彦は思った。

地殻の弱い部分が破れて新たな火口が生成される恐れだ。

この状況が引き起こされた原因は、たったひとつしか考えられない。

〝邪魔〟による〝大破砕〟が近いのだ。

阿蘇の大地がスポンジに水を含ませるように吸収してきた人間の邪念が変化し、凶悪化し、暴走しようとしているにちがいない。そこへ、他の場所で溜められた邪念も、出口を求めるように集まってきているのかもしれない。

中岳火口の方角では、次々と灰色の煙が吐き出されていた。煙そのものが膨脹し、拡散しているようだ。その吐き出される噴煙の下部は照らされているように赤い。

不気味なのは、その噴煙の中にいくつもの稲妻《いなずま》が見えることだ。雷鳴が聞こえてこないのは、地鳴りに掻き消されているということなのか。

知彦は立ちつくしていた。身体も動かせない。

それは、明利も同じだった。ただただ、目の前の光景に圧倒されているのだ。

「あっ」

そう、明利が呻くように言った。

「どうしました?」

「噴煙の内部で閃光が走るとき、何かが出てこようとしている。あまりにも巨大なものです」

何が? と問いかけようとした。しかし、他の存在はありえない。

「〝邪魔〟、ですか？」

「そうだと思います。稲妻が、〝邪魔〟の体内を走るんです」

「〝邪魔〟の体内を？」

その意味が、咄嗟には知彦にはわからなかった。

もう一度、中岳火口の方角を凝視した。

稲妻が走る。そのとき、明利の言っていることがわかった。

稲光の周囲を噴煙が舞うが、まったく空白のエリアも存在する。

そこは、あたかも見えない怪物が棲息しているかのようだ。

その空間を閃光が走ると、〝邪魔〟の巨大な体内で起こっている現象のように見えるのだ。

そして粒のように小さな黒いものが、閃光の周りを飛び回っているのが見える。

あれは陰の鎮守役たちではないのか、と知彦は思った。

「明利さん、行きましょう」

知彦は言った。その一言で、明利は呪縛から解き放たれたようだった。

「はいっ！」と弾かれたように駆け出した。

米塚下園地の車を駐めた場所まで、必死に走った。足許は決してよくない。おまけにあたりは噴煙で覆われて薄暗い。何度も窪地に足をとられそうになりながら、なんとか明利の車まで辿り着いた。

登山道路も車のボディも、まるで雪が積もったように火山灰で白くなっている。ウインドウを覆った灰だけをとりあえず布で拭《ふ》きとり、二人は車に乗り込んだ。

「どうします」

明利に訊ねられた。外は、灰が舞っていて視界が悪い。どうすればいいのか、知彦にも判断はつかない。

だが、もし本当に自分が健磐龍命の化身であれば、どう行動すべきなのか？

いや、どう行動したらいいのか？

「火口まで行けますか？」

無理だとは思ったが、知彦はそう訊いてみた。

「そう言い出すのではないかと思っていました。でも義兄さん、さっき溶岩トンネルの岩壁の向こうから姉さんに言われたことは、どう考えるんですか。姉さんは、義兄さんも、義兄さんとの思い出も、失いたくないんです」

明利は呆れたという様子だった。

「明利さんも、千穂さんの言う通りに、私はここを去るべきだと思いますか？　阿蘇の地を守る鎮守役をまとめる家の者として、明利さんも同じ考えなのですか？　私には、それが陰の鎮守役の人々の総意だとは思えない。千穂さんの独断で、私を飛行機から降ろしたのだとしか思えないのです」

知彦がそう言うと、明利はその通りだというように頷いた。

「じゃあ、義兄さんは、阿蘇にとどまるつもりなんですね」

「もちろんです。千穂さんが鬼であろうと『戦闘群体』の一部であろうと、私は彼女を残して阿蘇を去ろうとは思いません。千穂さんが危険な目に遭ったとき、なんとかできるとすれば、それは私以外にはないという気がします」

明利が少し目を細めたように知彦には思えた。

「わかりました。義兄さんがそう言ってくれて、正直嬉しい。ぼくに能力を引き継いで、父があんな状態になってしまっている。そんなとき、ぼく一人でどうやっていくべきなのか、本当のところ自信がなかったんです。義兄さんが残ってくれるんだったら、ずっと一緒に行動します」

心なしか、明利の声が弾んでいるように聞こえる。

「ラジオで何か情報がわかるかもしれない」と言って明利はエンジンをかけ、ライトを点けた。ライトの光の中を白い灰が降り続ける。しかし、カーラジオは雑音ばかりで、放送は流れてこない。

いくつかのボタンを押してラジオ局を替えてみたが、同じ状態だった。

「噴火というのは電波障害を起こすんでしょうか」と、明利は困ったように言う。「いつもなら、昼間は火口近くまで車で行くことができます。でも、この状態では、噴火警戒レベルがどの程度に指定されているのかわかりません。ラジオのニュースで報じていないかと思ったのですが」

「これまでの阿蘇では、こんなとき、どのような対応をとってきたのですか？」

「噴煙だけでも、火口内の湯だまりの状況などから判断されます。火口にテレビカメラが設置されていて、草千里ヶ浜にある火山博物館でモニタリングされて、判断の材料とされます。とりあえず火口周辺への立入り規制は、とっくに出されたでしょうね」

火口内等への立入り禁止だけという平常をレベル1として、警戒レベルは5まで設定されているという。最悪の5では、溶岩流が居住地域に到達する規模の噴火活動。住民を即刻、避難させる必要がある。レベル4では避難準備。レベル3で入山規制。レベル2で火口周辺の規制となるという。

「この位置から煙や閃光だけしか見えなくても、火口内では小さな石粒の火山礫《れき》を噴き上げている恐れがあります。だから、レベル3の、入山規制以上の警戒レベルが出ている可能性は大きいでしょうね」

とすれば、陰の鎮守役たちが〝邪魔〟と戦っている場所まで果たして辿り着くことができるのか、知彦にはわからなかった。

「とにかく、行けるところまで行ってみましょうか」

「ええ」

明利が車を発進させた。

「地鳴りって、どういう意味を持つんでしょうね」と明利が訊ねてきた。車は登り坂を進んでいるが、相変わらず超低音のうねりにも似た震動が続いている。

東京にいた頃、知彦は地鳴りを体験したことがあった。地鳴りと同時に地震が来たこともあったし、地鳴りが聞こえてから数分後に地震を感じたこともあった。しかし、地鳴りしか聞こえてこないというのは初めてのことだった。

「うーん、火山活動と関係があってもおかしくはないのでしょうが……。でも、このように長時間地鳴りが続くというのは、経験がありません。ずっと唸り声のような低音が続くとか、何かでっかいものが落ちるような音の感じとか、初めてです」

「地震が来ないというのは、陰の鎮守役のおかげということなのでしょうか？　あれほどの噴煙を吐き出していて、大噴火につながっていないというのは、姉さんたちのおかげなのかもしれませんよね。〝邪魔〟が地下から現われるのを阻止しているのではないでしょうか」

「ということは、火山の噴火が〝邪魔〟の最終的な形ということでしょうか？」

「いや。やはり〝邪魔〟は〝邪魔〟なのではないかと思います。体内で放電を繰り返しているような透明な存在が、噴煙の中に見えましたよね。今にも大地の奥深くから這い出てこようともがいているようでした。しかし、一般の人たちにはわからないのではないでしょうか。単に火口から激しく噴煙が舞い上がり続けている様子にしか見えないでしょう。〝見える〟人には〝見える〟。〝わかる〟人にしか〝わから〟ない。そういう存在なのでしょう……」

「〝邪魔〟は、人間に報復するために、暴走しようとしているということですか？」

「いや、〝邪魔〟は人間の存在さえも認識していないのではないでしょうか。人間の持つ邪悪な心のエネルギーが蓄積されたものだと父が言っていましたよね。そのエネルギーが飽和状態になって地下から溢れ出す。そんな存在である〝邪魔〟の暴走を防ぐために、いつの頃からか、鎮守役と〝鬼八〟が生み出されることになった。なぜかはわからない。阿蘇の人々の願いがそういう形になったのかもしれません。その戦いが太古から、延々と繰り返し続いているだけなのです。どちらが善ということでも悪ということでもない。人の数が増えれば阿蘇の地が吸収する邪悪のエネルギーも増加する。それだけは確かです。阿蘇の地には、そんな特殊なシステムが存在するということかもしれないと考えてしまうんです」

明利の想像を聞いて、知彦はなるほどと思う。同時に知彦には、新たな疑問が湧いてきた。

「阿蘇の地下で〝邪魔〟が暴走する。それを鎮守役が鎮める。それでも鎮まらないときは他の地で待機していた陰の鎮守役が阿蘇に集結する。陰の鎮守役たちは〝邪魔〟を鎮めるために戦うが、それができなければ〝鬼八〟に変身する。そして〝鬼八〟は健磐龍命によって操られて、〝邪魔〟と戦う。そういうことですよね」

「はい。そして義兄さんが、健磐龍命の能力を継いだ〝鬼八つかい〟ということです」

明利が、そう確認した。知彦は続ける。

「千穂さんから、そう知らされました。しかし、本来であれば、飛行機から皆が阿蘇の地下の異世界に移動したときに、私も〝鬼八つかい〟としての自覚が生じてしかるべきでした。だけど、いまだに私は、自分が健磐龍命の能力を備えていると実感できません。地下の異変や戦いを見ていても、恐怖を感じることはあっても、私の中で闘争心のようなものは湧いてこない。どうすれば千穂さんを助けることができるのかと、よくよと考え、悩んでいます。そんな私が本当に健磐龍命の力を発揮できるのでしょうか？千穂さんは、確かに私が健磐龍命の末裔だと断言した。しかし、人違いということはないのでしょうか？　本当の〝鬼八つかい〟は、誰か、別の人が存在するのではないか。ここまで自覚が生まれないと、そう考えてしまうのです」

しばらく黙って明利はハンドルを握り続けた。時折、外の閃光が明利の顔を照らした。やっと口を開く。

「いや。昨日から義兄さんと行動をともにしていますが、義兄さんがやはり〝鬼八つかい〟なのだと感じてしまう場面が何度もありましたよ。さっき、姉さんと米塚の溶岩トンネルで再会したときも、あのような交信ができる能力を持っているのは、姉さんが見込んだ人以外にはいないと確信しました」

明利の言葉は、けっしてその場しのぎとは思えなかった。知彦が〝鬼八つかい〟であることを心から疑っていないのだ。

18

明利はゆっくりと車を走らせた。ライトを点けているが、視界は数メートル先までしかない。知彦は自分に何ができるのかわからないが、事態を見極めたかった。

明利によると、普段ならこの道を進んでいくと草千里ヶ浜、そして火山博物館の横を抜けることになるようだった。

草千里ヶ浜は阿蘇五岳の一つ烏帽子岳の真下にある草原で、一キロ四方の広さがあるという。阿蘇を訪れた観光客は必ず立ち寄る景観だということだが、今はそんなところへ近づいているのだということは、まったくわからない。この道路を走っている車は、自分たちの他にはまったく見当たらない。

草千里ヶ浜から数分走った場所に、ロープウェーの駅舎があるということだった。その駅舎の脇から火口縁まで続く道路があるということだ。

だが、この噴煙の様子であれば、火口縁へ続く道は封鎖されているだろう。ロープウェーももちろん運行されない。

どこまで近づけるかはわからない。明利の車でロープウェーの駅舎まで行くことができれば、上出来なのではないかと思えた。

「今朝、わが家を訪ねてこられた方の数名がこちらに詰めておられますから、きっと

〝基〟が数ヵ所、火口近くに集中しているのだと思います」

明利は覚醒した力で感じたのであろうか。〝基〟の分布する正確な場所は聞かされていないが、可能性は十分にあると知彦は思った。

〝基〟の位置は、いずれもパワースポットとして知られた場所ばかりだった。訪れた人々の心の澱を浄化してくれる場所であり、同時に癒しをもたらしてくれるとされているところだ。

それは、人々の邪念を吸い込んで、溜め込んだ場所ということでもある。

阿蘇の外輪山の内部で一番のパワースポットと言えば、中岳噴火口の他には考えられない。とすれば、中岳火口を中心に、〝基〟が密度高く存在しているということだろう。つまり、他の場所とは比較にならないほどの邪念が溜め込まれているとも言えるのではないか。

駅舎の影が黒く見えてきた。人の気配もなさそうだ。

「道の左手には、レストハウスや火山博物館があるんです」

そう明利は説明してくれた。その建物の手前は駐車場だが、車が数台置き去りにされているだけで、がらんとしている。

朝苫辺家を訪ねてきたうちの数人がこちらに詰めているということは、火山博物館やレストハウスに勤務している鎮守役もいるということなのだろうか。このあたりの〝基〟は、すでに手のつけようがない状態に陥っているように思える。その証拠に、噴煙の中に巨大な〝邪魔〟の影が見え隠れしていたではないか。

避難命令が出ているのかもしれないが、鎮守役たちは手のつけようもなく、〝基〟を放棄してしまったのだろうか？

しばらく進むと、ぽつんと建っているビルの前に辿り着いた。そのビルの右手に奥へ向かう道があるようだが、ゲートがあって閉じられていることがわかる。通行止という札がつけられていた。普段はそこから火口縁へと向かうのだろう。

「あの小さな建物がロープウェーの駅舎です。これより先は車では行けません」

明利がそう言ったとき、車のライトが駅舎をくっきりと照らし出した。それまで火山灰に降られて視界が遮られていたのが嘘のようだった。

「噴煙が止まったのか」

明利が、驚きを隠せない様子で呟いた。

知彦も慌てて振り返る。リアウインドウを下ろしてみる。

あたりに灰は積もっているものの、確かに今は止《や》んでいる。だが、車のライトの彼方では、先程と同じように上空から灰が降り注ぐさまが照らし出されていた。

ゆっくりと周囲を見回した。稲妻が上空を走った瞬間に、知彦と明利がいる位置を中心にして、半径数十メートルの範囲だけに灰が降っていないことがわかった。あたかも天空に、巨大で透明な傘が存在し、二人を降灰から守っているように思える。

「どうしてぼくたちの周辺だけ……」明利は呟いてから、意を決して言った。「ここで車を降りるしかないでしょうね」

車外に出たとしても行動できる範囲は限られているだろう。だが、少しでも詳しい状況を知りたい。

駅舎の周囲には、数台の車が駐まっているのが見えた。

「車がまだ残っているということは、ここの人たちすべてが避難したということではないのでしょうか」

知彦がそう言ったが、明利にも判断がつかないようだ。駅舎のビルに明かりはまったくないし、出入口はすべてシャッターが下りていて、中の様子は窺い知ることができない。

明利が建物に近づき、シャッター横の壁にあるインターフォンのボタンを押す。

「誰かいませんか？」

内部からは何の反応もない。明利は念のためにもう一度ボタンを押したが、結果は同じだった。

「やはり、誰もいないようですね」

明利が諦めて肩をすくめ、引き返そうとしたときだった。

駅舎の左手に、知彦は何かが見えたような気がした。赤い光が瞬間的に輝いたように感じたのだ。

目を凝《こ》らした。しかし、今は闇しか見えない。また稲妻の光が照らした。駅舎の左手は陰になるが、何かがあることはわかった。

「あちらには何が？　何か光ったような気がしたんですが」

知彦が指差す。

「奥之院の方ですか？」

「奥之院？」

「ええ。西巌殿寺《さいがんでんじ》の奥之院です」と明利が言う。

奈良時代に、火口西の洞窟に十一面観音を安置して開いた寺だということだ。それを人々が阿蘇山の西の巌殿の寺と呼ぶようになり、この名になったという。寺は加藤清正《かとうきよまさ》によって麓に下ろされたが、この場所に奥之院だけは残されて現在に至っているのだと、明利が説明してくれた。

「ひょっとして、奥之院というのは……」

そう知彦が言いかけると同時に、天空に光が走った。

「ぼくも、そう考えたところでした。奥之院、あるいは奥之院の先に〝基〟があってもおかしくないと思いますよ」

昔、麓の坊中《ぼうちゅう》に移されたという西巌殿寺は、数年前に火災で焼失したという。その原因を明利は話さなかったが、この奥之院と移転先の坊中に、ともに〝基〟があったとしても不思議ではない。

そのとき、ちらとまた赤い光が見えた。

「やはり、奥之院の先の方ですね。ぼくにも見えました」

どのような状態になっているのかわからないが、二人は寺院に近づいていく。

「奥之院には人はいないんですか？」

「普段はお守りやらを売っているからいますけど、この状態では避難したと考えるべきでしょう」

不気味な鳴動だけが遠くで続いている。稲妻が不規則にあたりを照らすときだけ、異様な光景が見える。

降り注ぐ灰で、あたり一面が真っ白だ。いや、本当は灰色なのだろうが、白い世界にしか見えない。幸い二人の周囲はバリヤで守られたように降灰から免《まぬが》れているが、もしもこのバリヤが解けて降灰の洗礼を受けたとすれば、まともに息もできないだろう。いや、呼吸どころか、風防眼鏡をつけていても視界を奪われてしまうことになりそうだ。念のために、明利が渡してくれたタオルで鼻と口の周りを覆った。

またしても赤い光が輝く。その輝きの間隔が短くなるのがわかった。その光の中に、西巌殿寺奥之院の御堂がシルエットとして浮かび上がる。

確かに、光は奥之院の背後から放たれていることがわかった。その場所は火口から数百メートル離れた場所だ。火口の炎とは、また別の光だということがわかる。

「やはり、あそこにも〝基〟があるみたいですね」

明利が言った。明利が正しければ、〝基〟を鎮める鎮守役の誰かが、今も戦っているのだろうか？

米塚の地下の溶岩トンネルでもそうだったが、〝基〟を巡るごとに、そこに潜み暴走しようとする〝邪魔〟のパワーが増し、したたかになっていくことを知彦たちは実感していた。

ましてや、常時活動を続ける噴火口から数百メートルの距離にある〝基〟だ。そこを鎮めるには、他の〝基〟とは比較にならない大きな力を必要とするのではないだろうか。

そこで、千穂や他の陰の鎮守役たちが戦っているのだろうか？

米塚地下の溶岩トンネルで〝邪魔〟と陰の鎮守役の死闘を目撃したが、あのとき、千穂はなぜ、火口付近から米塚へやって来たのだろうか？ 知彦たちは千穂の気配を追って溶岩トンネルへ向かったと思っていたのだが、ひょっとして千穂は、知彦の危険を予感して米塚へ来てくれたのではなかったのか？ 米塚でなら知彦と会える。そう考えたのではないのか？

「火口が噴煙を上げ始めた責任の一端は、ぼくたちにもあるんじゃないでしょうか。そんなことを、ふと思ってしまいました」と、明利が言った。「あのとき、姉さんが米塚まで来なければ、火口を鎮めることができていたのかもしれません。ぼくたちが米塚へ行ったことで、姉さんが火口の鎮守から抜けてしまった。だから、〝邪魔〟との力の均《きん》衡《こう》が崩れたんじゃないでしょうか」

知彦は、明利が同じことを考えていたことが驚きだった。つまり、自分たちが米塚へ向かわなければ、千穂は火口を守り続けることができたのではないか、と明利も思っているのだ。

「いや、悪い方に考えれば切りがないのではありませんか？　もし、私たちが米塚へ向かっていなかったら、赤水の石本さんだけではとてもあの〝基〟を守り抜くことはできませんでしたよ。私たちが溶岩トンネルに入った直後、石本さんは〝邪魔〟に巻きつかれ、失神してしまいました。千穂さんがあの場所に駆けつけてくれなければ、米塚地下の〝基〟が〝大破砕〟のきっかけになっていたかもしれません」

知彦はそう答えたのだが、実は自分自身、そう考えないとやりきれないのだった。明利にとっても知彦の言葉は嬉しかったようだ。赤い光に一瞬照らされたとき、明利がタオルで鼻と口を覆いながら、目を細めているのがわかった。納得した、というように大きく頷いていた。

その明利の足が止まった。

知彦も前方を凝視する。

闇になっていた。稲妻でも光ってくれれば、なぜ明利が立ち止まったかわかるのだろうが。

何か見えたのだろうか？

夜道で明利に初めて声をかけられたとき、闇に近い場所で知彦にまとわりつこうとする物の怪のようなものを感じたというようなことを言っていた。そのような能力はないと話していたが、明利には見えるときがあるのかもしれない。

そのとき、明利が叫んだ。

「誰だ！」

前方から流れてくる気配を、正体不明の敵意だと明利が感じていることは明らかだった。普段の明利は他人に「誰だ！」とぞんざいに呼びかけたりはしない。

「誰かいるの？」と明利に訊ねると、前方の闇を凝視したまま、彼は黙って頷いた。それから明利は、知彦の腕を握った。ゆっくりと後ろに下がれと言っているのだ。知彦には、闇の中に何が潜んでいるのかわからない。

〝邪魔〟なのか？

〝基〟があるとすれば、奥之院の先ではなかったのか。

そのとき、稲妻が一瞬あたりを照らした。そして、西巌殿寺奥之院の建物の裏手が続けざまに赤く光った。

見えた。そして、それは動いた。

人か？

やたら平べったく見える。人が両足を開いたまま、しゃがみ込んでいるのか？　四股《しこ》を踏んでいるかのように見える。

両腕が長い。まるで蜘蛛《くも》のようだ。

連続した光の中で、それは凄まじい速さで真横へ移動していく。人ではない。人はあのような動き方はしない。そのような移動方法をとるのは、ある種の節足動物《せっそく》だ。奥之院の裏から現われたそいつは、あっという間に左前方の岩陰へと消えた。しかし、まだ、そいつはそこにいる。じっと知彦と明利を見張っていることがわかる。

明利は、そいつが敵意を持っていることを感じ取ったのだ。

その岩陰からは反応がない。代わりに、今度は奥之院の屋根の上で何かが動いた。他にもいるのか。

光が明滅すると、屋根の上で大きく伸びをして、すぐに身を低く沈めて構えている様子だ。

「一人じゃないんだ」と明利が言った。身体の動きは人間離れしているが、明利の目には、そいつが人間に見えているようだ。

そいつもカサカサと音を立てて真横に走り、屋根からそのシルエットが消える。

屋根を飛び下りたそいつは、知彦と明利のいる場所に向かって何かを投げつけてくる。

知彦の前方、数メートルの位置で、金属音がした。投げられたものは、知彦のいる位置までは届かなかった。

閃光があたりを照らしたとき、投げつけられたものがわかった。

金属の棒状のもの。

それが乾いた音で、地面に突き刺さっていた。

鎮守役の北里や後藤が使っていたものとも、米塚の地下で石本が持っていたものとも異なるが、すべての金属棒と共通した装飾が施されていた。

鉾に近い形状だ。先端が三つに分かれていた。

それが地面に突き刺さっているのだ。

それは、何を意味するのか。

知彦は最悪の想像をする。

鎮守役だった人物が物の怪に変化《へんげ》させられたのだろうか？　その素早い動きは、蜘蛛を思わせる人間離れしたものになっている。

西巌殿寺奥之院の裏手に〝基〟があったとしても、すでに〝邪魔〟に支配されてしまったということか。

奥之院の屋根にいくつか新たな気配が現われていた。

閃光が走る。

三つの影が屋根の上に見えた。それだけの人が、ここの鎮守役だったというのか？

ヒョッと音がして、知彦たちの足許に拳大の礫《つぶて》がぶつかる。

火山弾ではない。誰かが二人をめがけて投げつけているのだ。

それが合図になったようだ。いくつもの石礫が投げつけられてきた。

再び稲妻が光った。

身をかがめ両腕を開いた五、六体のそいつらが、左右に動き回りながら近づいてくる。

「逃げましょう」と明利が叫んだ。言われるまでもないと、知彦も急いで踵《きびす》を返す。しかし、二人は愕然として動きを止めた。明利の車のルームランプが点いていた。明利はドアをロックしていなかったのだ。

車内に誰かいる。車内で狂ったように両腕を振り回している影が見えた。年齢も性別もわからない。

他にも影がある。どこから湧いて出てきたのか、知彦はまったく気づかなかった。一体はボンネットの前でせわしなく蠢いていた。そしてもう一体は、車の屋根の上で激しく跳ねていた。

そのとき、背後から急速に近づいてきた影が知彦に飛びかかった。車に注意を奪われていて、咄嗟に避けることができなかった。

知彦は両腕を摑まれた。凄まじい力だった。腐臭とともに、そいつが喉《のど》の奥から発する呻きが聞こえた。

首筋を嚙まれる！

知彦はそう覚悟したが、力が離れた。明利が影に体当たりしてくれたのだ。

「大丈夫ですか」

しかし、これからどこへ逃げればいいというのか？　二人は正体不明の連中に取り囲まれている。事態は絶望的だ。

そのとき、あたりが光に照らされた。昼間のような明るさだ。

ロープウェーの駅舎から光が放たれていた。

二人は、自分たちを取り囲んでいる存在をはっきりと見ることができた。人にはちがいないが目と口が異様に大きい。両腕が長く伸び、手も変形している。

「さ、こっち へ。早く！」と声がした。振り向くと、駅舎ビルのシャッターが開いた。

「あ、ありがとう」

19

知彦は自分の耳を疑った。あたりは無人で、闊歩《かっぽ》するのは化物とも人ともつかない連中だけだと思っていたからだ。

開きかけたシャッターが途中で止まった。一メートル程開いたところで、ロープウェー駅舎の内側から光が漏れてくる。

先程、インターフォンを通じて呼びかけたときは、何の反応もなかったはずなのに、声はそこから聞こえてきた。

人影がシャッターの向こうに見えた。しゃがみ込んで知彦たちを手招きしているようだ。

「急いで！　そんなに開けちゃいられないんだ。早く早く！」

知彦と明利は反射的に全速力で走り出す。取り囲んでいた影が二人のいた場所に飛びかかる寸前だった。

駅舎まで十数メートル。たったそれだけの距離なのに、足がもつれてしまってなかなか前に進まない。それがもどかしかった。左右にいる怪人たちも、凄まじいスピードで迫ってくる。

今では、影としてではなく、駅舎の二階から照らし出されたライトで、その姿形まではっきりとわかる。

その怪人たちは、何ものかによって人間が急速に変形させられたような印象があった。顔つきは目と口が異様に大きく、鼻の形は穿たれた穴のようだ。服装はワイシャツにズボンだったり、作業着だったり、帽子を被っていたり、てんでばらばらだった。人間だったときは何も感じなかっただろうが、人間離れした姿態《したい》と動きのせいか、着ている服がかえって違和感を増しているように見えた。おまけに、皆一様に腕が長く太くなったために、袖の部分が裂けてしまっている。大きな蜘蛛の化物と言っていい。

それ以上、迫ってくる怪人たちを観察する余裕はなかった。ほとんど同時に知彦と明利はシャッターの中へ滑り込んでいた。直後、激しい音を立ててシャッターが閉じられる。

いや、その音は、シャッターが下ろされたからだけではなかった。慌てて立ち上がってシャッターを見ると、完全に閉じていなかった。数センチの隙間ができており、そこから長い腕が入り込んでいたのだ。その腕が激しく暴れている。蜘蛛怪人の腕にちがいない。知彦たちを追って内部へ侵入しようとしていたのだ。しかし、一瞬の差で遮ることができたらしい。

体格のいいポロシャツの男が、鉄状の金属杖を握って気合とともに蜘蛛怪人の腕に突き刺すと、青い色の体液が噴き出した。血液なのだろうか？　床に散った体液から白い煙が上がる。魚が腐ったような臭いがあたりに漂った。体液を飛び散らせた腕は苦しそうにのたうち、すぐにシャッターの外に消えていった。

別の金属棒を持っていた作業着の男が、急いでシャッターを閉じる。それでも、シャッターの外側で間断なく激しい音がする。怪人たちが体当たりしているのかもしれない。

明利が大きく安堵の溜息を吐いた。知彦もとりあえず危機を脱したと思ったが、まだ安心はできない。

「大丈夫ですか？」と声をかけられた。

「ありがとうございます。助かりました」と知彦は礼を述べて、やっとあたりを見回す余裕ができた。先程まで無人だと思っていた駅舎の中には、男たちが五人いた。

それぞれ微妙に形状の異なる金属棒を持っている。この五人も鎮守役ということなのか、と知彦は思った。

そのうちの一人が、知彦と明利にペットボトルに入ったお茶を差し出した。それで初めて、知彦は自分の喉がからからに渇いていることに気がついた。ひと息に飲み干す。

「尊利さんの息子さんですね」と一人の男が言う。「たしか、明利さんと言われたかな」

「そうです。危ないところでした。ありがとうございます。皆さん、鎮守役の方たちですね。もう、ここには誰もいないかと思っていました」

「ええ、お二人の正体がわからなかったので、しばらく様子を見させていただきました。我々はまだここを離れられないのですよ。この火口周辺が、一番〝基〟が集まっていますからね。うち、いくつかの〝基〟が暴走状態になっていて、手のつけようがない……」

一番年長と覚《おぼ》しき鎮守役が、同意を求めるように他の四人に顔を向ける。四人は、その通りだというように頷き合っていた。

「あの、今……外にいる、人とも動物ともつかない化物は、いったい何なのですか」

「異変のときに逃げ遅れた火口縁の売店の人やら、観光客やらでしょう。〝基〟から黒い蛇みたいなものが無数に伸びてきて、蜘蛛の化物みたいな生き物に変えられたのですよ。人間らしさがすべて失われてしまっている」

別の一人が言った。

「人間離れした動きをして、まったく思考力がないように見えますが、連中の連繫《れんけい》プレーを見ていると、ある種の昆虫を連想してしまうな。ほら、蜂とかアリですよ。個々の意志で動いているというより、何かに操られているのだと思う。ここに逃げ込む前にいっせいに飛びかかられて、錫杖を奪われてしまいました。鎮守に欠かせんもんなのに」

この駅舎に逃げ込む前に、怪人の一人が金属の棒状のものを投げつけてきたことを思い出した。そのとき知彦は、怪人は〝基〟から出現した〝邪魔〟と対決して敗れた鎮守役のなれの果ての姿ではないかと考えていた。

そうではなかったらしい。

あの蜘蛛怪人の一人が、この鎮守役から奪った金属棒を投げつけてきたのだ。

明利が、さっきまで米塚地下にいたこと、地上に出た途端、噴煙で思うように動けず、なんとかここまで近づけたことを話した。

この駅舎と西巌殿寺の奥之院の裏手と、火口縁に火口を取り囲むような形で五ヵ所の〝基〟がある、ということだった。五ヵ所の〝基〟が同時に暴走し始めている。とてもこの五人の手に負えるものではなかったという。しかし、それぞれの〝基〟で、彼らは飛行機事故に遭った家族と再会したらしい。

「父さん一人で鎮めるのは無理だ。ロープウェーの駅舎まで、とりあえず逃げろ。現われた息子がそう言ったんですよ。目を疑いました」

年長の男は胸に、「阿蘇ロープウェー家入《いえいり》」と縫い込まれた紺色の作業着を着ていた。初老の家入は、いつもはこの駅舎に勤めているのだと言った。

「家入さんとこも、そうですか。東京で仕事しとられたんですねえ。うちは叔父貴《おじき》でした。もう、こちらにはさしたる用もないのに、今になってなぜ帰ろうとしていたんだと、不思議でたまらんでしたが。向こうから呼びかけられて、やっとわかりました。俺が一人で火口西側の〝基〟を守ってると思ったら、ちがうんだってわかった。叔父貴が陰の鎮守役だなんて、初めて聞かされた。叔父貴と顔を合わすなんて、子供の頃以来でした。しばらく待避していろと、叔父貴に言われた。そのときに、初めて、俺が〝基〟で戦っていた化物の正体を教えてもらったのです。〝邪魔〟だってことを。それに、うちの叔父貴も〝鬼八〟になるんだって」

五人の中で一番若く見える男が言った。

「北里《きたざと》くんとこも話せたのか。よかったの」と家入が言った。「このままなら、どんなことになるんだって、息子に訊いたんだ。すると息子が悲壮な顔して言いよった。とにかく、陰の鎮守役としてできることをやるだけだって。ただ、ここに来るまで、〝邪魔〟がこんなに猛っとるとは予想もしとらんかったと。それだけ阿蘇が悪い気を吸い込んできたという結果らしい。

陰の鎮守役は、自分でも気づかんうちに、身体にいろんな知識を自然と授かっとるらしいなあ。なんか、今の阿蘇は、プレー火山の爆発のときと状況がよく似ているらしい。息子が言っとったことの受け売りにすぎんのだが」

知彦と明利は顔を見合わせた。家入が言う、プレー火山とは何か。初めて聞く火山の名前だ。

「それは……?」

「西インド諸島のフランス領に、マルチニーク島というのがあるらしい。その島の北西部にプレー火山という活火山があった。その火山が二〇世紀初頭に爆発して、マルチニーク島の県庁所在地だったサン・ピエールという町が、一瞬にして全滅したそうです。犠牲者は四万人以上と言われています。〝邪魔〟が〝大破砕〟を起こしたのです」

「〝邪魔〟が……。そんな場所にもいるのですか?」

陰の鎮守役になった者たちには、必要な情報を誰からともなく伝えられるのだろうか? 千穂も、プレー火山について訊ねれば、知っていることを詳しく教えてくれるのだろうか?

二〇世紀初頭。百年以上も昔の出来事を。

「ああ。息子が、そう言っとった。そのときの〝邪魔〟は、人間にとっては火砕流《かさいりゅう》という形になって受けとられたようだがな。サン・ピエールの町の住民で生き残ったのは、たった三人だったそうだ。そのうちの一人は海辺の半地下独房に収容されていた重罪犯。もう一人は海に吹き飛ばされた靴屋と、小舟にたまたま乗っていて洞窟に逃げ込んだ少女だ。つまり、その町で普通に生活していた住民は、全員亡くなってしまったということらしいです」

不吉な話を聞かされた、と知彦は思う。阿蘇という土地が、サン・ピエールという町と同じ運命を歩むことになるというのか？

「プレー火山のときと、そんなに状況が似ているのですか？　いわゆるパワースポットの副次的効果として人々の邪念を吸いとった結果、そのエネルギーが地下に蓄積して〝邪魔〟が成長すると聞きました。プレー火山も、そうだったというのですか？」

家入は、残念ながらそうだというように、大きく頷いてみせた。

「これも息子からの受け売りになるのですが、実はマルチニーク島の歴史にも関わりがあるそうです。コロンブスがマルチニーク島を訪れるまで、マルチニークには先住民であるカリブ人だけが住んでいた。その頃は『世界で最も美しい場所』と評される島だったそうです。

しかし、その後フランス軍が島民を虐殺し、全滅させてしまいました。そのときの先住民たちの残した怨念が、プレー火山地下に吸収された。そして、そのエネルギーは成長を続けて火山内部で飽和状態に達した。その結果が二〇世紀初頭の大噴火につながることになったのです。その時代、島民の人口はまだ少なかったようですが、相当な恨みのエネルギーが溜まっていたのだと思われます」

家入の話に、他の鎮守役たちも不安げな表情を浮かべながら耳を傾ける。家入以外の人たちにとっても初耳なのだろう。

「ただ、プレー火山の場合は、私たちのような鎮守役はいなかったようです。鎮守役は先住民のカリブ人たちが務めていたそうですが、その人たちを全滅させた後は、〝邪魔〟

のだ。
話を聞いてほっとしたらしい。プレー火山の話は、まさに最悪のケースとして語られた
それから、家入は他の鎮守役たちをゆっくりと見回した。他の鎮守役たちも、家入の
を鎮める者が誰もいなくなっていたらしい」

先住民たちの怨念が大災害をもたらしたとも言える。しかも、鎮守役にあたる人々も虐殺され、町を守る手段が何もなかったということになる。

「〝邪魔〟が暴走にいたる経緯は似ている、そう息子は言っていました。しかし今回は、皆が努力している。なんとか最悪の事態は防ぎたいと一丸となっている。そこが、プレー火山の悲劇のときとは大きくちがうんだそうです」

陰の鎮守役たる家入の息子は、どうしても父親にそのことを伝えたかったのだろう、と知彦は思った。

「ただ……」と家入は続けた。「そうは言ってくれたが、息子はけっして楽観視しているわけじゃない。鬼として守れる限界は、もうそこまで来ているようです。鬼として、〝邪魔〟と戦えるだけ戦う。その後は……〝鬼八〟となって、〝邪魔〟を防がなければならない。ぼくにはその覚悟はできている、と息子は言いました。そのときは、もう父さんの息子じゃない。〝鬼八〟の一部となって、人ではなくなる。それでも、皆を守ることができるのなら、それがぼくが存在していた意味なんだと、力強く語ってくれました。長いこと息子と会っていなかった。話もしていなかった。顔も忘れかけていまし

た。それが、再会したら、あんなに逞《たくま》しい男に変わっていたとは。私は、息子をこれほど誇らしいと思ったことはありませんでした」

家入の息子は、〝邪魔〟に対抗するために、いずれ「戦闘群体」化して〝鬼八〟となる覚悟を決めたということだ。

そのとき、しばらく静かだった駅舎のシャッターが激しく叩かれた。

それが合図だったのか。シャッターを叩く音が、いくつも響き始めた。知彦は火山弾が飛んできた可能性も考えたが、音にはある種の規則性が感じられる。

家入たち鎮守役にも緊張が走った。全員が沈黙し、どのような予期しない事態が訪れても対応できるように身構える。

北里と呼ばれていた若い鎮守役が、シャッターの小孔《こあな》を開いた。小孔といっても、郵便受けの代わりになるほどの大きさしかない。

「注意しろよ」と家入が声をかけた。

「大丈夫です」と小孔に目を近づける。とたんに、うわっと叫んで一メートルも後方に飛びのいた。直後、北里が覗こうとした小孔あたりで、落雷のような音が響いた。何かがシャッターに体当たりしたのだ。

余程驚いたのだろう。北里は尻餅《しりもち》をついていた。

シャッターを叩く音はさらに激しくなっていく。

「奴らです。俺が覗くのを待っていたんだ。その瞬間に飛びかかってきた」

家入が頷いて、シャッター横の小部屋のドアを開いた。

そこは、床に畳が敷かれている。机と椅子《いす》、そして数台の受像機《モニター》が棚に置かれていた。

警備員の詰所のようだ。

受像機のうち二台は、屋内とロープウェー乗り場を映し出している。そして、別の一台には、駅舎の外の様子が映っていた。駅舎の屋上から見下ろすアングルのようだ。

「こんなにいるのか」

家入が呆れたような声を上げた。

駅舎の周囲は、知彦たちが外にいたときと同様、ライトで照らされている。

先程は人間離れした体形の怪人たちが五、六名だった。ところが今は、状況が大きく変化していた。

どこから湧いて出てきたのかわからないが、駅舎の前には怪人の一群が集まりつつあった。その怪人たちは皆、歩くというよりも蜘蛛のように這って移動している。伸ばした両手は今にも地面につきそうだ。

静止していたかと思うと、急に真横にそれぞれがかさこそと素早く動き出す。受像機の映像でその動きを見ていると、確かに何かの意志に操られた蜘蛛の群れのように見える。

本当に、すべての怪人の動きが一糸乱れずに揃っている。駅舎の屋上から照らすライトのおかげで、群衆のそれぞれの視線がしっかりと駅舎のシャッターへ向けられていることがわかる。

まだ離れているせいで、そこに映っている怪人一人ずつの性別や年齢はわからない。しかし、連中がやろうとしていることははっきりとわかった。

一名が横歩きのまま、人間とは思えない速度で駅舎に向かって疾走してくる。すぐに映像から消える。カメラの死角に入ったのだ。

数秒のタイムラグの後、シャッターで激突音が響いた。次の蜘蛛怪人が疾走を始める。

また激突音。

彼らは交替で、規則的に駅舎に肉弾攻撃を仕掛けているのだ。

人の邪な心が凝固した存在＝〝邪魔〟の見えざる意志に操られているのか。

数秒間隔で激突音は続く。

「大丈夫だろう。ここのシャッターは、人が体当たりするくらいの衝撃で壊れることはない」と家入が言った。

「見てください」と鎮守役の一人がシャッターを指差した。

その部分のシャッターが大きく湾曲し始めていた。連中は一ヵ所に集中して激突することで、シャッターを突破しようとしているのだ。

またしても激突音。皆の目の前でシャッターが大きくたわんだ。

「このままだとシャッターが破られるのは時間の問題です。あいつら、自分の体がどうなるかなんて考えてない。持てる力すべてを振り絞って体当たりしてきている」

この攻撃は家入も想定していなかったようだ。

確かに、分厚いシャッターは人の力で壊すことはできないかもしれない。しかし、シャッターにぶつかってきている連中は、もう人とは呼べない化物となっている。そして、万一シャッターが破られたとしたら、映像に映っている蜘蛛怪人たちがいっせいに侵入してくることになる。

映像の中の数えきれない怪人連中は、今までどこにいたのだろう。知彦は、深夜のテレビ映画で観たゾンビに近い印象を持った。

全部で何体いるのか。無数としか言いようがない。もしもシャッターが破壊されたとすれば、この連中すべてが駅舎に雪崩《なだ》れ込んでくるのだ。

シャッターへの激突音が鈍い音に変わった。それは何を意味するのか。

映像の中の怪人たちがいっせいに動く。集団訓練の一場面のように、シャッター方向に駆け寄ってくるのが見える。

「もうシャッターは駄目です」と北里が叫んでいた。家入が大丈夫だと言っていたシャッターが、ものの十数分で破壊されようとしているのだ。

「上に移動しよう。宿直室がある。あそこの方が、ここよりもまだ安全だ」と口にした。「といっても、気休め程度だけどな」

知彦も明利も、ここでは家入の言葉に従うしかなかった。

20

家入と、三人の男について階段を登る。立ち止まった家入がシャッターの前にいる北里に声をかけた。

「上の宿直室に移動する。そこはもういい。一緒に来たほうがいい」

「わかりました。すぐに行きます」と言うのと同時に、裂けるような音が響いた。これまで規則的に続いていた激突音とは、明らかにちがっていた。

シャッターの一部が破壊されたようだ。シャッターのあたりは陰になっているが、そこで何かが突き出て蠢いているのがわかる。蜘蛛怪人たちはそこから侵入してこようとしているのだ。蠢くものは、シャッターの隙間から無数に差し込まれた怪人たちの不気味な腕だろう。

そこを離れて北里が駆け上がってくる。その直後、耳をつんざくような音がした。完全に壊されたシャッターが通路に叩きつけられたのか。

コンクリートの階段に靴の音を響かせ、二階から三階へと駆け登る。三階に鉄の扉があった。そこが宿直室のようだ。

階下から奇妙な叫び声が聞こえる。怪人たちは声を発さないと思っていたら、そうではないらしい。とても人間の叫び声とは思えなかった。

宿直室に飛び込んだ。

家入が鉄扉《てっぴ》を閉じると、室外の音が遮断され、侵入した蜘蛛怪人たちの声は聞こえなくなった。

内部は男七人が入っても、まだ余裕がある広さだった。部屋の奥には畳が敷かれている。炊事もできるように流しもあった。そしてここにも、外部カメラの受像機が設置されている。ただし、ここの受像機は一台だった。階下の受像機と異なるのは、画面が八分割されていて、それぞれのカメラが監視している場所を同時に見ることができることだった。

「ここは、ある種のシェルター構造になっているんです。最悪の状況を想定して作られています。天井、床、そして四方の壁が耐火構造になっています。断熱パネルが貼られていると聞いています」

北里が知彦に、そう説明した。

「じゃあ、噴火して火砕流に巻き込まれても、この部屋は安心というわけですか？」

明利がそう訊くと、家入が苦笑いしながら首を横に振った。

「火砕流はどうでしょうかな？　他の部屋にいるよりは、ほんのちょっと条件がいいというくらいで、長時間火炎の中に晒されるとなると、気休め程度にしかならないかもしれません。しかし、一階の詰所よりは、こちらの方が襲撃には耐えられるでしょう。少なくともあの蜘蛛の化物みたいな連中から身を守るなら、こちらの部屋の方が安全なことは確かです」

天井、床、そして三方の壁は鉄筋コンクリートで耐火断熱になっているようだが、外側に面した壁には、一ヵ所だけ窓があった。そのガラスも確かに一般のガラスとはちがうようだ。特殊加工の耐火ガラスらしく、かなり厚みがある。

そこからは、ライトに照らされた外の様子を見ることができそうだ。

明利は、蜘蛛怪人たちが窓から襲ってこないか心配だったようだ。

「大丈夫ですか、あの窓は？」と訊ねる。

「わかりません」と家入は正直に答えた。「でも、外部からの侵入の心配なら大丈夫だと思います。窓はかなり高い位置ですから。あいつらの跳躍力では届かないはずです」

八分割された受像機の画面で、駅舎前に怪人たちが集まっている様子がはっきりと見てとれる。集まっているというより、群衆と言っていいくらいだ。そのすべてが駅舎を取り囲んでいる。それぞれは分割された画面の中では小さくしか見えないが、駅舎に向き、ばらばらに跳躍していた。何をやっているのか、知彦にはわからなかった。

「義兄さん、何か厭《いや》な予感がしますよ」明利は一ヵ所だけある窓に近づき、そこから下を見下ろしていた。知彦を手招きする。

知彦も居ても立ってもいられずに、窓を覗き込んだ。

受像機が映し出している光景が現実にそこにあるが、カメラでは死角になっている場所も肉眼では確認できた。そして蜘蛛怪人になった連中がなぜばらばらに跳躍を繰り返していたのか、その理由を初めて知った。

確かに、一体ずつでは避難した部屋まで跳び上がることはできない。おまけに壁面は平らで垂直だ。登ってくるにも何の手懸かりもない。だが……。

明利が「厭な予感がする」と言ったわけがわかった。奴らは無秩序に行動しているわけではないのだ。垂直な壁の下に、どんどん集まってきている。そして……。

壁際の蜘蛛怪人の上に重なるように次の蜘蛛怪人が登る。そして、その次の蜘蛛怪人がまたその上に。

重量を支えきれなくなると蜘蛛怪人の群れは揃って崩れ落ちる。しかし、その上に次の蜘蛛怪人がまた登ってくるのだ。最下部はあまりの重量に潰されているかもしれないが、そんなことはおかまいなしだ。

地面からその部屋の窓まで、少なくとも一〇メートルはある。蜘蛛怪人たちのピラミッドが、その高さまで果たして達するものなのか。

鉄扉の向こうからは、激しく叩く音が聞こえてくる。

知彦は窓から顔を離した。

扉の前には鎮守役が二人、金属製の棒を握りしめ、万が一の侵入に備えて構えている。

この宿直室の鉄扉の前は細い通路になっていて、一人ずつでないと部屋に入れない。

鉄扉の強固さもだが、助走をつけて扉に体当たりすることもできない。だから、蜘蛛怪人たちが鉄扉をシャッターのときのように破壊することは至難の業《わざ》ではないかと思われた。

鉄扉の前で鎮守役の一人が、大丈夫だ、というように片手を振った。しかし、音が引っきりなしに響いているということは、扉の向こう側は蜘蛛怪人で溢れているということだろう。ただ単に、物理的に入ってこられないというだけで、扉の外まで危機が迫っているという事実にちがいはないのだ。

家入は、監視カメラの受像機映像を確認していた。

八分割されていた映像だったが、受像機の下に据えられている装置を操作すれば、分割されたうちの特定の映像が拡大できるようだ。

知彦が明利とともに受像機に近づくと、カメラ一台ずつの拡大映像を見せてくれた。三階の宿直室の鉄扉前の映像も、その中には含まれていた。その映像を見れば、家入が動じないこともわかる。扉の外は蜘蛛怪人たちで押し合いへし合いの状態だが、扉を破壊することはできないようだった。一階に切り替わると、予想外に連中の姿は少ない。ということは、扉の外と、窓の真下に集中しているということだろう。

家入が受像機下の装置の9という数字を押した。

受像機から映像が消えた。いや、ちがう。赤く映像が変化した。

「これは、どこのカメラなんですか？」

明利が訊ねた。

「火口内の観測用カメラの映像です。下の阿蘇火山博物館と、この部屋で見ることができるんです。画面内は煙でほとんど見えませんが」

知彦はその映像を凝視した。赤熱《せきねつ》したマグマを、噴煙の間からかすかに見ることができる。しかし、それ以上は何もわからなかった。平常時は、火口底の光景や湯だまりの様子なども観察できるのだろうが、この噴煙では、火口の映像を望むことはそもそも無理だろうと思えた。それよりも、駅舎の宿直室に火口内の映像を見る設備があるというのは驚きだった。火山博物館で火口の映像が見られることは知っていたが、それ以外の場所で映像が見られるとは思わなかった、と明利も言った。

「これでは映っているのかいないのかもわかりませんね」と明利が言ったとき、灰色の画面の中を無数に動き回るものが見えた。影というより黒い粒子のようなものが、規則性をもって動いている。映像そのものが不鮮明なので確信は持てないが、これは千穂たち、つまり鬼が〝邪魔〟と戦っているのではないか、と知彦には思えた。

「明利さんには見えませんか、あの小さな黒い存在が？」

知彦がそう告げた。明利は改めて目を凝らすと、その身を強張《こわば》らせた。

「見えます。何か凄い速度で動き回っていますね。〝邪魔〟なのか鬼なのか、わかりませんが……」と明利が漏らす。

そう聞いたとき、大きな影がいくつか映像に入ってきた。その影が一瞬、静止してカメラの方を向いた。

　ちょうどそのとき、赤い光が照らし出した。「姉さん」と明利が言う。光を受けて顔が大きく映っている。米塚地下の溶岩トンネルで会ったときよりも、表情がはっきりとわかった。

　千穂その人だった。小さく唇を動かしているが、何を言っているのかは読みとれない。だが、哀しい表情をしていることはわかる。

　ひょっとして、カメラの向こうにいる千穂にも、この部屋の様子が見えているのではないだろうか。千穂の視線が知彦たちのいる室内をじっと覗き込んでいるように思えてならない。

　千穂がなぜ哀しい表情でいるのか、その理由は痛いほどよくわかった。一刻も早く阿蘇から立ち去ってほしいと千穂から言われていたのに、愚図愚図《ぐずぐず》と知彦はロープウェー乗り場でいまだ立ち往生しているからだ。

　気のせいだ、と知彦は自分に言い聞かせる。千穂にこの部屋の情景などわかるはずがない。

　だが、哀しげな表情に変化が起こった。大きく口を開き、後退したように見えた。そして知彦の背後を指差した。

　その意味がわからずに、知彦が眉をひそめた。

「千穂、いったいどうしたんだ」

背後で、ガン！　と激しい音が響く。鉄扉の方ではない。知彦の背後だ。

振り向くと、壁の上部にある例の窓からその音が発せられたのがわかった。

やはり千穂には、この部屋の光景が見えている！

その窓の外に信じられない者がいた。大きな目と口でわかる。蜘蛛怪人だ。

なぜ、そのような高い位置にある窓にへばりついていられるのか？

顔は三つ見える。どの顔も同じに見える。巨大な目に小さな瞳孔、耳許近くまで裂けた大きな口。

どうやってこの窓まで辿り着いたかわからないが、現実に一〇メートルの高さまでやって来たのだ。

ガン！

蜘蛛怪人の一人が異形《いぎょう》の顔で室内を覗き込んだまま、手に持った火山弾の石塊《いしくれ》で特殊ガラスを叩いた。窓を割ろうとしているのだ。地面を跳ね回っているときと較《くら》べればゆっくりとした動作だが、どれだけ時間がかかってもかまわないということなのだろう。特殊加工の耐火ガラスだ。厚さもある。石塊で叩いたところでヒビの一つも入らないはずだ。

だが、水滴が岩を穿つということもある。

窓の外まで辿り着けるはずがないと思っていたのに、そこには不気味な顔が張りついている。

ガン！

またしても、蜘蛛怪人が窓に石塊を叩きつけた。すると、その音に呼応するように、窓とは反対側の壁の向こうからも同様の音が響いた。

なんだ？　何が起こっている？

知彦は考えた。そしてひとつの可能性を思いついた。窓の外と同じような状況が、壁の向こうでも繰り広げられているのではないか？　駅舎の壁面すべてに、ヤモリのように無数の蜘蛛怪人たちがへばりついていて、それぞれに石塊を握っているとしたら……。

その想像は、すぐに現実のものとなった。

方々の壁面で大粒の雨が叩きつけているかのように、ガンガンという音が聞こえ始めた。

いや、壁面だけではない。鉄扉の外でも。そして天井でも。

「この上は……屋上なんですか？」

「いや。もう一階あって、その上が屋上になっています」

この部屋のすべてが包囲されているということなのだ。

それまでとは比較にならない轟音と震動が、室内に走った。知彦は噴火を連想した。

しかし、それとはちがう。あまりに震動が長く続きすぎる。

知彦が天井に目を向けたとき、明利も「上だ！」と叫んだ。

ひと際大きな震動が襲ってきた。天井から埃《ほこり》が落ちてくるのがわかる。この部屋の弱点は天井にあったことを知彦は知った。部屋の上にも蜘蛛怪人たちが押し寄せてきているのだ。

しばらくは窓や外壁や鉄扉が壊される心配はないだろう。しかし、天井は……。

いったい上で連中は、何をやっているというのか？

「この上の階には監視カメラはついていないんですか？」と明利が叫んだ。

「残念ながら」と家入が答える。

知彦も、反射的に受像機に視線を向けた。先程の火口内の映像は不鮮明なままだ。すでに千穂の姿は画面の中から消えている。

どこへ移動したのだろう？

知彦は画面を覗き込んだ。千穂の姿は見当たらない。黒い点のように、受像機に映る火口内を飛び回っていた鬼たちの姿もない。画面の中に見えるのは噴煙の中の赤い炎と、不規則に走る稲妻の光だけだ。それがなければ、受像機は故障しているようにしか見えない。

家入が天井に気を配りながら、受像機の映像を切り替えた。八分割の画面が現われる。

絶望的な光景が映し出された。屋外の映像にも駅舎内のどの映像にも、無数の蜘蛛怪人たちが映っていた。先程と一番大きなちがいは、外の光景だった。知彦たちが駅舎に逃げ込むまでは巨大な傘に守られたように、知彦たちの周りには火山灰が降っていなかった。鬼たちの庇護《ひご》を知彦は受けていたということか。

今は、一面に火山灰が降り注いでいる。その中を人間離れした奇妙な動作で、蜘蛛怪人たちが左右に動き回っている。

他の画面も似たようなものだ。これほど大勢の怪人が、いったいどこに潜んでいたというのだろうか？

服装から想像すれば、変動が始まるまでは普通の人々だったのだろう。人の負の心が生み出した〝邪魔〟によって、今度は自分たちが蜘蛛怪人に変えられてしまったということなのか。だとすれば、鬼たちと〝邪魔〟の対決が終わった後、〝邪魔〟にとって無用の存在になった彼らはどうなってしまうのか。このような蜘蛛怪人に変えさせられたことを知られることもなく、火砕流に巻き込まれた被災者ということになってしまうのだろうか？

部屋を囲むように、全方向から音は休むことなく響き続けている。壁が壊れるという不安はないのだが、その音が室内にいる人々の神経を疲弊《ひへい》させる。

天井の音は、壁の音とちがい、激しい震動を伴っている。かなりの重量のものを叩きつけているようだ。

「これを見てください」

鎮守役の一人が監視カメラの画面の一つを指差した。

ロープウェーの乗降場の映像だった。

ゴンドラが停まっているが、そこにも蜘蛛怪人たちが集まっている。ゴンドラの屋根に乗ったり、揺らしたりしていた。今にもそのゴンドラがロープからはずれそうだった。もしも、本当にはずれたら……。

「あの斜面の下に、この部屋があるんですよね」と明利が言った。

それは八分割された小さな画面でもわかることだった。

床が激しく震えた。恐れたことが現実になった。ゴンドラがロープからはずれ、転がり落ちている。一度、大きくバウンドして数人の蜘蛛怪人を下敷きにした。

映像からゴンドラが消えるのとほとんど同時だった。知彦は耳をつんざかんばかりの衝撃音を、激しい揺れの中で聞いた。

ロープウェーのゴンドラがこの部屋の壁に激突したのだ。

壁に亀裂が走った。天井から土煙が降ってくる。

視界が遮られてしまう。目の前の状況も知彦にはよくわからない。ただ、危機が迫っていることだけは確かだ。

ばさばさという音とともに、天井から何かが降ってくる。蜘蛛怪人たちが落下してきたのだ。

鎮守役たちが気合とともに、金属棒を突き出す。

知彦は必死に明利の名を呼んだ。室内を火山灰が舞い、視界が遮られている。鎮守役たちは知彦を守るように部屋の中央に集まる。本能的な防衛隊形だった。明利はいち早く知彦の横についた。

金属棒が繰り出されるたびに、蜘蛛怪人は弾き飛ばされるが、それにも限界がある。とぎれることなく蜘蛛怪人たちが次々と天井から落下してくるのだ。壁もすでにひび割れ、その隙間からも侵入してこようとしている。

しばらくはこの態勢で戦えるかもしれない。しかし、所詮、多勢に無勢だ。いずれは体力を消耗してしまうだろう。希望はなかった。

そのときだった。

こちらの隙を狙い動き回る蜘蛛怪人の群れに、明らかな変化が起こった。

光が見える。

床から天井から。幾筋も細く輝きながら。

白い光だ。

同時に何本もの光の筋のある場所から、何人かの蜘蛛怪人たちが宙に撥ね飛ばされた。

光の中に人の影が見える。とても現実のこととは思えない。

一番近いところの人影に、知彦は見覚えがあった。

いつも自分のすぐそばにあったあのシルエット……。知彦は思わず彼女の名を呼んだ。

21

「千穂！　千穂！」

先程まで彼女の姿は、火口内に設置された観測用カメラに映っていた。なのに、知彦や明利が危機に陥った途端、二人の状況がわかっているかのようにここへ現われた。知彦の声は彼女の耳に届いたようだ。千穂は、ちらと知彦の方を振り返った。

米塚地下の溶岩トンネルのときは、彼女は知彦たちとは異なる世界にいた。その姿はトンネルの壁の中にあった。

しかし今、千穂は〝基〟の内部でも火口底でもなく、知彦の目の前にいる。ただ、彼女の全身は白く発光している。頭部だけが光っていないから、千穂であることはわかるのだが、首から下は輝いているために、どのような服装をしているのかさえわからない。

他の白い光の柱の中にも人の姿が見えた。彼らも陰の鎮守役、鬼たちなのだろう。それぞれが生死の境を越えて鬼と化し、〝邪魔〟と対決するために阿蘇に集結した……。

千穂が腕を伸ばすと、その先から光が伸びた。明利に飛びかかろうとした蜘蛛怪人が弾かれて宙に舞った。

同様の光景が、白い輝きの周りでいくつも見られる。異形に姿を変えられた者たちが、次々に光の刀でなぎ払われる。

だが、圧倒的に蜘蛛怪人の数が多すぎる。知彦や明利を守ろうと、陰の鎮守役の千穂たちがどんなに力を振るっても、切りがない。蜘蛛怪人たちは、無尽蔵に湧き出してきているように思えた。このままではいずれ取り囲まれる。

先程まで火口内で〝邪魔〟と戦っていた鬼たちがここへ現われたということは、どういうことか。知彦は考えて、胃の腑を摑まれたような気がした。

それは自分たちのせいだ。やはり自分は阿蘇を去るべきだったのではないか？　千穂は知彦がすでにこの地を離れたと思い、全力を尽くして火口内で〝邪魔〟と戦っていたのだ。

しかし、その最中、千穂は知彦と明利がまだ火口近くのロープウェー駅舎にいることを知った。しかも、他の鎮守役たちとともに蜘蛛怪人に囲まれて危機に陥っている。

千穂は放っておくことができなかった。〝邪魔〟との戦いを中断して、知彦たちを救いに現われた。

知彦や明利の危機を救うということを、千穂たち鬼は優先させたのだ。だがそれは、その間〝邪魔〟を抑え込む者がいなくなったことを意味する。

千穂の声が聞こえた。明利は知彦の腕を握っていない。しかし、千穂の声は、はっきりと知彦の耳に届いた。

「大丈夫ですか、知彦さん？」

白い光の中で、心配そうに千穂が知彦を見つめていた。

「ごめん。かえって迷惑をかけてしまったみたいだ」

「よかった」と千穂は笑顔を浮かべた。それは知彦がよく知る、ともに暮らしていたときに彼女が見せてくれていた愛しい表情だった。鬼という言葉から連想されるものとは、まったく異なったものだ。その笑顔を見られただけで、このような危機にありながら、知彦は癒される気持ちになった。

「千穂の方こそ、よかったのか？ 火口で〝邪魔〟と戦わなければならなかったんじゃないのかい？」

「すぐに戻って戦います」

「ぼくたちは、また会えるのか？」

そう口にしながら、自分はなんと軟弱な男なのかと思ってしまう。自分が健磐龍命の力を継承しているとはとても思えない。

千穂はそれには答えなかった。代わりに張りつめた口調になって、「これから皆が逃げられるように道を拓《ひら》きます。お願いです、少しでも遠くへ……」

千穂の言葉が聞きとれなくなると同時に、彼女の身体の発光が激しくなった。他の鬼たちもまばゆい光を放ち始めた。それぞれの光の中から一筋の光が伸び、壁の一点に集中する。壁が一瞬にして破壊されて、直径二メートルの穴があいた。

家入が壁の向こう側を見て叫んだ。

「今です。逃げましょう」

同時に、室内にいた千穂たち鬼の光体は消失していた。部屋の隅に追いやられていた蜘蛛怪人たちが、再び動き始める。行動に選択の余地はないようだ。

知彦と明利が壁の向こうを見る。千穂たちが放った光に蜘蛛怪人たちが弾き飛ばされ、逃げるためのスペースができていた。その先は外部に通じている。

つい先程まで雲霞《うんか》のごとく溢れていた蜘蛛怪人たちが、光を浴びて折り重なるように倒れているのがわかる。すでに微動だにしないというのは、噴火による犠牲者という本来の姿に戻ったのかもしれない。

蜘蛛怪人の生き残りは、西巌殿寺の屋根や道路の向こうから知彦たちに襲いかかるチャンスを窺って、こちらを凝視している。

知彦たちは全速力で階段を駆け下り、そのままいっせいに外に飛び出した。

鬼たちが、知彦たちを守るようにいたる所で白光を放ってくれていた。知彦は明利に渡されたタオルをマスク代わりに口に当てたが、幸いなことにあまり火山灰は降ってこない。千穂に言われた通り、とにかくこの場を少しでも早く離れることだ。

家入が振り返って言った。

「もうすでに、われわれ鎮守役の能力の限界を超えてしまった。皆も状況は理解できたと思う。ここは彼らの言う通りにしよう。安全な場所まで避難してくれ。チャンスは今しかない」

他の鎮守役たちも同意する。他に選択肢がないことは悟っているらしい。それぞれが駅舎前に駐めていた車に乗り込み、下山を開始した。

明利も駐めていた車へ走っていく。車まで辿り着くと、知彦に急ぐようにと手招きする。

鎮守役たちの車が駅舎を離れて、知彦の横を走り去っていく。一瞬立ち止まった知彦は、頭の中で千穂の声を聞いた。

「急いで……遠くに逃げて……」

いくつもの白い光の柱が天空に向かって伸びていた。そのとき、火口へと続く車道中央から伸びた光の柱が、ひときわ強く輝くのを知彦は感じた。

その光の中に、千穂はいるのだろうか？

「義兄さん、早く」

明利の言葉に我に返った知彦は、車の助手席に飛び乗った。

明利がエンジンをかけようとスターターを回し、アクセルを踏んだが、乾いた音がするだけでエンジンはかからなかった。明利は焦って何度も始動を試みたが、結果は同じだった。

「バッテリーがあがってるみたいです！　なんでこんなときに。ツイてない」

明利が吐き捨てるようにそう言って、両手でハンドルを強く叩いた。

そのとき、あたりが毒々しい紅《くれない》の色に染められた。すべてが紅一色だ。

慌てて前方を見た。そして、その紅色の光源を知った。

駅舎から逃げる鎮守役の車に向かって、中空から紅の炎が放射されたのだ。

次の瞬間、車は膨れ上がり、轟音とともに爆発した。つい先程、知彦の横を走っていった車だった。

紅の炎は、明利の車の遥か彼方から放たれていた。鎮守役の乗った車がなぜ炎上したのか、理由はわからない。しかし、もし知彦たちも車で動き出していたら、同じ目に遭っていたかもしれないのだ。

「義兄さん、降りましょう」と明利が叫ぶ。言われるまでもなく、知彦も身体が反応していた。

明利が走り出しながら駅舎の方を振り返って、「あっ」と呻きに近い声を漏らして立ち止まる。知彦もその横で振り返った。

ロープウェー駅舎と西巌殿寺の向こう側に、噴煙が上がっているのが見える。紅蓮《ぐれん》の炎がより高く昇っている気がする。閃光も激しい。そして噴煙も凄まじさをどんどん増していく気がした。

鎮守役が乗っていた車を爆破したのは噴煙だというのか？　知彦には、さすがにそれは信じがたい気がした。明利は何を見て驚いたのだろう？

「……とんでもないことになってしまった」

明利が声を震わせた。

「何が？」

「義兄さん。わかりませんか……。これこそが……〝邪魔〟です。人の心に巣くう、負の情念の集合体。それが具現化したものなのですよ」

そう言うと、明利は知彦の腕を握った。米塚の地下でのことを思い出した。あのときは明利を触媒《しょくばい》として、知彦は千穂の声を聴く力を得たのだった。

「あ……」

その瞬間、これまで知彦には見えなかったものが見え始めた。それは暗黒の火口からの噴煙と、そして火口の底から放たれる忌《いま》わしい紅の色に彩《いろど》られていた。

これまでと同じ光景を見ているはずなのに、目に映るものはまったく異なっていた。

「こ、これは……」

知彦の声は上擦っていた。それまでは火山の活動によって激しい上昇気流が発生し、黒い噴煙が踊るように巻き上がっていた。だが、今は……。

明利が声を震わせた理由もわかった。

遠近から生じる陰影が、噴煙の縁のいくつかの場所で逆転して見えた。するとそれまで見えていたものが、まったく別の姿に変貌したのだ。

これは火山の噴煙などではない。

知彦がこれまでの人生の中で一度も目にしたことがないグロテスクで禍々《まがまが》しいもの。

それは天をつくほどに巨大だった。

知彦にもわかった。目の前でそびえているこれこそが、最悪の存在、〝邪魔〟の正体なのだ。

能力のない者には、ただ噴煙が天空を覆っているようにしか見えないだろう。監視カメラの映像もそうだった。

しかし、明利によって知彦は真実を見る力を得た。

噴煙とはまったく異なっている。火口からの紅蓮の炎に照らし出された巨大怪物。どれほどの大きさなのか。火口を出て、その全容を今、さらけ出している。

陰の鎮守役たちが一番恐れていたのは、この存在だったのだろう。

すべてが暗黒の中、炎に照らされてその輪郭が浮かび上がる。無数の触手が伸びていることがはっきりとわかる。これまでの〝基〟では、あのたった一本の触手にひどい目に遭わされていたのだ。

そして暗黒の中に、いくつかの光るものが見えた。その光るものの動く方向に無数の触手がなびいている。

ということは、その光るものは〝邪魔〟の目なのではないか、と知彦は思った。

その光の真ん中あたりで変化が起こった。突然、火炎が放射されたのだ。どれほどの距離まで届くのか？

その火炎が、先程車を襲ったものと同じだということに気づいた。

〝邪魔〟は、確実に意志を持っているのだ。人の心の中で生み出された邪な心の集合体は、すべてを破壊するという明確な意志を持って行動している。

炎が知彦と明利の頭上を一直線に走り、草千里ヶ浜の方角へと飛んだ。その一瞬後に火炎の塊《かたまり》が膨れ上がる。

続けざまに四方へと、細長い炎が飛んでいく。旧阿蘇町方向へ、高森町方向へ。

明利が叫ぶ。

「ここにいては危険です」

二人は駆け出した。明利は直径一〇メートルほどの、円形のコンクリート構造物を目指していた。退避壕だ。突然山が火山活動を開始したとき、火山弾を避けるための避難施設で、火口縁周辺に建造されているが、駅舎近くにもいくつか設けられているようだ。

その退避壕に飛び込んだ直後、あたりが真っ赤に染まった。同時に、知彦は頬に熱風を感じた。

何が起こったのかを知った。明利の車が炎の直撃を受けたのだ。みるみる車体は燃え上がり、爆発した。

もし、あのときエンジンがかかって車で逃げ出せていたとしても、今、目の前で起こっているのと同様の結果を迎えていただろう。〝邪魔〟の炎の直撃を受けずに済んだのだから、今となってはエンジンがかからなかったのは、二人にとって幸いだったことになる。

だが、ひょっとしたら、それは束《つか》の間《ま》生き長らえただけなのかもしれない。退避壕に逃げ込んだだけで、次にどうすればいいという考えは何もないのだ。

知彦は、また思いにとらわれていた。

自分が余計なことをしたせいで、千穂たち陰の鎮守役は〝邪魔〟を封じ込めることができなかったのではないか。自分が阿蘇を立ち去っていれば、〝邪魔〟があのようなグロテスクな姿に成長することはなかったのではないか。

そう考えると、知彦に大きな罪悪感がのしかかってくる。

このままでは、健磐龍命の化身どころか、陰の鎮守役たちの足を引っ張るために阿蘇を訪れたようなものではないか。

耐熱耐火壁でできている退避壕は火口とは反対側がオープンになっていて、火口側は状況を見渡せるようにちょうど目の高さに小孔が設けられていた。

その小孔から様子を窺うと、ロープウェーの駅舎が〝邪魔〟が放射した炎に焙《あぶ》られて赤熱化しているのが見えた。左手の寺も、すでに炎上していることがわかる。

すでにあたりは、まさに地獄の様相を見せていた。〝邪魔〟の体内から放射される炎は一筋ではなかった。無数の炎と稲妻が見える。そして、〝邪魔〟はすでに全天を覆うほどに成長していた。地下から這い出た蛹《さなぎ》が、その殻《から》を脱ぎ捨て、本来備えている凶暴性を遺憾《いかん》なく発揮しているのだ。

「これが、〝邪魔〟の全貌なのですね」と明利が言った。知彦は圧倒され、頷くのが精一杯だった。

「ぼくには、二つの光景がダブって見えるんです。〝邪魔〟が〝邪魔〟として猛り狂う荒魂としての存在。そして、マグマを噴き出す阿蘇という火山。マグマは火砕流として旧阿蘇町へ攻め入ろうとしています。かろうじて、杵島岳、烏帽子岳が堤防の代わりをしているんです」

地形的なことは知彦にはわからない。巨大な怪物としての〝邪魔〟しか見えていない。そのときの知彦には、絶望と無力感、そして人であれば誰もが感じるであろう恐怖心しかなかった。

退避壕の小孔から、直立するいくつもの白い光の姿をまだ見ることができた。それは、陰の鎮守役たちが〝邪魔〟の猛威の前でなす術もなく立ちつくしている姿だ。このまま〝邪魔〟がもたらす破滅を待つしかないのか。蜘蛛怪人たちは歩く松明《たいまつ》と化していた。

「危ない!」と明利が叫ぶ。知彦は明利に腕を引かれ、身体を沈めた。と同時に、今まで覗いていた小孔から炎が吹き込んできた。〝邪魔〟が放つ火炎だった。退避壕の壁を背にして座り込んだ知彦の横で、小孔からの炎が激しく踊り続ける。火炎攻撃はすぐにおさまると知彦は思ったが、そうはならなかった。

火炎攻撃は執拗に続いた。知彦と明利を退避壕から焙り出そうとしているかのようだ。退避壕がいくら耐火耐熱といっても限度がある。じりじりと温度が上昇しているのがわかる。すでに、壕の壁に手を当てれば火傷《やけど》を負うほどだ。

この場にとどまり火炎攻撃を受け続ければ、いずれ蒸し焼きにされてしまう。といって、ここを飛び出すという選択肢も絶望的だった。蜘蛛怪人たちと同じ末路を辿ることは火を見るより明らかだ。火炎を浴びて人間トーチとなるだろう。

いずれにしても絶体絶命の状態だ。明利と顔を見合わせた。明利も身体を伏せて祈るしか方法はないようだ。

そのとき、光が二人の前に出現した。白い光の柱だ。〝邪魔〟の、穢れた赤い炎ではない。

その白い光の柱の中に千穂がいることが、知彦にはすぐにわかった。光の柱の中から千穂はゆっくりと、知彦に顔を近づけてきた。知彦には世界が停止したかのように思えた。

千穂は哀しげな表情を浮かべていた。

知彦はどんな言葉をかければいいのかわからなかった。

「千穂、すまない。足手まといになってしまった」そんな情けない言葉しか、知彦の口からは出てこなかった。

千穂は大きく首を横に振った。同時に、白く輝く両手が伸びて、知彦の頰に触れた。

「千穂……」

知彦が呟く。すると彼女は一つ大きく頷いて、知彦に言った。

「お願い、知彦さん。顔を……私に見せて」

千穂の言葉に彼女の凜《りん》とした覚悟が潜んでいることを、知彦は感じていた。

22

「姉さん、〝鬼八〟になるつもりなのか？」

不安を口にしたのは明利だった。

千穂は明利を見て、大きく一度頷いた。それから言った。

「明利。父さんと母さんのこと、頼むわ。私、〝鬼八〟となったら、もう人間らしい思考も、そして人間だった記憶も、すべて失ってしまう」

知彦は、千穂が米塚地下の溶岩トンネルで言っていたことを思い出していた。あのときは、陰の鎮守役として〝鬼八〟化せずに〝邪魔〟の暴走を鎮めるつもりだと言っていた。

ということは、〝鬼八〟化して「戦闘群体」とならなければ、もう〝邪魔〟に対抗できない状態になっているということなのだろう。

「わかった。だけど、姉さんは〝鬼八〟化したらどうなるんだ……」

知彦の頬に触れたまま千穂は、淋しそうな目をしていた。明利の問いには返事をせずに、彼の目を覗き込むように視線を戻した。

知彦にはわかった。最後に千穂は、自分のことを目に焼きつけようとしているのだ。彼女は千穂でなくなる瞬間まで自分を愛していてくれたことを、知彦は知った。

「千穂。もう、〝鬼八〟化しなければ、〝邪魔〟を抑えられないということなのか？」

「それよりも……、このままだと知彦さんが危ない。私にとって……知彦さんとの思い出は大切なもの。記憶から失ってしまうなんて、とてもできない。でも……〝鬼八〟化しなければ知彦さんを守れないというのであれば、私はそれを優先させる。他の陰の鎮守役たちも、阿蘇を守るために〝鬼八〟化することをためらってはいない。私もそれに加わるだけ。だから最後に知彦さん、顔を……私に」

その言葉は知彦にとって衝撃だった。千穂が〝鬼八〟化するのは、制御不能の暴走状態になった〝邪魔〟を鎮めるためだと考えていた。

だが、千穂にとって〝鬼八〟化する理由は、別に存在したのだ。

〝邪魔〟を鎮めることよりも優先したもの。

知彦との思い出すべてを喪失することになっても、〝鬼八〟化することを選択させたもの。

それは知彦を救うことだった。

このままでは、〝邪魔〟が放射する火炎に焙られて、知彦と明利は退避壕の中で死を迎えるしかない。

ここでも足手まといになってしまっていたのだと、知彦は気がついた。自分の無計画な行動が、結果的に千穂たちを〝鬼八〟化させてしまうことになったのだ。〝鬼八〟化するとは、人としてのすべてを捨てるということだ。

頰に当てられた千穂の手の感触は、知彦がよく知っているものだった。柔らかく、そして温かく……。

千穂の瞳が潤《うる》んでいることも、知彦にはわかった。やがて千穂の手が離れる。

「知彦さん、大好きだった……」

「千穂……行かないでくれ」

知彦は自分が情けなかった。

千穂を守るのは、本来自分のはずだった。なのに、こんなに無力だとは……。

千穂は大きく首を横に振る。「さようなら、知彦さん。あなたに出会えて、本当によかった。私のことを忘れないで」

知彦の前から白い光の柱が遠ざかっていく。その白い光の中には、知彦にとってかけがえのない彼女がいるはずなのだが、もはや千穂の存在を見出すことはできない。

「あ、あれは!」

明利が斜面にあった他の光の柱を指差した。その光の柱も、千穂の光に導かれるように移動していく。

それまで覗き穴からガス・バーナーのように吹き込んできていた炎が、突然に途絶えた。知彦には何が起こったのかわからなかった。

光の柱が動きを見せたのがきっかけとなった。他の何十本という光の柱も、千穂の光へと吸い寄せられていった。そして、光の柱はおたがいに螺旋《らせん》を作り、絡《から》み合い始める。それぞれが寄り集まり、何やら別の存在へと変化しようとしているように思える。

「ひょっとしてあれは……」と明利が呻くように言った。

その光の無数の集まりを〝邪魔〟の炎が襲う。知彦たちの退避壕を襲うどころではなくなったのだろうか。

そこは炎で朱に覆われた。千穂の光の柱を中心に光の群れが集結していたはずなのだが、〝邪魔〟が吹きつける紅蓮の炎でその様子はまったく窺い知れない。

だが、変化がまだ続いていることはわかった。〝邪魔〟の炎が集中している場所に、新たな光の柱が次から次へと近づいてくる。そして、ためらいもなく〝邪魔〟の炎の中へと入っていくのだ。細い光の柱も、紫色を帯びた光の柱も、さまざまな光が続いて飛び込んでいく。

そこで何が起こっているのか？

明利に訊ねるまでもない。知彦は容易に想像できた。

〝鬼八〟になることを千穂は決心したのだ。

そして、今、まさに〝鬼八〟化が〝邪魔〟の炎の中で進行しているのだ。千穂たち数体の鬼が〝鬼八〟の核となり、「戦闘群体」が誕生しようとしている。

まだ、その全容を見ることはかなわない。一体、そしてまた一体と、光の柱と化した鬼たちが炎の中へと入っていく。

陰の鎮守役である鬼は六十二体いると、千穂は言っていた。そのすべてが寄り集まってこそ、〝鬼八〟なのだ。

ある時点を境にして、光の柱が続々と炎の中へ消えていった。あまりに多くの光の柱だったために、これまでにどのくらいの鬼たちが集合したのかもわからない。すでにすべての鬼たちが〝邪魔〟の炎の中へ消えたとさえ知彦は思った。

千穂はどうなったのか？　もう彼女は千穂ではなくなったのか？「戦闘群体」の一部になったのか？

知彦を救うために、これが千穂の選択した答えなのだ。

しかし、それ以上、何の変化も見られない。千穂は……そして消えていったすべての鬼たちはどうなったのか？　相変わらず「戦闘群体」への〝邪魔〟の攻撃は四方から続いている。まさか、鬼たちは〝邪魔〟に灼き尽くされたというのか。

数秒が経過した。

〝邪魔〟が吹きつける炎の色に変化があった。炎の内部に白熱した物体があることがわかる。

その物体が急速に膨脹していく。

「あれが……」と明利は叫びかけて、そのまま絶句してしまった。目の前で起こっていることがあまりにも現実離れしていた。

明利が何を言おうとしているのか、知彦にはわかっている。「あれが〝鬼八〟なのか！」という言葉を呑み込んだのだ。

それは、さらに膨脹を続けた。今では、知彦たちの背後にあるロープウェー駅舎の数倍の大きさにまで膨れ上がっていた。その正確な姿は、まだわからない。ただ、千穂が地下で戦っていたときと同じ白い輝きが、眩しいばかりに放たれている。

巨大な発光体と言えばいいのか。すでにその輝きの前では、〝邪魔〟の放つ炎さえもが色褪《いろあ》せて見えるのだ。

だが、その巨大物体に、千穂の面影はかけらもない。

「千穂……」

初めて知彦は、千穂を失ったという実感を持った。千穂は自分を救うために〝鬼八〟化してしまった。

白く輝く巨体が立ち上がろうとしていた。「戦闘群体」だと千穂から聞かされていた。しかし、それは群体には見えない。一体の巨大な生命体なのだ。だが、光り輝いているから輪郭しかわからない。

〝鬼八〟が今、立ち上がろうとしていた。その頭頂部に、細く途方もなく長い二本の角のような突起が見える。だから、〝鬼八〟の名が付いたのだろうか。ただし、鬼のイメージとは程遠い。どちらかと言えば、その輝くものは……。

知彦も明利も、その瞬間に我を忘れた。〝鬼八〟の姿をもっと見極めるために退避壕から足を踏み出していた。

しかし、〝鬼八〟の全体像は朧月のように、ぼんやりとして今ひとつ焦点を結ばなかった。だから、知彦と明利は、さらに一歩、足を踏み出す。

〝鬼八〟の体のどこかに千穂がいないか、知彦は捜していた。しかし、どれだけ目を凝らしてもわかるはずはない。

〝鬼八〟に四方から向けられていた〝邪魔〟の火炎が消えた。攻撃が功を奏さないと諦めたのか？

おかげで闇を背景に、白く輝く〝鬼八〟の姿をしっかりと見ることができた。だが、それは一瞬だけのこと。

そこに油断が生まれていた。

そのとき知彦は、熱波と赤い光を頭上に感じた。

〝邪魔〟は〝鬼八〟への攻撃を諦めたというわけではなかったのだろう。ただ、その鉾先を何かの気まぐれで変えたのだ。

新たな攻撃は、知彦と明利に向けられた。

再び二人に向けて〝邪魔〟から放射された火炎が襲ってきた。

もう、退避壕へ引き返す時間も残されていなかった。そのまま〝邪魔〟の放った火炎に灼かれてしまうのか。

知彦は、そのとき目を閉じかけた。だが……炎は襲ってこない。

その寸前まで頬に感じていた熱波も感じない。感覚が麻痺したのか？

おずおずと上空を見上げて、知彦はその理由を知った。

知彦と明利の頭上に、白く輝く巨大な傘状のものがある。それに炎は遮られている。

そして知彦は、それが〝鬼八〟から伸びたものだということを知る。

〝鬼八〟の翼なのだ。白い光の柱の真ん中あたりから、あたかも傘のように広げられたものだ。その姿を見て知彦は、〝鬼八〟の姿がはっきりと確認できた。千穂の言っていた通りだ。

龍だ。

世界中に、架空の生物として共通して存在するもの。

光る二本の角状の器官を頭部に備えたその姿から連想するものは、龍しかない。

世界中の伝説の中に龍は登場する。空を飛び、爬虫類《はちゆうるい》を連想させる姿をしている。

中国では細長い身体だが、西欧では背中に翼を持つ。知彦は、太古の恐竜の生き残りを目撃した人々が龍に関する伝説を生み出したと聞いたこともあったが、今、目の前にあるものがさまざまな伝説に伝わる龍の原形ではないのか？

そういえば、八大龍王《はちだいりゆうおう》と〝鬼八〟には八という数字が使われているが、これも偶然ではないのかもしれない。とにかく、翼を広げた〝鬼八〟の姿は、まさしく龍を連想させるものだった。

〝邪魔〟の火炎攻撃が中断した。同時に、〝鬼八〟の翼が、もうひとまわり大きく広げられた。

〝鬼八〟が吠えた。〝邪魔〟を威嚇《いかく》しているのだ。〝鬼八〟が「戦闘群体」であり、巨大化した存在だといっても、〝邪魔〟のスケールからすればひとまわりも小さい。

果たして、〝鬼八〟に〝邪魔〟を鎮めることができるのだろうか？

知彦には、祈ることしかできない。

再び〝邪魔〟から〝鬼八〟に火炎が吐き出された。先程より炎は白熱化していた。攻撃力をより強めたのだと思われる。一瞬早く、〝鬼八〟は中空へ飛翔した。その後を〝邪魔〟の火炎が追う。

炎は〝鬼八〟のスピードに追いつくことはできない。〝鬼八〟は火炎を弾き返しながら、〝邪魔〟の巨大な体内へ突入しようとしていた。同時に、〝邪魔〟の無数の触手が絡み合って、一本の鞭《むち》のように変化して〝鬼八〟を襲う。

まさに直撃を受けた〝鬼八〟は失速し、大地に激突する。

地響きが走った。

知彦は千穂の名を叫んでいた。

〝鬼八〟はやられたのだろうか？　その放つ光さえも見失ってしまった。

「義兄さん。やはり、〝鬼八〟だけでは戦いに勝つことはできないのかもしれません」

明利の言葉で、知彦は我に返った。明利の言葉がどういう意味なのか、知彦にはわかる。

千穂が言っていたではないか。〝鬼八〟がその戦闘能力をフルに発揮できるのは、健磐龍命の指揮下にあるときだと。

〝鬼八〟だけでは、〝邪魔〟とは戦えない。その能力が十分に発揮できないのだ。

千穂からその話を聞かされたときは、現実感のない話に思えた。しかし、この状況を目《ま》の当たりにすると、信じざるをえない。

だが、本当に自分は健磐龍命の能力を引き継いだ者なのだろうか？

健磐龍命……そういえば、その名の中にも「龍」の文字を含んでいる。

自分が健磐龍命の力を備えているとすれば、どうすればいいのだ。もう、何も恐れるものはない。自分のために、千穂はすべての思い出を、そして人であることまでも捨ててしまったのだ。自分は何よりも大切な千穂を失ってしまった。もう、自分に残されたものは何もない。ただ、千穂がそれだけの決意で〝鬼八〟化した、その行為を無駄にさせたくはなかった。もし、自分が〝鬼八〟とともに〝邪魔〟と戦えるのであれば、なんとしても戦いたい。

「たとえどのような姿になっても、千穂さんだけは守りたい。明利さん、知っていたら教えてください。どうすれば、私は〝鬼八〟の戦闘能力を引き出せるようになれるんですか？」

知彦は明利に訊ねる。

「義兄さんが、〝鬼八つかい〟として健磐龍命になる存在だということはわかります。

しかし、どうしたらそうなれるのか。必要な儀式でもあるのか。ぼくは知らないんです。本当は、飛行機が墜落事故を起こしたとき、健磐龍命としての力が覚醒するはずだったのかもしれない。

「……どうすればいいんだ」

知彦の呟きに、明利は首を横に振った。

叩き落とされた〝鬼八〟はどうなったのか。そのことも、まだわからない。

知彦は〝鬼八〟が落下した方向に顔を向けて千穂の名前を叫ぶ。だが、なんの反応もない。

それから、〝鬼八〟の名を呼んだ。

二度、そして三度。

白い光が知彦に応えるように数度明滅した。斜面の向こう側に〝鬼八〟は無事でいるのだ。

「〝鬼八〟、教えてくれ。ぼくはどうすればいい。どうすれば、健磐龍命として力を使えるようになるんだ。〝邪魔〟と戦うには、どうすればいい」

斜面の向こうから、ゆっくりと白い光の本体が姿を現わした。

これほど鮮明な姿を見ることができるとは思っていなかった。

龍だ。〝鬼八〟は白龍だ。

〝邪魔〟がまた火炎を放った。同時に〝鬼八〟の翼がひろがる。知彦と明利を炎から庇《かば》うように。

知彦を守ることは、〝鬼八〟の本能のようだ。だからこそ、千穂は〝鬼八〟化を選んだのか。

「もしかしたら、〝鬼八〟を操るということは、〝鬼八〟と健磐龍命が一体となることではないでしょうか？」

明利がそう言った。一体化して操る……千穂と知彦は運命を共にするということなのか。

二人の前で、〝鬼八〟はその白く輝く姿を見せたまま、微動だにしない。翼で二人を守っているのだ。

それは、知彦、いや健磐龍命の命令を待っている従者の姿にも見える。いや、事実そうなのだろう。

知彦は〝鬼八〟に近づいていく。身体が自然とそう反応したのだ。

「どうすればいいんだ。〝鬼八〟……教えてくれ」

だが、〝鬼八〟は何の反応も見せない。知彦の声さえも届いていないようだ。

そして知彦は〝鬼八〟の白い光に手を伸ばした。

何の手応えもない。

〝鬼八〟はこの世の存在ではない。霊体なのだ。触れることはできないのだろう。しかし、これでは〝鬼八〟を操ることなど不可能ではないか。

「義兄さん！　あれは」と背後で明利が叫んだ。

彼方から、二人に向かって赤い光体が近づいてくるのが見える。

23

知彦は、赤い光体は〝邪魔〟の触手が新たに形を変えたものではないかと身構えた。あたりに降り注ぐ火山灰が視界を遮っているために、その正体は摑めない。

火口から響いてくる地鳴りに混じって、その赤い光体からは人工的な音が聞こえてくる。

一〇メートルほど近くに迫ってきた時点で、その光が何なのかがやっとわかった。オートバイのライトだった。それも排気量の多い大型のものだ。

明利は、先にその正体がわかったらしい。

「まさか……」と呟くように言った。「母さんのバイクだ」

明利にそう言われても、知彦にはピンとこなかった。明利の母といえば五十代の上品な女性だった。知彦の記憶にある千穂といくつかの共通点を感じたが、かいがいしく尊利を介護している姿が強く脳裏《のうり》に焼きついている。

とてもこのような修羅場に姿を見せるイメージはなかった。

本当に明利の母親なのか？

明利の言う通り、灰の降る中からオートバイが出現した。オートバイにはサイドカーが連結されていた。初めて苦辺家に着いたとき、駐車スペースに駐められていたバイクを知彦は思い出した。あれは、明利の母親のものだったのか？

フルフェイスのヘルメットを被っているので、バイクに乗っているのが母親の由布子かどうかはわからない。黒のジャケットを身に着けていて、その曲線でかろうじてライダーが女性かもしれないと思えるくらいなのだ。

隣を見ると、サイドカーにも人が乗っていた。

オートバイが停止してエンジンが切られた。明利が駆け寄る。知彦もその後を追った。

「明利、ご苦労さま。〝邪魔〟が暴走し始めたみたいね。千穂たちだけではとても〝邪魔〟は抑えられないって、父さんが言うのよ。対抗するには、健磐龍命の力がどうしても必要だって。まだ明利では荷が重すぎる。知彦さんに〝鬼八〟の力を引き出してもらうには、明利ひとりではまだ無理のようよ」

知彦の耳に、はっきりとそう聞こえた。オートバイを降りたのは、やはり明利の母親の由布子だった。ヘルメットとジャケットにはすでに白い灰が積もっている。ヘルメットをとろうとしないのはそのせいだろう。千穂に感じが似てはいるが、もう五十代のはずだ。これほどゴツいバイクを操ってここまで駆けつけたのは、知彦にとって驚きだった。

明利の母親は、そのままサイドカーに近づいた。知彦は、まさか……と思う。

「あなた、着きましたよ。明利も無事です。そして、知彦さんも」

サイドカーに乗っている人物も、由布子と同じようにフルフェイスのヘルメットを被っていた。まるで、腹話術師が扱う人形のように身じろぎもしない。しかし、それが誰なのか、知彦にはすぐわかった。尊利にちがいない。

「父さん、こんなところまで来て、大丈夫なのか？　さっき家を出るときは、意識を失っていたっていうのに」

明利が案じると、大丈夫だというように、尊利はサイドカーに乗ったまま右手を上げてみせた。

「阿蘇が噴火したでしょう。あの瞬間、父さんの意識が戻ったの。〝邪魔〟が暴走し始めた。千穂たちが〝鬼八〟になるときが来た。身を起こすなり、これから山の上へ連れていってくれって。私は明利のことが心配だったけれど、大丈夫だ、あいつもそこにいるからって」

由布子はそう言った。それで尊利をサイドカーに乗せてバイクを走らせてきたという。登山道が通行禁止になっているのはわかっていたから、地元の人しか知らない裏道を抜けてきたということだった。その行動力にも、知彦は舌を巻いた。

尊利は、再び手を上げて三人に集まれという仕草をする。明利が少し不安そうに空を見上げていた。〝邪魔〟の攻撃が気になったのだろう。上空は、〝鬼八〟が広げた白い光の翼が四人を守ってくれている。周囲の空が時々毒々しい赤い色に染まる。〝邪魔〟から火炎が放たれているのだろう。

三人が尊利を囲んで、顔を近づけ合った。尊利が皆を手招きしたのは、それなりの策があってのことだろうと知彦は思っていた。

尊利は、ヘルメットを明利にはずさせた。それから、明利と知彦の顔を交互に見た。

「明利には力を伝えたつもりだったが、まだすべてを吸収しきってはおらん。鎮守役のまとめとしては、まだ未熟な部分があったのでな。ただそんな悠長なことを言っていられなくなったので、由布子に頼んで連れてきてもろうた。もう、わかっとるだろうが、知彦さん。いよいよ健磐龍命として、〝鬼八〟を操るときが来たようだ」

「それは、米塚の地下で千穂さんから聞きました。千穂さんは悩んだ末に、私を守るために〝鬼八〟になることを選択したのです。ここで私たちのために、その翼で守ってくれています。私も健磐龍命としての力を発揮して、早くともに戦いたいのですが……、どのようにすれば、〝鬼八〟を操ることができるのかわからないのです。自分が本当に力の継承者なのかもわかりません。もし本当に自分が健磐龍命の力を継ぐ者であれば、教えてください、どうすればよいのか」

尊利と由布子は感慨深げに頭上の白い光を見上げた。そこには〝鬼八〟化して「戦闘群体」の一部となった千穂がいるはずなのだ。しかし、自分の娘であるという片鱗《へんりん》はどこにも残っていない。

「千穂」と呟くような由布子の声が聞こえた。

知彦を凝視して、尊利が枯れ枝のような指を向けた。

「大丈夫です。健磐龍命の力の継承者である知彦さんを千穂が見出したことも、おたがいが魅《ひ》かれ合ったことも、すべてが定められたことだったのですから。そして、千穂がひとりで鬼として〝邪魔〟に立ち向かおうとしたことも、それでは〝邪魔〟に対抗できない、知彦さんを守ることはできないと悟り、〝鬼八〟となって〝邪魔〟と対決する道を選んだことも、すべて必然だったのです。その一つずつの段階を経ることによって、千穂は世俗の煩悩を捨てて完璧な〝鬼八〟となることができるのです。今の千穂に悔いはないはずです。

知彦さんも千穂とともに〝邪魔〟と戦う決意を固められた。その気持ちだけで十分なのです。これから〝鬼八〟を操ろうとすれば、自然にそのようになります。何も案じることはありません。能力をお持ちなのだからすぐに目醒めるはずです。私が明利に伝えます。明利は、知彦さんを〝鬼八つかい〟の健磐龍命に変えることができるはずです」

尊利の語ったことは、知彦にとって辛《つら》いことだ。東京で千穂と知彦が愛し合ったことも、あらかじめプログラムされたもののようではないか。そうではない。自分と千穂は本当に愛し合っていたのだ。千穂は悩みに悩んで、「戦闘群体」の一部となることを選択したのだ。けっして最初から組み込まれていた道ではなかったはずだ。

そのことは伝えるべきだ、と知彦は思った。

「わかりました。私にできるのなら、やります。千穂さんたちとともに〝邪魔〟と戦います。でも、その前に、言わせてください。仰言《おっしゃ》る通り、私と千穂さんは決められた出会いだったのかもしれません。しかし、それからの日々の中ではおたがいを気遣い深く愛し合った。それは予定されていたこととは思えません。私と千穂さんが二人で育《はぐく》んできたものだと信じています」

それまで開いているのか閉じているのかさえわからなかった尊利の目が、大きく見開かれた。それから、大きく一回頷いた。

「そうですな。失言してしまったようだ。千穂も知彦さんのことを真剣に考えていたんだ」

由布子がいたわるかのように尊利の肩に手を置いた。

「もし、千穂さんが役目を終えたら、また元の姿に戻れるのですか？」

知彦はそれが知りたかった。まだ、かすかではあるが望みを抱いていた。もしも知彦が〝鬼八〟とともに戦い、〝邪魔〟を鎮めることに成功したとすれば、元の千穂に戻れるのではないか、と。

「残念ながら、千穂が言っていた通りでしょう。〝鬼八〟になるということは、人であった思い出も何もかも捨てるということ。後戻りはできないということです。思い出どころか、すでに千穂は人ではない。〝鬼八〟の一部でしかない。それから、知彦さん。あなたも健磐龍命の力で〝鬼八つかい〟として行動するなら、それが知彦さんにどのような結果をもたらすのか、予測がつかない。私の代では初めてのことですからな。それは申しておくべきかと思います」

「かまいません。後悔はしません。私も、千穂さんとともに戦わせてください」

知彦は、きっぱりとそう言いきった。

明利が、そこで少し不満そうに口を挟んだ。

「義兄さんもさっきからそう言うので、ぼくがなんとかできないかとやってみた。けれど、義兄さんから健磐龍命の能力を引き出すことはできなかった。今までなかった力が備わったから、父さんの能力をすべて引き継いだと思っていたのに。ぼくの能力はまだ不完全なのか？」

「そうね。だから、父さんがどうしても自分が出向かなければいけないって。こうやって母さんが連れてきたのもそのためよ」

そう言って、由布子は首を横に振った。

「完全に父さんの力を引き継ぐには、明利には欠けているところがある、まだ少し早いようだからって。それが備わればば父さんの代わりはできるようになる。だから、今は自分が出ていかねばならん、って」と尊利の代弁をした。だからこそ、衰弱した身体に鞭打ってこんな危険な場所に駆けつけてきたのだろう。

「欠けているものってのは、何？」

今度は尊利が口を開いた。

「明利は、まだ自分の後継者を持っていない。おまえが妻を持ち、おまえに子供ができれば、自然と力を引き継ぐ。そこまでは至っとらんだろう。そのときまでは、仕方がない」

「あ……」

尊利の言葉で、明利は腑に落ちたようだった。同時に凄まじい轟音が響いた。再び地面が大きく鳴動した。皆がまともに立っていられないほどだ。周囲がすべて朱色の光に染まっていた。

知彦は見上げるだけで精一杯だ。知彦たちを火山灰から守っている〝鬼八〟の翼も、灼熱のためだろうか、純白だった輝きが赤く変化している。広げられた翼に、ところどころ黒点化しているところが目立ってきた。

そして、翼の向こうの火口から、〝邪魔〟が想像を絶する姿を現わし始めていた。先程とは形状が変化しているようだ。これが〝邪魔〟の最終的な姿なのか。まさに邪悪の権化《ごんげ》としか言いようがない。巨大なる醜悪。これまで人の手で描かれてきたすべての悪魔図が、天使の絵に見えてしまうほどだ。

「あれが、〝邪魔〟の本当の姿なのか。なんという……」

明利が中空を見上げたまま、足をよろつかせた。圧倒されているのだ。「義兄さん。あれと戦うなんて無理だ」と力なく首を振り続けた。

「火炎と煙の勢いが変わったわ。これまでとはちがう。これって、桁違《けたちが》いの爆発的噴火が起こる兆しじゃないの？　火口縁が崩壊して、火山弾が噴き出してくるかもしれない。早くここから避難した方がいいわ」

由布子が言った。

「母さんは、あの巨大な怪物が見えないんですか？　あれが〝邪魔〟なんだよ」と明利が叫んだ。だが、一般人の由布子には、火口から屹立《きつりつ》した〝邪魔〟の姿を見ることはできないのだ。代わりに火口近くに見える炎と溢れる溶岩、岩漿《がんしょう》、そして稲光に不安をかきたてられているのだ。

知彦の目には、それがすべて、〝邪魔〟の荒ぶる体内での現象のように見えた。〝邪魔〟が見えないということは、由布子にとっては幸いなことなのかもしれない。

「父さん、母さん。岩陰に隠れていたほうがいい」と明利が二人を庇う。

それまで人形のようにサイドカーの中に座り込んでいた尊利が、突然に身を起こした。

手を伸ばして、左手で明利の、右手で知彦の手首をしっかりと握りしめた。

「明利、知彦さんの肩を握るんだ。それから、心を集中させろ。知彦さんの力を覚醒させる」

明利は驚いたように知彦の顔を覗き込み、それから尊利に問うた。

「心を集中させるって、どうやればいいんだよ。何を考えればいいのか、わからないよ」

「やり方は関係ない。自分の力を知彦さんに注ぎ込むつもりで念じればいい。自分を信じてな。私なら明利の中に欠けているものを補うことができる。触媒だよ。知彦さんに触れて健磐龍命を呼び覚ませ！」

尊利が声を震わせた。その気迫に明利は黙って従った。

明利が知彦の肩を握る。肩に痛みが走るほど、明利は強く握りしめた。

知彦の周囲のものすべてが真っ赤になるのがわかった。〝邪魔〞が火口を離れようとしている。巨体をのたうち回らせて、忌わしい色にあたりを染め上げている。

「とんでもない量のマグマが噴き出している。外輪山の内側は、すべて灼けてしまうかもしれない」

由布子には、〝邪魔〞の姿は岩漿の噴出にしか見えていない。

地面が繰り返し激しく揺れる。精神を集中させるどころではなかった。身体が倒れそうになるほどの震動なのだ。

知彦は尊利に握られた左手首に痺《しび》れを感じている。と同時に、明利が触れている肩のあたりから、熱いものが体内に入ってくるのを感じた。肩から胸。胸から全身へとひろがっていく。思わず知彦は明利を見た。

明利はまるで催眠状態にでもあるかのように、立ちつくしたまま顔を伏せ、目を閉じていた。全神経をどれほど知彦に集中させているかということは、全身を微かに震わせていることでわかる。

知彦は、無意識に空を見上げた。

上空には〝鬼八〟の翼がある。広げられた翼は知彦たちを守っている。〝鬼八〟の全身は、先程までは白い光だったのだが、今では〝邪魔〟の攻撃を受けて赤黒く爛《ただ》れてしまっているように見えた。〝鬼八〟は今、その能力を知彦たちを守るためだけに費やしているのだ。

本来であれば〝邪魔〟を鎮める存在の〝鬼八〟が、そのためにひたすら耐えているのだ。

〝邪魔〟の火炎で〝鬼八〟の身体に陰影ができていた。その陰影が、知彦にはあたかも千穂の面影のように見えた。

千穂が……〝鬼八〟が身を挺して守っていてくれる。その瞬間知彦の内部で千穂と過ごした日々が走馬灯のように浮かび上がった。初めて千穂と出会った日に交わした言葉。寒い日に身を寄せ合って温め合った部屋。手を取り合って歩いた川辺の散歩道。知彦のために一生懸命に工夫して千穂が食事を作っている姿。いつも一緒だった。別れる日など絶対に来ないと信じていた。まさか、こんな運命が待っているなんて。

「すまない、千穂」と呟く。「もう少し待ってくれ。ぼくも一緒に戦う」

そのとき知彦は、心の底から強く念じていた。心から愛していた千穂のために、今、自分ができることと言えば、ともに戦うことしかないではないか。そうならば……。

そのとき、知彦は気がついた。

上空で自分たちを庇ってくれている〝鬼八〟の翼が下がってきた。

ひょっとして、〝邪魔〟の攻撃の前に、〝鬼八〟は敗れたのだろうか？

ある位置まで下がると、翼は落ちるような急降下に変わった。知彦は〝鬼八〟に押し潰されると直感した。肩をすくめたが、目を閉じはしなかった。

全身が何かに覆われるのを感じる。確かに〝鬼八〟の下敷きになったはずだったのに、不思議なことになんの衝撃もない。

そうだ、〝鬼八〟は霊体化した存在の集合体だったはずだ。重さはないのだ。

同時に、知彦は自分自身に起こっている変化に気づいた。

さっきまで、尊利に左手首を、明利に肩を握られていたはずだ。

その感覚が完全に消失してしまっているのだ。それどころか、自分の周辺に人の気配がなくなっていた。

今は〝邪魔〟の放つ忌わしい赤の世界ではなかった。千穂たちが寄り集まって生じた〝鬼八〟そのものの純白の輝きの中にいるのだ。

浮遊感があった。

つい今まで鳴動する地面の上で、知彦は激しく揺られながら必死でバランスをとっていたはずだ。その必要もなくなっていた。

地面から足が離れている。浮いているのではなく、上昇を続けている。

知彦は思った。自分は大山知彦という肉体を脱ぎ捨てたのではないだろうか？

すべてが軽い。軽くなっている。

千穂も似たような感覚にあるのかもしれないと想像した。

これが健磐龍命になるということか？　具体的なことは何もわからない。そうだとすれば、これからどうするべきなのか？　でもどうやって？　千穂とともに、〃鬼八〃と対決しなければならないのだ。〃邪魔〃とともに、どうやって？

「押すのよ」

その瞬間、千穂の声が聞こえた。間違いない。しかし、群体化して千穂という存在はなくなったのではなかったか。しかし、今の声は確かに千穂のものだった。

押す――というのは、どういうことなのかわからない。

知彦はさらに上昇を続けているのがわかった。

突然、白の世界から赤の世界に飛び出した。

そして、自分がどこにいるのかを、知彦は知った。左右に白く輝く柱がある。それは「戦闘群体」〃鬼八〃の角だ。

知彦は、今、〃鬼八〃の頭部、二つの角の間にいるのだ。

24

凄まじい速度で上昇しているのだが、風圧はまったく感じない。

風圧だけではない。知彦には自分が何かに摑まって飛翔しているという感覚もない。

白く輝く龍の如き〝鬼八〟の頭部にいるということはわかる。そこで、信じがたい飛行を続けていることもわかる。

だが、なにゆえに全身の感覚がないのかはわからない。

これこそ、健磐龍命の力が覚醒したということなのか。

だが、そのようなことを論理的に考えても意味がないのだろう。

確実にわかる衝動がある。

〝鬼八〟とともに荒ぶる〝邪魔〟を鎮圧しなければならないという思念が、自分の奥深いところから幾度となく突き上げてくるのだ。

自分は、愛する者と一緒に戦う心地よさに満たされている。

人であったときから、一心同体のようだった。名前はなんといったか？　ぼんやりとしている。ちほ……そんな名だったような気がするが、どうでもいい。今は愛する者とともに、〝邪魔〟に立ち向かうことが重要なのだ。

なぜ、こんなに遅くなってしまったのか？　いや、今こそが戦うべき正しいタイミングなのだ。

自分が何者であったかという記憶も、ぼんやりとしている。それなのに、愛する者の声だと認識したのはなぜか？

「押すのよ」

それは、愛する者の声であれば信じられるからだ。だから自分には、ちほの声として聞こえたのだ。

それが何を意味するのか、わからない。しかし、それでかまわないと考えていた。時機が訪れたら、「押す」ことの意味も自然とわかる。そんな予感があった。

どこまで上昇を続けたのか？

突然、闇と炎の共存する爛れたような世界から飛び出した感覚があった。

やはり浮かんでいる。阿蘇の五岳を一望できる中空にいることがわかった。

この場所からであれば、〝邪魔〟の全体像が見える。

〝邪魔〟は、まさに定まった形のない巨大怪物だった。

触手とは別に、移動のための偽足のようなものが何本もあった。噴火口からすでに数歩を踏み出し、その足に踏み潰された場所は火炎を上げている。全身から常に火山弾を吐き出していた。

進む速度はそれほど速くなかった。偽足の数本は変形を繰り返している。無数の触手が振り回され、その触手の中に閃光が見える。中岳から仙酔峡《せんすいきょう》方向へ続く斜面を滑り下りようとしている。

偽足の間から炎が噴き上がる。そして、五岳の方々に亀裂が走る。

五岳そのものが、劇的な変化を遂げようとしていた。亀裂の方々から水蒸気による白煙が噴き出している。少し前までは、そのような地表変化は起こっていなかったのだ。

また、他の亀裂からは、熱で溶けた岩が止めどなく溢れ出している。赤くなった岩は、外輪山内部に流れ出そうとしている。

自分が愛した存在とともに〝邪魔〟を鎮める。この託された力を使いきったときに、自分の役目も終わってしまうのかもしれない。しかし、それが自分の存在意義であるというのであれば、それでかまわない。

噴火口から出現した〝邪魔〟だけがすべてではないようだ。亀裂の中から、別の触手らしきものも見えている。それは、新たな〝邪魔〟が生まれようとしているということなのではないか。普通の人には火山活動にしか見えないだろう。〝邪魔〟は、人の心にあった煩悩や憎悪などの負のエネルギーが吸収、蓄積されたものだ。新たな触手の誕生は、それが溜まりに溜まっていたということの証《あかし》なのだ。

時間に余裕はない。

〝邪魔〟をどうやって鎮めるのか？

そう考えた瞬間、上昇が止まった。

そしてわかった。自分は健磐龍命と名付けられた存在なのだ。どうやる、とか、何をすべきか、はわかっているのだ。

「押すのよ」という言葉は、感じるままに反応すればよいのだと教えてくれたのだ。しかも素直に受け入れられるように、ちほという愛する者の声で。それが一番疑いようもなく受け取れる言葉にちがいないからだ。

膨脹した〝鬼八〟は空中に停止していた。

まだ、押していない！

〝鬼八〟の上で、そう感じたときだった。体が急降下を始める。

〝邪魔〟の中で、無数の赤い目玉のような器官が睨んでいた。触手のすべてが、こちらを向いている。忙しなく蠢いている。同時に、目玉の周囲から火炎が放たれていた。

不思議になんの恐怖も感じなかった。自分が無敵になった感覚があるだけだった。

これが〝鬼八つかい〟の感覚なのか。

〝鬼八〟の白く輝く長い巨体がくねると、火炎は折れ曲がり、あらぬ方角へと逸《そ》れていった。

炎をかわしたのだ。

火炎を全身に受けていたら、〝鬼八〟はダメージを受けたのだろうか？

それはわからない。ただ、〝鬼八〟の能力の一部は垣間見《かいまみ》られた気がする。速いというより、途方もない瞬間移動能力と呼んだほうがいいような動きだ。

初めてではない。

ふとそんな思考がよぎるのを感じた。既視感というやつなのか？　太古より阿蘇の大地が人の邪念を吸収し続け、飽和状態になり〝邪魔〟を生み出す。猛る〝邪魔〟を健磐龍命が〝鬼八〟を使って鎮圧する。

阿蘇という地では、それが時間を超えたシステムとして繰り返されてきた。起源がいつなのかはわからない。

ただ、この阿蘇の地では、これからも未来永劫《えいごう》続いていくだろうということはわかった。

そして、健磐龍命が「戦闘群体」〝鬼八〟を使うコツこそ、「押す」という感覚のはずだ。人としての「押す」という感覚とは、まったくの別ものだ。健磐龍命としての力を覚醒させて初めて感じることなのだ。

炎の攻撃は間断なく続く。〝邪魔〟という怪物は、火口縁から仙酔峡へ続く鷲ケ峰《わしがみね》に偽足をかけようとしていた。このまま火砕流と化して、阿蘇の牧草地のすべてを焦土にするつもりなのだ。

そんなことはさせない。

その想いが衝動として湧き上がる。無意識に名前を呼んでいた。叫びながら自分でも驚く。

「ちほ」

まだ、ちほと呼ばれた存在であったときの記憶のかけらが残っているのか。だが、まだ「押す」という感覚が摑めない。

返事はない。〝鬼八〟はひたすら旋回しながら〝邪魔〟に接近していく。そう……すでにちほと呼ばれていた存在は、その思い出のすべてを喪失して「戦闘群体」の一部と化しているのだ。

自分は、そうやって救われた。ちほに、〝鬼八〟に。だから今、その想いに全力で応えるのだ。健磐龍命と呼ばれる存在として。阿蘇を〝鬼八〟とともに守る者として。

ちほが、〝鬼八〟が、十分に力を発揮して〝邪魔〟と戦えるように。

だが、まだ「押し」ていない。猛スピードで〝邪魔〟に向かう。またしても三筋の炎が襲ってくる。その炎を巻くようによけた。草原を舐《な》めるように赤い炎が拡散していく。そのまま炎が追ってきた。宙に逃げる。埒《らち》があかない。

突然、イメージが浮かんだ。そして思い出した。

さっきまで一緒にいた人たち。明利。尊利。由布子の顔だ。

炎の中にいるのか？　すっかりこれまで忘れていた。

「義兄さん、大丈夫？」

明利の声が響いて聞こえた。いや、これは声ではない。思考がそのまま伝わってきたのだ。案じてくれている。

「義兄さん、退避壕の下に逃げ込んだから、ぼくたちのことは心配しなくていい。義兄さんはうまくやっているね」

何か、隅っこにひっかかっていたつかえが取れたような気がした。何がひっかかっていたのだろう。これでうまくやっているって？

わからない。現実感がない。だから恐怖心もないのか？　自分がここに存在しているのに、存在していない。そんな矛盾した感覚がつきまとっているのは、人として考える必要がなくなったからだろうか。限りなく現実に近い夢を見せられているかのようだ。

明利の声が響いた。

「父さんから、大昔に〝鬼八〟が〝邪魔〟と戦ったイメージを伝えてもらった。義兄さんならわかるはずだ。今、そちらに送るから」

明利がどこにいるのか、わかるはずもない。しかし、尊利がいにしえの戦いのイメージを送るというのは、それが必ず役に立つという確信があるからだろう。

もう、この状況では、中途半端な幕切れというものはない。どちらかが消滅するまで続くのだろう。

闇の中で忌わしい赤だけが走り回る光景が一転した。黒い膜が剝がれ落ちたように、視界が一転した。いにしえの戦いのイメージが流れ込んでくる。

突き抜けるような青空があった。昼間だ。阿蘇の五岳だ。そこに巨大な〝邪魔〟がいる。形は異なっている。巨人の身体から数十本の腕が生えてのたうっていた。巨人を連想するが首から上はない。代わりに胸のあたりに光る目玉が複数ついている。その目が放つ光は、知彦が知る〝邪魔〟の光そのもの。姿はちがっても、その荒ぶる怪物が〝邪魔〟であることがわかる。

〝邪魔〟は出現の条件によって、その形を変えるのだ。無数の腕が谷や森林に触れると、樹々は瞬時に燃え上がり、谷を走る渓流も水蒸気と化した。

その光景を知彦は第三者の目で眺めている。これこそ、尊利の潜在意識の下《もと》にあり、明利を経由して見ることができる太古に起こった〝邪魔〟の暴走の様なのだ。そして、彼方から韋駄天《いだてん》をもしのぐ速度で天空を滑りくるものが見える。それこそが、かつて阿蘇を守った存在、〝鬼八〟である。〝邪魔〟をも圧倒する、白く長く巨大な輝き。〝鬼八〟はやはり龍だ。そして〝鬼八〟の頭部の上に光る珠《たま》。あたかも〝鬼八〟を導いているかのように見える。あの光る珠こそ、健磐龍命なのだ。

そのまま、恐れることもなく〝鬼八〟は〝邪魔〟に激突する。〝邪魔〟はダメージを受けた様子もない。逆に猛り狂いその腕をより大きく変化させて〝鬼八〟を捕まえようとする。〝鬼八〟はくぐり抜けて再び体当たり攻撃を与えた。

変化はない。

〝邪魔〟は四方に稲妻を走らせた。それが〝鬼八〟に触れ、その巨体を弾くが、〝鬼八〟はすぐに体勢を立て直す。

何度目かの〝鬼八〟の攻撃が行われたとき、それまで互角と思われた状況に変化が起きた。〝邪魔〟の腕の一本がちぎれた。それが拮抗状態の崩れるきっかけとなった。光る珠に誘導されて〝鬼八〟が次の一撃を加える。すると〝邪魔〟の上部がほんの少しだけ欠けるのがわかった。そんな激突が数十回も続くと、明らかに〝邪魔〟が小さくなっていくのが見てとれた。

それからは早かった。

一定の規模に〝邪魔〟が縮小すると、〝鬼八〟の身体が裂けて、そこから〝邪魔〟にダメージを確実に与える冷気塊を吐きつけた。冷気塊を受けた溶岩は、みるみる黒褐色に変化し、凝固した。

それで勝負は決したようだ。〝邪魔〟は、次第に全身を硬化させていく。それを見逃さずに、〝鬼八〟は〝邪魔〟の全身に巻きつき、光の枷《かせ》となった。

新しい光景に切り替わった。

阿蘇の五岳の斜面の方々に、同時発生的に陥没が起こる。その陥没した地点のそれぞれから、醜悪な物の怪たちが姿を現わす。それはさっきの巨大な〝邪魔〟とは異なっているが、同質の忌わしき存在であることがわかる。鎮守役たちにも止めることはできず、ある時点で、物の怪は集《つど》い吸収し合って〝邪魔〟と化した。ただし、今度の形状は、五岳の斜面すべてに拡がり、意志を持った巨大粘液のようだ。表面から無数の泡を放ち、泡は浮上し、破裂すると中から灼け爛れた溶岩を吐き出した。

今度は、〝邪魔〟の斜面の一番下部にかかった位置を〝鬼八〟は冷気塊で攻撃した。マグマは瞬時に凝固し、黒褐色の岩と化す。その冷却された部分が斜面下部へと拡がっていき、中岳の噴煙だけを残して〝邪魔〟は消滅した。

目の前には、暗黒と邪悪な赤い炎の群れが残っている。いにしえの戦いのイメージは終わったのだ。

目の前に立ちはだかっているのは、今、そこにいる現実の〝邪魔〟だった。

わかった！　と思った。

千穂の声が「押すのよ」と言ったことも。送られてきた〝鬼八〟の戦いのイメージの意味も。

必ず勝てる。攻撃を加え続ければ、必ず突破口は開ける。だからこそ太古から〝鬼八〟と健磐龍命で〝邪魔〟を鎮めてきたのだ。

尊利と明利に感謝する。

上空へと飛翔した。そのまま真下の〝邪魔〟に急降下した。

千穂と一緒に、健磐龍命として戦うのだ！

〝鬼八〟を「押し」た。いや、現実に押したのではない。そのような思いが走っただけだ。「それでいいのよ！」と千穂の声が聞こえた。

かつての健磐龍命の化身にも、そのような声が届いたのだろうか？　そんな疑問が脳裏をかすめたが、深く考える余裕はなかった。

下降を続けながら、手応えを感じている。

先程まで明利が送ってくれた太古の戦いと同じように、〝鬼八〟が冷気塊を放ったのだ。

だが、放たれた冷気塊の勢いと量の凄まじさは、イメージとはまったくちがう。明利から伝えられたイメージが遠景だったからだろうか。

冷気塊は、噴火口縁の灼熱で溶けた岩を踏みしだくようにしていた偽足に命中した。瞬時にしてその周囲は黒褐色の岩と化した。

〝邪魔〟の偽足の一部が動きを封じられたのは間違いない。

明利が見せた太古の戦闘イメージでもそうだった。すぐには形勢の変化は見てとれない。しかし、幾度も〝鬼八〟が攻撃を加えることで、状況は変化していった。諦めずに〝鬼八〟に攻撃を続けさせることだ。

再び、〝鬼八〟を高みへと導いていく。東の空が白んでくるのがわかる。夜が明けたのだ。だが、〝邪魔〟の変化は微々たるものだった。鮮明に青空が現われることはなかった。〝邪魔〟はそれ以上成長することはないようだが、その頭上は噴煙による火山灰で太陽の光を遮っている。

〝邪魔〟を足止めして新たな侵攻は食い止めている。かつての健磐龍命と〝鬼八〟のように、諦めずに繰り返すことだ。

〝邪魔〟に新たな攻撃を加え続けた。ただし、すべての攻撃で冷気塊を放てるわけではないのだ。何度かに一度、「押す」という衝動が湧き上がる。

そのときこそ、本当に「押せる」のだ。だからといって、「押す」ことができないときも攻撃をやめることはできない。一度巨大化してしまった〝邪魔〟を鎮めるまでは、戦いは終わらないのだ。

何度攻撃を加え、そのうち何度「押す」ことができたか。

ある時点から、昼夜の移り変わりがどうでもよくなっていた。そして、自分の中で思い出すことができた千穂のイメージが朧げに思えてきたときだった。

突然に、〝鬼八〟から離脱するのがわかった。

〝鬼八〟が凄まじい勢いで噴火口に突入していくのが見える。

それまでの経過が記憶から欠落していた。

〝邪魔〟は？

〝邪魔〟が縮小している。無数の触手を、中岳の火口の中で暴れさせているにすぎない。

戦いの均衡が崩れた。〝邪魔〟を地下に封じ込めようとしている。凄絶《せいぜつ》な戦いの末に、一気に戦局が変わったのだ。攻勢に転じた後の勝負は、早かったのかもしれない。

しかし、〝鬼八〟は何をやろうとしているのか。

そのときに聞いた声は、言葉になっていなかった。それは何を伝えたかったのかもわからない。しかし、声が千穂のものであることだけはわかった。〝鬼八〟になって人であったときの記憶をまったく消失しているはずだった。だが……。

眼下で、白く輝く巨大な光の柱が火口に侵入するのが見えた。そして、〝鬼八〟が〝邪魔〟の中枢に特攻をかけたのだということもわかった。

最後の瞬間は、目もくらむ光の爆発だった。

視界のすべてがくるくると回った。

これが健磐龍命の化身としての消滅を意味するのかという思いがよぎったのを最後に、意識が途切れた。

25

ここは、どこだろう？　と知彦は目を開く。

足音がした。見知らぬ若い女性が縁側から知彦を見て、目を丸くした。慌てて廊下を走り去る。古民家のようだ。

ぼんやりと天井を見た。ここは千穂の実家ではないのか？　なぜ、苦辺家の一室にいるのか？　誰が自分をここへ運び込んでくれたのだろう。

これが現実の世界だ、と知彦には思えた。これまでは長い長い夢を見ていたのだ。

廊下をいくつかの足音が近づいてくる。部屋に入ってきた男が声をかけた。

「義兄さん、大丈夫ですか？」

明利の声だ。

「はい、大丈夫です」と知彦は答えて驚いた。

明利に間違いない。だが、白い着物姿で、鼻から顎にかけて髭《ひげ》を生やしているのだ。

あれから、どれだけ経ったというのか。そして明利の横には、母親の由布子、そして先程の見知らぬ女性がかわいらしい男の赤ちゃんを抱いて座っていた。

「ご苦労さまでした。義兄さんのおかげで、無事に〝邪魔〟は鎮まりました。ずっと応援しておりました」そう言って、若い女を紹介した。

「家内の弥津子《やつこ》です。こっちは長男の成利《なりとし》です」

赤ちゃんを明利に預けた若い女性は、知彦に深々と頭を下げた。明利にお似合いの、瓜実顔《うりざねがお》の上品な雰囲気の女性だった。知彦は慌てて身を起こしたが、何か割りきれないものを感じていた。明利に婚約者がいたという話は聞いていなかった。まして子供のことも。

「尊利さん……は、お休みですか？」

知彦は、明利に訊ねた。

「父は、あの戦いが始まった三年前に体調を崩したまま闘病を続け、噴火がおさまるのを見届けるかのように、半年前に亡くなりました」

それを聞いて、知彦は違和感の正体を悟った。

〝邪魔〟と健磐龍命の戦いは、三年前から続いていたのだ。その間、〝鬼八〟を操る健磐龍命の〝邪魔〟への攻撃が繰り返された。それはあくまでも〝邪魔〟と健磐龍命、〝鬼八〟の次元でのことだ。

現実世界では、二年半にわたり阿蘇の大噴火が繰り返されたというのだ。中岳火口の突然の大噴火に始まり、杵島岳のマグマ噴出、草千里ヶ浜の陥没と火口化と、これまでの阿蘇の火山活動の歴史からは考えられないほどの大変動が続いたという。

知彦の記憶にあるのは、せいぜい一昼夜程度の認識だった。だが、現実の世界では、それだけの時間が経過していたのだ。

知彦が健磐龍命として〝鬼八〟とともに戦い続けている間に、苫辺の家では新たな出来事があった。明利の結婚と長男の誕生、そして鎮守役のまとめ方の継承。尊利の死。

そして半年前、阿蘇はかつての穏やかさを取り戻したという。明利は尊利の役割を完全に引き継いだのだと、話を聞きながら知彦は思った。だが、父や祖父の老化現象を見て明利は、鎮守役のまとめ方を継ぐことに恐怖を感じていたのではなかったか？　それとも覚悟を決めたのだろうか？

知彦は明利から、尊利が亡くなってしばらくして、自分が南外輪の冠《かんむり》ヶ岳《がだけ》近くの草原に倒れていたのを発見されたと聞かされた。発見者が鎮守役の家のもので、苫辺家に知らせがあったのだという。

それから半年もの間、意識が回復しなかった。不思議なことに、知彦の全身はうっすらと白光に包まれたまま、衰弱することもなく眠り続けた。眠らせておけばいいと〝わかった〟明利は、そのまま知彦を苫辺家に引き取り、今日まで明利の妻がずっと知彦を介抱していたのだそうだ。知彦の帰還を誰よりも喜んだのは明利だった。

後に明利が語った。

「鎮守役まとめ方を継いでから、初めて知ったことがあります。義兄さんが、戻ってきて〝わかった〟ことです。これまで健磐龍命と〝鬼八〟が戻ってきた例《ためし》はないんです。最終的な結着は、これまでは常に〝邪魔〟と健磐龍命の道連れで幕を閉じてきたんです。健磐龍命と〝鬼八〟の特攻です。これまで一つの例外もない。姉さんが、義兄さんの思い出を失うから、と言っていましたが、そんな生易《なまやさ》しいものじゃない。そして、人間としての記憶のすべてをなくしたはずの〝鬼八〟が、健磐龍命の化身である義兄さんを最後の特攻で切り離した。ひょっとして〝鬼八〟の一部になっていた姉さんが、義兄さんを守ろうとした結果ではないかと思えるのです。いにしえの戦いのイメージにはこれまで一つも残されていない。〝鬼八〟と健磐龍命は、最後に〝邪魔〟と相討ちして消滅するというのが、定石《じょうせき》のようなものだったのです。健磐龍命の化身だけが残ったというのは、奇跡としか考えようがありません。なぜ、義兄さんが助かったのかと考えたら……〝鬼八〟の中の姉さんに、義兄さんを守りたいという気持ちがまだほんのひとかけら残っていた……そんな気がしてならないのです」

知彦は頷くことしかできない。千穂が知彦との思い出をすべて失い、人であることをやめ、そしてそれでも知彦への思いを自分でもわからないままに持ち続けていたなんて。愛とは忘れるものではなく、染《し》みついてしまうものなのか。溢れる涙を止めることができず、布団を両手で強く握りしめた。

明利は続ける。

「そのことが、ぼくに希望を与えてくれたんですよ。父の跡を継いでから、能力が備わり始めることにやはり恐怖を感じていました。父と同じように、急速な老化が待っているのではないか。祖父もそうだったし、そして父もそうでした。逃れることができない運命なのだと思っていました。でも、今はちがう。義兄さんのことも、もう還《かえ》ってこないと諦めていた。でも、ちがった。決まった運命などないのだ、義兄さんが還ってきて、そう感じることができたんです。鎮守役まとめ方の呪われた体質が果たして発現するのかどうかわかりませんが、諦めずに挑戦していこうという気持ちになれました。義兄さんも元気に還ってきてくれましたしね」

すべてが夢だったような気がする。だが、苫辺家は尊利の代と同じ機能を取り戻しているようだった。鎮守役の人々が、明利を慕って定期的に集まってくる。今回の噴火で鎮守役を失った家からは、新たに〝基〟を守る人が名乗り出て、明利に報告に訪れるのだ。

噴火の爪痕《つめあと》は残るものの、阿蘇の地は日常を取り戻したようだ。

知彦は健磐龍命の化身となって、一つだけ知ったことがあった。

今回の事件の渦中で、〝大破砕〟に至るパワースポットは、そもそもこの世に存在しないほうがよいのではないかと考えたことがあった。だが、それはちがった。

人間は、知恵と同時に、その双子とも言うべき欲望や煩悩を与えられた。もし、パワースポットがなければ、人間は肥大しやすいそれら負のエネルギーに呑み込まれ、今のような繁栄を手にする前に滅びてしまっていたということだ。

人間という存在を生み出した何者かは、人間に〝何か〟を託し、代わりに種《しゅ》として永らえていけるように、パワースポットという浄化装置も与えてくれたのだ。人間には、託された〝何か〟を果たさねばならない責任がある。

知彦は明利の申し出を受けることにした。千穂の生まれたこの阿蘇の地を、これからの生活の場所にしてはどうかと言われたのだ。

しばらくは、阿蘇も平穏なのではないか。パワースポットと思われる地が、人の心の邪なものを吸収しつくしてしまうまでは。しかし、再び〝邪魔〟が暴走しようというときは、明利とともに自分にも役に立てることがあるのではないか。それが、千穂のことをいつも近くに感じることのできる唯一の道だと思えた。

その日、知彦は、明利の車で阿蘇くまもと空港へ向かっていた。いったん東京へと戻り、それまでの生活を整理したかった。三年というのはあまりにも長い不在だった。東京の部屋は残っているだろうか。戻ってみなければわからないことが多すぎる。それをすべて清算してから、阿蘇での新しい暮らしを始めるつもりだった。

阿蘇くまもと空港までは、車で三〇分もかからない。車は、南外輪に沿って空港へ繋がるルートをとった。もう噴火の爪痕は、見た目にはわからないほどに復興した風景だった。

数日間の不在になるだろう。阿蘇の五岳がその場所からも勇壮な山容を見せていた。あの場所で〝邪魔〟と戦ったことが、まるで嘘のように思える。明利が知彦を頼っていることは、本当によくわかった。まるで実の弟のようだと知彦は考えていた。

久木野《くぎの》バス停に近づいたときだった。

明利が急ブレーキをかけた。

「どうしたんです」と知彦が訊ねる。バス停で、大きな旅行バッグを持った少女が、こちらに手を上げていたのだ。十七、八歳だろうか？

「久木野の山村《やまむら》さんとこのお嬢さんだ。才媛《さいえん》って評判なんですよ」と明利が言う。「あそこの〝基〟の鎮守役の娘さんです」と斜面を指差した。少女が駆け寄ってきて、後部座席に飛び込んだ。それから両手を合わせる。

「苦辺のお兄さん、お願いします。バスに乗り遅れたんです。空港まで連れていってください」

「いいよ。ぼくたちも空港に行くところなんだよ」

「えっ」と少女は顔を輝かせた。明利は車を発進させた。何度も、少女は後方を振り返る。中年の男女が坂道を下ってくるのが見えた。何かを叫んでいる。

「止まらないで」と少女は言う。少女の両親のようだ。「お願いです。早く空港まで」

「いったいどうしたの？　何かあったの？」

「私、阿蘇にいたくないんです。こんな土地、大っ嫌い。東京でやりたいことがあるの」

明利と知彦は顔を見合わせた。何よりも驚いたのは、その口調が千穂そっくりに思えたからだ。

空港へは、あっという間に到着した。少女は「ありがとうございます。感謝します」と言い残し、雑踏に駆け込んでいく。

ひょっとしたら、山村さんのお嬢さんは、新たな陰の鎮守役として選ばれたのではないだろうか、と知彦は思った。

「まるで、姉さんみたいだ」と明利が漏らす。

知彦が、その後を追うように車を降りた。

再び〝邪魔〟から阿蘇を守るためのシステム作りが始まろうとしているのだろうか？

知彦は、雑踏の中に少女の姿を捜したが、二度と見つけることはできなかった。

あとがき

この物語を手にとって頂きありがとうございます。一作ずつ書きあげた本には、著者としてはそれぞれに思い出が詰まっているのですが、本作には、また特別な思いが加わりました。

本作を書き始めたのが年末の押し迫った時期でした。

私は長編を書き始めるときは、結末までのアウトラインを想定しています。そして、それは大幅に変わることはありません。ところが、本作は唯一の例外になりました。

本作は一回四〇枚ずつの一年連載の予定でした。少しずつ天変地異《てんぺんちい》が拡大していき、日本中が大地震、津波、大噴火、洪水に襲われる予定だったのですが、八〇枚目を過ぎた頃に東日本大震災が発生しました。

私が住んでいる九州では実況放送でしたが、その凄絶《せいぜつ》さは十分に伝わりました。

それからです。筆が止まってしまったのは。

もし、書き始めていなかったら、まったく違う話を書き始めていた筈《はず》です。しかし、すでに連載はスタートしていました。次の締切りまで二週間あまり。一字も書けないまま時間だけが経過しました。被災された方々のことを考えると、思考停止に陥ってしまうのです。それほどのショックだったのですが、いろいろと私なりに考えました。そして、たどり着いた結論。

まったく違う話を書こう。

それから数日はプロットの組立てに終始しました。

そしてできあがった作品が、この『アラミタマ奇譚《きたん》』です。

昔から私は阿蘇《あそ》の自然が大好きでした。熊本という地に育ったこともあり、幼い頃から阿蘇の色んな場所に足を運ぶ機会がありました。草原であったり、果てしなく岩と砂が続く異星の光景であったり、荒々しさを秘めた地獄の入口のような噴火口であったり、そして人が踏みこむことも許さない原生林であったり。

どの光景も阿蘇なのです。だから私にとって阿蘇とは、多面体の魅力を放つ、イメージの定まらない存在でした。とても一口では語りきれない阿蘇に、フィクションの世界で少しでも爪《つめ》を立てることができたら楽しいのではないか。読者にも阿蘇の魅力がほんのチョッピリでも伝えられるのではないか。

そんな思いつきが生まれてからは、立ち直りが早かった。新たな展開をメモして、新しい舞台の候補を思い浮かべると、イメージがみるみる広がっていきました。

もちろん、連載スタート時の構想とは全然、別物になりましたが。

舞台は徹頭徹尾《てっとうてつび》、阿蘇。そして、さまざまな怪現象が発生する場所は、阿蘇に現実に存在する場所だし、執筆以前に私自身が足を運んで、その奇景ぶりには舌を巻いたところばかりです。

押戸石《おしといし》巨石群は、今ではパワースポットということで、観光客を集めています。熊野《くまの》座《ざ》神社の社《やしろ》の上にある、凄《すさ》まじい風穴《ふうけつ》である穿戸《うげと》の穴《あな》の迫力には言葉を失います。小説の中で〝基《き》〟として登場させたかった高森殿《たかもりどん》の杉は、たった二本の杉だけで、その場所が、まるで森と化しています。もう一ヵ所、免《めん》の石《いし》も奇観です。崖と崖の間に挟まれた宙に浮く巨石なのですが、まるで、ルネ・マグリットの絵画のような世界だ、と思います。残念ながら、免の石は登場しませんでしたが。

すべての登場する光景は、今、足を運んで頂ければ、阿蘇でご自分の目で見ることができる場所ばかりなのです。

ただ一つ、執筆時に確認に行けなかった場所があります。それは、中盤ぐらいの舞台になる米塚《こめづか》の地下です。今は、米塚のある牧野に侵入できないように鉄条網が張り巡らされています。だから、地下洞描写は、私の想像力だけが頼りだったのです。

しかし、幸運なことに昨年、私は許可を得て、無事に地下洞に入ることができました。もちろんヘルメットにライトという完全装備で。

米塚は離れた場所から見ると実に美しい形をしています。私はその地下に溶岩トンネルが荒々しく走りまわっている様《さま》を描きました。では、現実の地下洞の姿は……。

私が想像力だけで描いた米塚地下の光景は、怪現象描写を除けば大きく間違っていませんでした。

これは嬉《うれ》しかったな。

パワースポットの謎を絡《から》めた壮大なファンタジーとともに、阿蘇で私が魅力を感じる場所を、読者の方はこの本で体験できるようになったと自負していますので、まずはこの作品をじっくりと楽しんでください。そして機会があれば、この本を片手に、ぜひ阿蘇の魅力を自分の目や耳や舌で体感されるべく訪れて頂きたいと思います。

阿蘇の地下活動が最近活発になっていますが、規制区域は限られていますし、私も今もしょっちゅう訪れています。一度訪れたら、きっと阿蘇の大ファンになると思いますよ。

梶尾真治

（この作品は平成二十四年七月、小社から四六判で刊行されたものに、文庫化に際し、加筆修正を加えたものです。なお、この作品はフィクションです。登場する人物、および団体名は、実在するものといっさい関係ありません）

一〇〇字書評

切り取り線

購買動機（新聞、雑誌名を記入するか、あるいは○をつけてください）

□（　　　　　　　　）の広告を見て	
□（　　　　　　　　）の書評を見て	
□ 知人のすすめで	□ タイトルに惹かれて
□ カバーが良かったから	□ 内容が面白そうだから
□ 好きな作家だから	□ 好きな分野の本だから

・最近、最も感銘を受けた作品名をお書き下さい

・あなたのお好きな作家名をお書き下さい

・その他、ご要望がありましたらお書き下さい

住所	〒				
氏名		職業		年齢	
Eメール	※携帯には配信できません	新刊情報等のメール配信を 希望する・しない			

この本の感想を、編集部までお寄せいただけたらありがたく存じます。今後の企画の参考にさせていただきます。Eメールでも結構です。

いただいた「一〇〇字書評」は、新聞・雑誌等に紹介させていただくことがあります。その場合はお礼として特製図書カードを差し上げます。

前ページの原稿用紙に書評をお書きの上、切り取り、左記までお送り下さい。宛先の住所は不要です。

なお、ご記入いただいたお名前、ご住所等は、書評紹介の事前了解、謝礼のお届けのためだけに利用し、そのほかの目的のために利用することはありません。

〒一〇一・八七〇一
祥伝社文庫編集長 坂口芳和
電話 〇三（三二六五）二〇八〇

祥伝社ホームページの「ブックレビュー」からも、書き込めます。

http://www.shodensha.co.jp/bookreview/

祥伝社文庫

アラミタマ奇譚《きたん》

平成27年7月30日　初版第1刷発行

著　者　梶尾真治《かじおしんじ》

発行者　竹内和芳

発行所　祥伝社《しょうでんしゃ》

東京都千代田区神田神保町3-3

〒101-8701

電話　03（3265）2081（販売部）

電話　03（3265）2080（編集部）

電話　03（3265）3622（業務部）

http://www.shodensha.co.jp/

印刷所　萩原印刷

製本所　ナショナル製本

カバーフォーマットデザイン　芥　陽子

Printed in Japan ©2015, Shinji Kajio　ISBN978-4-396-34130-5 C0193

祥伝社文庫　今月の新刊

梶尾真治
アラミタマ奇譚《きたん》
九州・阿蘇山に旅客機が墜落、未曾有の変事の幕開けだった。

大倉崇裕
夏雷《からい》
一度は山を捨てた元探偵の、誇りと再生の闘いが始まる！

坂井希久子
泣いたらアカンで通天閣
「お帰り」が聞こえる下町の涙と笑いの家族小説。

福田和代
サイバー・コマンドー
天才ハッカーたちが挑む21世紀の戦争を描いたサスペンス。

菊地秀行
青春鬼　魔界都市ブルース
美しすぎる転校生・秋せつらが、〈魔界都市〉を駆け巡る！

南　英男
捜査圏外　警視正・野上勉
自殺偽装・押収品横領・臓器売買。封印された事件の真相は？

仁木英之
くるすの残光　いえす再臨
何故、戦う。同じ切支丹なのに――。少年は戦いの渦中へ。

風野真知雄
待ち人来たるか　占い同心　鬼堂民斎
浮世の珍妙奇天烈な事件ほど、涙あり。人情推理の決定版！

藤井邦夫
開帳師　素浪人稼業
男も惚れる、平八郎の一閃！　男気の剣。

早見　俊
大塩平八郎の亡霊　一本鑓《やり》悪人狩り
市井に跋扈するニセ義賊や悪党を、正義の鑓で蹴散らせ！

佐伯泰英
完本　**密命**　巻之五　火頭《かとう》　紅蓮《ぐれん》剣
火付盗賊が大岡越前を嘲笑う。町火消しは江戸を救えるか⁉